АННА И СЕРГЕЙ

ЛИТВИНОВЫ

Через время, через океан

роман

Чужая тайна фаворита

рассказ

ЭКСМО

Москва

2009

УДК 82-3
ББК 84(2Рос-Рус)6-4
Л 64

Оформление серии *С. Груздева*

Литвинова А. В.

Л 64   Через время, через океан : роман ; Чужая тайна фаворита : рассказ / Анна и Сергей Литвиновы. — М. : Эксмо, 2009. — 352 с. — (2 звезды российского детектива).

ISBN 978-5-699-37937-8

Надя Митрофанова не смогла пройти мимо старушки, которой стало плохо с сердцем на улице... Так она оказалась в квартире известнейшей балерины Лидии Крестовской. Вот только слава, положение, внимание властей и прессы остались в далеком прошлом — Надя увидела одинокую пожилую женщину, вынужденную во всем полагаться на своего домоправителя Егора. Рядом с балериной было и еще несколько не внушавших доверие людей: сотрудницы Дома искусств, озабоченные созданием ее музея, красавчик Влад, якобы пишущий монографию о прославленной танцовщице... Когда балерина ушла из жизни и ее тело тайно кремировали, выяснилось, что все имущество Крестовской принадлежит Егору. Но своей ли смертью умерла легенда эпохи?

УДК 82-3
ББК 84(2Рос-Рус)6-4

ISBN 978-5-699-37937-8

роман

Только за час до своей смерти Лидия Крестовская поняла, что ее убивают. Убивают изощренно, профессионально. И — абсолютно недоказуемо.

А денек был хорош. Яркий, солнечный, шумный. Как полвека назад. Когда она, вся на нервах — и в то же время абсолютно уверенная в успехе, — собиралась на премьеру «Дон Кихота»... Свою премьеру. Вот странно: миновали десятилетия, а кажется — всего день пролетел. Те же запахи, звуки, такой же солнечный луч преломляется в зеркале старинного трюмо... И Тверская улица под окнами почти не изменилась. По-прежнему красивая, величественная, шумная.

Лидия всем говорила, что устала и готова умереть, уже давно. Но сейчас, когда *это* наконец стало совершаться, она вдруг поняла, как ей не хочется уходить. Как жаль расставаться с летом, с любимой Москвой, со своей квартирой. И особенно — умирать по чужой воле. По воле человека, которого она хотя и мучила и терзала капризами, но всегда считала своим другом.

— Зачем?.. — из последних сил, еле слышно прошептала балерина.

Но ответом ей был лишь нетерпеливый взгляд. В чужих (родных?) зрачках дрожало: «Ну, скорей же, скорей!» И еще в них был интерес естествоиспытателя, который уверен, что ее агония неминуема, но ему еще важны и детали.

Она из последних сил дернулась, попыталась отбросить одеяло... «Я ведь никогда не сдавалась, никогда!»

Но солнце уже стало меркнуть в ее глазах, и уличные звуки слышались все отдаленнее, и Лидия уже не понимала: то ли пошли последние отписанные ей минуты, то ли просто наступает закат...

* * *

Нищие Надю Митрофанову обожали. Хотя в Москве миллионы народа — есть, наверное, и более жалостливые, и уж точно более богатые, — но из толпы всегда выхватывают именно ее. Неужели попрошайки и впрямь специальные курсы посещают? На которых учат: если девушка задумчива, носит юбку ниже колена и не очень стройна — обязательно подаст? И на срочную операцию, и на хлебушек погорельцам, и даже просто на бутылку?

Сколько Надя себя помнила — она всегда кому-то помогала, не только нищим. Выгуливала подружкину собаку, бегала за хлебом для приболевшей соседки, подменяла в предпраздничный день коллегу... А что поделаешь, коли всевышний наградил тебя несовременным, мягким характером?

А уж мужики из Нади просто веревки вили. Взять хотя бы сердечного друга, Полуянова. Он охотно пользуется Надиной добротой — живет в ее квартире, всегда ходит в чистой, наглаженной рубашке, накормлен, ухожен... Но замуж при этом не зовет. Естественно: ему проще и приятнее уноситься куда-нибудь в вихре событий, уставать, набираться впечатлений — одному! — а потом возвращаться под надежное и уютное Надино крылышко. Отсыпаться в ее аккуратной спальне, отъедаться ее пирогами.

Вот и сейчас он умотал в Питер. В кино его, видите ли, сниматься позвали. С хорошим режиссером, роль почти что главная, да еще и фильм по его собственной книжке, просто глупо, сказал, отказываться. А что актеры, даже далеко не звезды, часто своих подруг на съемки берут, об этом он вроде и не ведает. По крайней мере, когда Надя заикнулась, что у нее как раз отпуск не отгулян, а в Питере белые ночи, Димка только отмахнулся:

— Да ты что, заинька! Я сам-то на птичьих правах, куда еще ты!..

Ну, а раз «заинькой» называет — значит, точно планирует в Питере загулять. Приударить за какой-нибудь актрисулей.

Вот и надейся на этого Полуянова...

В итоге попрощались они холодно.

Дмитрий отбыл на свои съемки, между прочим, в вагоне люкс, в отдельном купе с туалетом и душем (виданное ли дело?), а Надежда твердо решила: скучать без него не станет. Она открыта для любых безумств, положенных свободной женщине, вплоть до похода на мужской стриптиз. Хватит терпеть, надеяться и ждать.

Правда, пока удалось договориться лишь с бывшим одноклассником Михаилом — и не на стриптиз, а просто поболтать в кафешке. Не свидание, конечно, просто дружеская встреча, но надо же с чего-то начинать!

...И когда после работы Надя, принаряженная, спешила к метро, к ней прицепилась очередная старуха! Схватила на входе в подземку за рукав, молвила жалобно:

— Деточка! Хоть ты остановись! Совсем мне плохо!..

Первым Надиным порывом было просто сбросить бабкину руку со своего плеча и сухо, как в Москве принято, буркнуть: «Бог подаст!»

Но все же — что за наказание этот ее характер! — она чуть притормозила, встретилась со старушкой глазами... Одета та оказалась чистенько. И лицо приятное. А главное, на щеках пламенем горел неестественный румянец. Верный признак, что давление подскочило.

И Надя не удержалась, спросила:

— Что случилось?

А про себя решила — если бабка сейчас начнет разливаться, что у нее дом сгорел, то она пошлет ее однозначно.

Однако никаких горьких повестей старуха излагать не стала. Тяжело оперлась на руку Нади и прохрипела:

— Голова кружится... И грудь давит... А лекарство я дома оставила... Адельфан.

Ну, адельфану — цена копейка. И аптека совсем рядом, два шага от метро.

«Но с какой стати мне с ней возиться? И так опаздываю!»

Хотя приходить на свидание точно к назначенному часу — дурной тон. Куда эффектнее самой явиться позже, чем полной дурой ждать в кафе Мишку. Тот наверняка вовремя не приедет, сейчас везде сплошные пробки, а одноклассник метро принципиально не использует. Лучше уж старушке помочь. Тем более у той и румянец распылался совсем уж ярко. Ведь умереть человек может!

И Надя строго велела бабке:

— Адельфан я куплю. Пойдемте со мной, аптека рядом. Заодно и давление измерим. Там бесплатно можно.

И потащила старуху за собой.

А когда оказалось, что давление у несчастной под двести, Надя тем более не смогла ее бросить. Пусть Мишка, если хочет, обижается, но бабуле надо «Скорую» вызвать.

Однако, едва Надя вытащила мобильник, старуха взмолилась:

— Не надо «Скорой»!

И неожиданно извлекла откуда-то из складок одежды тысячную купюру, протянула Митрофановой:

— Пожалуйста, милая... Я тебе потом еще дам. Ты только меня домой отвези!

Пенсионерка, швыряющая тысячи направо и налево, — это что-то новенькое.

Надя отвела руку с дрожащими в ней деньгами и мягко произнесла:

— Что вы! Не нужно...

Снова метнула взгляд на часы — опаздывала она уже конкретно — и закончила:

— Куда вам домой, с таким давлением!

— А в больницу я не пойду, — упрямо поджала губы старуха. — Сама, что ли, не знаешь, как там лечат! Особенно нас, пожилых... Уж доберусь как-нибудь до дому. Здесь недалеко.

И попыталась встать. Покачнулась. Надя подхватила ее под мышки. Стоявший в очереди народ равнодушно взирал на мизансцену, а кто встречал Надин молящий взгляд — демонстративно отворачивался. Да, это Москва. У всех свои дела. Передоверить бабку явно некому. Может, раз та такая богатая, просто пересадить ее на такси, и пусть катится?

И Надя пробормотала:

— А где вы живете?

Но старуха уже совсем сдала. Снова рухнула на стул, откинулась на спинку, прикрыла глаза. И прохрипела:

— В правом... кармане... Там адрес.

А какой-то дедок еще и поторапливает:

— Девушки, сколько можно стул занимать? Я давление измерить уже полчаса жду!..

Надя метнула на него гневный взгляд и отрезала:

— Значит, подождете еще!

Извлекла из бабкиного кармана аккуратно сложенный тетрадный листок, развернула, вчиталась в старческие каракули... Ого, а бабуська-то, похоже, из крутых! Вторая Тверская-Ямская улица, дом 54, самый центр.

Как сказал бы циничный Полуянов, весьма полезное, перспективное знакомство. Но главное, вот совпадение: ей самой как раз на Тверскую и нужно. Кафе, где они договорились встретиться с Мишкой, всего через два дома. Значит, это судьба. И человеку поможет, и на свидание попадет — пусть с опозданием.

Только прежде надо бабку, хотя бы минимально, в порядок привести.

Надя решительно обошла аптечную очередь. Какая-то мадам попыталась квакнуть, но девушка возмущенно произнесла:

— Не видите, что ли? Человеку плохо!

— Нам всем тут плохо... — проворчала дама, но более возражать не стала.

«Могу ведь, когда надо, всех построить! — мелькнуло у Нади. — Жаль, только для других получается — а для себя никогда».

Она приобрела на собственные средства упаковку адельфана, нитроглицерин и бутылочку минералки. Вернулась к своей подопечной, дала ей лекарства — та безропотно выпила. Аптечная публика поглядывала на Надю даже с некоторым уважением — как смотрят на опытного, не теряющегося в сложных ситуациях доктора. А старушонка растроганно бормотала:

— Спасибо, детонька, что б я без тебя делала...

«Поехала бы, как все, в больницу, — сердито подумала Надя. — А теперь вот таскайся с тобой».

Выглядела ее пациентка уже лучше. Вряд ли столь быстро подействовали таблетки — просто отдохнула немного да и уверилась, что о ней позаботятся, на произвол судьбы не бросят.

«Одно непонятно: мне-то это зачем надо? — тоскливо подумала Митрофанова. — Шла на свидание, а вместо него с какой-то бабкой вожусь. И ради чего?»

Вопрос риторический. Как насмехается тот же Полуянов, у Нади страсть к благотворительности в крови. Но только если другие на добрых делах целые состояния сколачивают, Надежде никогда не перепадало и копейки. Ну, просто рука у нее не поднимется взять у несчастной пенсионерки ее с трудом скопленную тысячу!

Ловить такси до Второй Тверской-Ямской сейчас бессмысленно — вечер, машин полно, минимум час будешь ползти, хотя ехать всего ничего. Придется на метро. Только бы бабуся от духоты и толпы опять помирать не стала.

«Ну, тогда сдам ее дежурной по станции — и все», — твердо решила Надя.

В конце концов, у нее свидание или как?..

* * *

Лидия Крестовская исполнила свое последнее фуэте сорок три года назад. Исполнила блистательно — и ведать не ведала, что этот спектакль окажется для нее последним...

То был обычный, рядовой вечер: ни единого важного гостя в правительственной ложе не ожидалось, и давали «Лебединое озеро», повторенное, зазубренное, годами выстраданное, и никакого телевидения. Но только для примы это все неважно. Она лучше всех и обязана выглядеть и танцевать соответственно. Никому и в голову не должно прийти, что суставы с утра болели ужасно — пришлось просить верную Люську вколоть анальгетик.

...Крестовская беспечно улыбалась мужу, превозмогая боль, порхала по квартире и даже предложила любимому: вот она отработает сегодняшний спектакль, а потом они махнут в Крым. На целую неделю! И будут, как во время медового месяца, пить «Массандру» и бродить босиком по пляжу...

Мужу идея понравилась, и он пообещал, что немедленно по прибытии на работу отправит своего ординарца за билетами, и Лидия, конечно, сделала вид, что поверила. Хотя прекрасно знала, что Виктор на самом деле еще более сумасшедший, чем она, на своей службе горит. Так что в Крым влюбленной парочкой они станут ездить гораздо позже — когда оба окончательно состарятся...

А едва муж отбыл на работу и необходимость делать вид, что все в порядке, отпала, Лидия едва не застонала. Что же такое с ней? Боль в ногах — она привычная, ничего нового. И мигрень на погоду — тоже рядовое явление. И какой-то озноб, пробегающий по телу, — он не от болезни, от нервов. Потому что вечером — спектакль. И неважно, что сегодня, как говорят у них в театре, «колхозный день» — придут зрители по билетам, распределяемым профкомами. Она все равно обязана быть безупречной. Совершенством. Богиней.

Крестовская всегда стремилась к идеалу — еще с первых своих классов в балетной школе. Когда совсем девчонкой оставалась в репетиционном зале после уроков, запиралась, чертила на полу мелом круг. И до мушек в глазах отрабатывала пресловутые фуэте. Вылетая сначала после двух па, потом после трех, десяти, шестнадцати... А сегодня в «Лебедином озере» ей предстояло сделать тридцать два оборота. И она, разумеется, не сомневалась, что исполнено все будет безукоризненно. Без единой погрешности, точно в унисон с оркестром.

Но только балет — он ведь не математика. И не спорт. Здесь не всегда достаточно всего лишь четко и без помарок отработать номер. Должно присутствовать что-то еще. Душа. Огонек. Кураж.

А вот куража-то сегодня как раз и не было. И даже за несколько часов до спектакля предательская мыслишка закрадывалась: не позвонить ли в театр? Не сказаться ли больной? Но ведь и без того идут шепотки: что она, Крестовская, готова сойти с дистанции. Раз призовешь на помощь дублершу, другой — а потом тебя и вовсе из первого состава снимут...

И Лидия снова кликнула безропотную Люську. Велела сделать еще один укол. И приказала себе не думать о хвори, забыть о ней. И уже стоя за кулисами в ожидании своего выхода, поняла, что опять поступила правильно. Потому что эта особая атмосфера, дыхание зала, казавшееся сквозь плотный занавес шумом океана, способны излечить любое недомогание и любой сплин. И пусть сегодняшние зрители совсем не знатоки балета и дружно хлопают совсем не в тех местах, где положено, бешеная энергия их присутствия, их сопереживания все равно заряжала фантастически. А уж когда посередине второго акта она увидела в служебной ложе такое родное лицо... Виктор. Любимый. Несмотря на всю свою занятость, он пришел — и неприкрыто любуется ею...

Осмеливалась ли она надеяться, когда в балетной школе получала лишь презренные роли снежинок и колокольчиков, что ей будет рукоплескать лучший театр страны? Могла ли думать, что ее лицо, в общем-то заурядное, привлечет внимание самого замечательного, самого благородного и достойного мужчины в мире?

Когда же спектакль закончился и Виктор поднялся на сцену, лично подал букет ее любимых алых роз (презрев строгое правило театра, что цветы здесь вручают служительницы), она и вовсе почувствовала себя самой счастливой женщиной в мире. И ведать не ведала, что это ее блистательное выступление окажется последним. Потому что сегодня ночью ее мужа не станет.

Виктор погибнет внезапно, нелепо, несправедливо. И его смерть настолько ее ошеломит, что Лидия больше не сможет выступать. Сначала от горя заболеет сама. А после, когда физическая боль отступит, поймет: ее основным козырем на сцене было то всепоглощающее, абсолютное счастье, которое она излучала. Но теперь мужа нет, и быть без него счастливой — абсолютно невозможно...

А дальше — без Виктора и без театра — ее жизнь окончательно покатится под откос. К забвению. К старости. К одиночеству. Медленно и неумолимо, ступенька за ступенькой.

* * *

Я всегда любил приключения — как и положено мальчишкам. У кого детство без них обходилось? Кто не уходил в пираты, не сбегал из дома в поисках сокровищ, не мечтал отыскать необитаемый остров? К тому же мне, в отличие от школьных друзей-приятелей, с родителями повезло. Обычно-то папаши с мамашами лишь ухмыляются, заведи с ними чадо речь о кладах. В лучшем случае просят оставить их в покое, а то и вовсе сажают дите под замок — чтобы не сбежало на свой необитаемый остров. А у меня родители сами романтики. До сих пор помню, как у мамули горели глаза, когда она читала мне сказки про всяческих прекрасных принцев. А отец — тот вообще однажды старинную карту принес. На выцветшей бумаге, с ятями. И к ней — писанное чернилами сопроводительное письмо. Что в дальнем Подмосковье, за пару верст от деревеньки Туканово якобы изрядный клад зарыт. О-о, это были лучшие деньки в моей жизни! Когда вместе с папаней мы разрабатывали маршрут, брали напрокат металлоискатель, потом долго ехали, а ночью, при свете фонариков, копали в искомом квадрате землю... И, кстати, действительно клад нашли: старинный, девятнадцатого века, медный подсвечник.

Я, когда подрос, долго у папани выпытывал — сам ли он все придумал, и карту нарисовал, и подсвечник в чистом поле припрятал. Но тот, партизан, так и не признался. Только еще больше тумана напустил. Мол, когда я совсем взрослым стану и докажу ему, что вырос достойным человеком, он мне и вовсе потрясную историю поведает. Про какой-то вроде бы совсем сумасшедший клад, который к тому же и принадлежит мне по праву... Заинтриговал ужасно, но ничего больше не рассказал, одни сплошные родительские напутствия: ты, сын, учись, набирайся мудрости, опыта. Потому как реальные богатства должны доставаться лишь тем, кто имеет право ими владеть. А если сокровище попадет в руки желторотого юнца, у которого к тому же во второй четверти трояк по русскому, то никакого толку не будет. Вот я и гадал: отец во мне стремление учиться таким образом вызывает? А может, он сам в детстве кладов не наискался? Ну, как в том анекдоте, когда мужика спрашивают, сына он хочет или дочку. А тот отвечает: «Конечно, сына! Чтоб наконец железную дорогу купить».

Но, как бы то ни было, родителей я обожал. Никогда они меня не давили, не ломали — что хочешь, то и твори. В разумных пределах, конечно. Сплошных пятерок не требовали, музыкой заниматься не заставляли. Единственное, на чем отец настаивал: чтоб я английский знал, как родной. Не для профессии, а потому, что цивилизованному человеку без иностранного языка никак. А у мамы был другой пунктик, она с детства мне на мозги капала: научись, мол, хоть что-нибудь делать лучше других. Что угодно, пусть даже мелочь. Танцевать, жарить яичницу, чинить розетки, рисовать закат...

Я правда пытался английским языком отделаться — достаточно, что его буду знать лучше, чем окружающие. Но не прокатило. Маман все зудела, что знание языка — умение рядовое. А ей, видите ли, изюминка нужна. Точнее, не ей, а чтобы сын у нее был с изюминкой. Мол, самому мне когда-нибудь это пригодится.

Ну, что ж. Всякие пляски, готовка или картинки — занятия для девчонок, а я, мужчина, выбрал себе другое. Не самое сложное, но эффектное. Я решил научиться смешивать коктейли. Всякие. Лучше любого бармена. В юном возрасте практиковался на взбитых сливках, мороженом, газировке и сладких сиропах. Ну, а потом пошли «Дайкири», «Мохито», «Черный русский», «Секс на пляже» и сотни, без преувеличения, сотни других, менее известных. И мама (хотя выбранное мною хобби, я видел, ее несколько разочаровало) всячески поощряла мои старания. Доставала специальные книжки, искала ингредиенты, безропотно давала деньги на шейкеры и все положенные бокалы...

Самое интересное, что эта, как я всегда про себя думал, родительская блажь действительно сослужила мне добрую службу. Потому что, когда я уже учился в институте (ничего особенного, просто на инженера-гидростроителя), у нас вдруг объявили конкурс: пятеро самых лучших студентов едут на стажировку в Америку. Это был девяносто восьмой год, Америка всем казалась невыразимо сладким раем, и за поездку разгорелась самая настоящая битва. И я, далеко не отличник, был почти уверен: победа мне не светит. С чего американцам брать рядового четверочника, когда мой однокурсник N. уже опубликовал пару статей в научных журналах, а однокурсник Р. помимо пятерок по всем предметам еще и отлично играет в теннис? Но все же (во многом благодаря вбитому папаней английскому) я прошел в число финалистов и оказался на собеседовании, которое проводили штатники. Ну, один из них и спросил, словно бы между делом:

— По поводу ваших научных интересов мы поняли. А что, господин Шипов, вы умеете делать лучше других?

Я и брякнул:

— Коктейли смешивать.

— Водку с апельсиновым соком? — серьезно поинтересовался америкос.

А я скромно ответил:

— Ну, если вы имеете в виду «Screwdriver», то я умею готовить по меньшей мере десять его различных вариаций...

И стал рассказывать, какие.

И, мой бог, американцы сразу чрезвычайно оживились, перестали рассматривать пейзаж за окном и украдкой заглядывать в газеты. А на девятом варианте — в коктейль добавляют палочку корицы, а бокал украшают приготовленным по особому рецепту цукатом — сломались. И в Штаты — в компании четверых факультетских зануд — отправили и меня.

И что самое удивительное: коллег-товарищей по истечении двух месяцев стажировки дружно отослали домой. А мне предложили учиться дальше: «Есть в вас, господин Шипов, какая-то изюминка...»

На первых порах мне пришлось тяжело. Американцы — они ведь не совсем благотворители. Оплачивали одну учебу, а жилье, учебники и еду приходилось, хоть умри, добывать самому. Но я не роптал. Тем более что разрешение на работу part-time было. Начинал в скромном ресторанчике официантом, потом пару раз подменил заболевшего бармена... А однажды шеф попробовал смешанный мною «Закат над Карибами» — тут и наступил мой звездный час. И очень скоро на коктейли «этого русского» начал ходить практически весь студенческий городок. Теперь одних чаевых хватало, чтобы платить за жилье и прочее — ну, а я ведь еще и всякие милые хитрости практиковал. Хорошо знакомые любому российскому бармену, но неизвестные в Штатах. Чуть менял рецептуру — чтобы вкус был, как у настоящей «кровавой Мэри», но и лишняя водка оставалась.

Потому жил почти как король. Любые джинсы и все, что положено, и родителям в Москву регулярно посылки отправлял... Да и в университете дела неплохо шли. Студенты ведь в основном на две группы делятся: или откровенные ботаники, не приспособленные к реальной жизни, или же конкретные лоботрясы. А я оказался как раз посерединке. Удовлетворительный багаж знаний плюс немалая практическая сметка. То есть человек, безусловно полезный любому работодателю. Потому у меня уже на последнем курсе было как минимум пять предложений о работе. Так и удалось зацепиться за страну. Начинал помаленьку, на смешной зарплате, и сейчас, спустя десять лет, не барствую, конечно, но свои сто тысяч в год получаю. А этой весной осуществил наконец давнюю мечту. Вытащил к себе в гости родителей. И получилось, честное слово, как в моем детстве — только наоборот. Тогда маман с папан пытались устроить мне сказку — приключения, клады, цирки, интересные книжки и прочее. А теперь — я им настоящую нирвану организовал. В Москве-то они, пенсионеры, привыкли каждую копейку считать и на рынках в целях экономии отовариваться. В Штатах же, с моей помощью, конечно, они могли позволить себе все, что угодно. Любые рестораны, покупки в дорогих магазинах, всевозможные театры с музеями...

Родители мои милые, как-то вдруг в одночасье постаревшие, откровенно наслаждались открывшейся им «страной больших возможностей». Голливуд, Лос-Анджелес, Лас-Вегас, даже Диснейленд — все это радовало их, словно детей. А больше всего, я видел, они были счастливы потому, что я, их любимый и единственный сын, реально вписался в американскую действительность. У меня есть свой дом и новенькая «Тойота», и в ресторанах я им помогаю заказывать, и на самые достойные распродажи вожу...

А вечером, уже накануне их отъезда, папа попросил, чтоб я отправил маму «в какой-нибудь самый затягивающий магазин». И на ушко шепнул:

— Чтоб как можно дольше бродила... Мне с тобой поговорить надо. Как мужчине с мужчиной.

И за «Манхэттеном», моим фирменным коктейлем, словно бы между прочим спросил:

— Влад, скажи. Ты когда-нибудь слышал про генерал-полковника Маркова?

И уставился испытующе.

А я в полководцах не силен и потому брякнул первое, что пришло в голову:

— Улицу генерала Маркова в Москве помню. Там еще неплохой кабак был... Не знаю, остался ли он сейчас.

Отец поморщился:

— Все бы тебе кабаки!

Сделал еще один глоток моего «Манхэттена». И назидательно продолжил:

— Генерал-полковник Виктор Петрович Марков, к твоему сведению, известнейший офицер. Кавалер множества орденов. Это благодаря ему мы одержали победу на Курской дуге. Маршал Жуков о нем писал, что это был в высшей степени грамотный военный, сделавший очень многое для укрепления обороноспособности нашей страны.

— Очень интересно, конечно, — вежливо начал я. И невежливо закончил: — Только мне-то что до него?

Но отец будто не слышал. Задумчиво произнес:

— Генерал Марков, помимо прочего, был исключительно обаятельным человеком. Высокий, статный, породистый. Считался одним из первых красавцев столицы. Но женить его на себе долго ни у кого не получалось. Очень долго. И только когда ему было сорок, он вступил в брак. С очень известной балериной. Лидия Крестовская, ее-то ты хотя бы знаешь?

— Ага, — кивнул я. — Читал. Это та самая, что могла фуэте в шестьдесят четыре оборота прокрутить?

— Ну, про шестьдесят четыре оборота — это, наверно, преувеличение, но примой Главного театра страны она была очень долго.

— Что ж. Генералы часто женятся на балеринах. Работа такая, — кивнул я, решительно не понимая, к чему клонит папаня.

— Это была пара, известная на весь Советский Союз. И жили они, кажется, счастливо. По крайней мере, генерал обязательно присутствовал на всех выступлениях Крестовской. И всегда дарил ей букеты — охапки ее любимых алых роз...

Отец снова запнулся. Я терпеливо ждал.

— Я читал все, что написано об этих людях — по крайней мере в официальных источниках, — но ответа на свой вопрос так и не нашел. Поэтому остается лишь гадать: а знала ли она?.. И я почти уверен, что знала. Она была — да и сейчас остается — исключительно мудрой и тонко чувствующей женщиной...

— Кто — она?

— Лидия Крестовская. Законная супруга генерала.

— Да о чем знала-то?

— О том, что у Маркова была другая семья. Неофициальная. И что у него растет дочь.

И тут я начал наконец догадываться. Ведь моя мать — когда я пытался ее расспрашивать — никогда не рассказывала о своем отце...

— Ты хочешь сказать... — выдохнул я.

— Да, — грустно кивнул папа. — Генерал Марков — твой дед.

— Но...

— Доказать это невозможно, — торопливо сказал отец. — Тот его первый брак не был зарегистрирован. И в свидетельстве о рождении твоей мамы в графе «отец» стоит прочерк. Свою связь Марков и твоя бабушка тщательно скрывали. Однако о дочери генерал знал. Вплоть до самой своей смерти помогал им деньгами. Выбил квартиру...

Так вот почему моя скромная бабушка проживает в роскошной кирпичной «двушке» в престижнейшем столичном районе!

— А когда, ты говоришь, генерал умер? — пробормотал я.

— Очень давно. Сорок три года назад.

— А ты мне рассказываешь только сейчас, — обиженно буркнул я.

Отец же спокойно парировал:

— Но зачем тебе было знать об этом раньше? Чтобы хвастать своим именитым родственником перед одноклассниками?

— Да при чем здесь хвастать! — хмыкнул я. — Просто я знал бы: от кого у меня этот медальный профиль. Генеральские повадки. Пронзительный взгляд... В конце концов, улица Маркова — в какой-то степени в мою честь названа!

— Не надо ерничать, Влад, — устало произнес отец. — И повторюсь: юридически — тебе Марков не дед. Твоя бабушка никогда не пыталась посягать на его фамилию. И на его имущество.

— А... много у него было имущества?.. — вкрадчиво поинтересовался я.

— Сколько бы ни было — тебе оно не принадлежит, — отрезал отец. — У генерала есть законные наследники.

— Ну, и какой мне тогда от этого родства толк? — хмыкнул я.

— Все бы тебе толк, Владик... — вздохнул отец. — Хотя, может быть, так и нужно. Вон ты какой практичный. В Америке на хорошей должности, свой коттедж, машина... — И одним махом допил свой коктейль. А потом отставил бокал и веско произнес: — Ладно. Все-таки расскажу. Дело в том, что твоей маме — и тебе — действительно кое-что завещано. Это старинная, принадлежавшая еще бабке Маркова брошь. Удивительно изящная, с чистейшей воды бриллиантом в центре. Очень дорогая... Генерал всегда говорил, что она должна достаться его единственной дочери.

Мое сердце предвкушающе забилось. Кажется, разговор сворачивал на тот самый, исключительной ценности, клад. На который еще в моем далеком детстве глухо намекал отец.

— Марков очень ценил, что твоя бабушка не стала поднимать шума, когда он ушел от нее — ушел к блистательной Крестовской. И пусть он бросил свою любовницу — но не бросил дочь. И, чтобы доказать это, написал завещание. Вот оно.

Отец извлек из кармана и бережно расправил пожелтевший от времени листок. Я жадно вчитался в написанные уверенным почерком строки:

Завещание

Двадцать пятого марта Одна тысяча девятьсот шестьдесят шестого года.

Я, Марков Виктор Петрович, проживающий по адресу: город Москва, улица 2-я Тверская-Ямская, дом 54, квартира 16, настоящим завещанием на случай моей смерти делаю следующее распоряжение:

Из принадлежащего мне имущества, как то: брошь из драгоценных камней и бриллиантов, изображающая сидящего на цветущей ветке орла с распростертыми крыльями, который держит в клюве желтый бриллиант размером четыре карата огранки «бриолет», покрытая изумрудами, рубинами, сапфирами и бриллиантами огранки «подушечкой», в серебряной и золотой оправе, изготовлена приблизительно в 1750 году, длина — 7,6 см — завещаю Лукиной Марине Серафимовне (девичья фамилия, имя, отчество моей мамы!) *в ее полное и безраздельное владение.*

Содержание соответствующих статей ГК РСФСР мне разъяснено. Настоящее завещание составлено и подписано в двух экземплярах, один из которых направляется на хранение в Государственную нотариальную контору номер 8. Настоящее завещание удостоверено мною, нотариусом Котенковым Г.В.

И подпись:

В. Марков

— Пап... — тихо вымолвил я. — Но это ведь вообще обалдеть!.. Такая вещица! Она ж бешеных денег стоит!..

Отец лишь вздохнул.

А я перешел к следующему — очень, признаться, меня волнующему вопросу:

— Но где эта брошь сейчас?

— Ох, Влад... — вздохнул отец. — Теперь мы переходим с тобой к самому сложному. Дело в том, что драгоценность скорее всего находится у Лидии Крестовской. У той самой балерины.

— Но с какой стати? — опешил я.

— Знаешь... жизнь иногда выкидывает досадные фортели... Гримаса судьбы, больше ничего. Брошь всегда хранилась в доме твоей бабушки — хотя моя теща, понятное дело, никуда с ней и не выходила. В те времена кто мог себе позволить появляться с бриллиантами? Жены дипломатов, те же звезды балетные, но не простая учительница, как твоя бабка. Поэтому она любовалась сокровищем лишь дома. И однажды, примеряя брошь с новым платьем, случайно сломала у нее замочек. Очень расстроилась, конечно, расплакалась, позвонила Маркову... А тот (хотя отношения у них к тому времени почти разладились) успокоил ее и пообещал, что он отнесет драгоценность к ювелиру и починит. И он все сделал, позвонил твоей бабке и сказал, что замочек исправили и завтра он брошь вернет. А ночью генерал внезапно скончался. Погиб при невыясненных обстоятельствах. И драгоценность принести не успел.

— Но если есть завещание... Надо было явиться к этой балерине! Потребовать свое!..

— Твоя бабушка, а потом и твоя мама делать это категорически отказались.

— Почему?

— Бабушка — та просто очень боялась того, что все узнают об ее отношениях с генералом. Ведь она коммунистка была, секретарь парторганизации. И вдруг — внебрачная связь, да с кем! А мама... Ну, ты же знаешь нашу маму. Она очень любит сказки про принцев — и совсем не приспособлена к жизненным дрязгам. А тут бы пришлось доказывать, спорить... Возможно, судиться... Не захотела сама — и мне не позволила.

— Ну, а сейчас... Сейчас, наверное, слишком поздно, — задумчиво произнес я. — У завещаний, кажется, какие-то сроки давности есть... Не вступил вовремя в наследство — и все, до свидания.

— Но ведь текст завещания остался. И его копия в нотариальной конторе наверняка тоже, — задумчиво произнес отец. — И Лидия Крестовская еще жива. И ты, — он внимательно взглянул на меня, — наконец вырос и производишь впечатление человека, который... м-мм... умеет устраиваться в жизни.

— Я все понял, папа, — поспешно кивнул я. — Я все понял...

* * *

Старики — они как дети. Только что горе горькое, жизнь кончена, но обрати на них внимание, пожалей, приласкай — и мгновенно расцветают.

Вот и спасенная Надей бабулька, совсем недавно почти что умиравшая, в метро воспрянула — несмотря на час пик и духоту. Царственным кивком поблагодарила паренька, что уступил ей место, и даже пыталась, перекрикивая грохот поезда, завязать с Надей классическую пенсионерскую беседу: мол, цены растут, на улицах грязь, а из-за приезжих шагу ступить некуда...

Надя в разговор не вступала. Ей места, разумеется, никто не уступил, и она, одной рукой вцепившись в поручень, второй пыталась отстучать однокласснику Мишке извинительную эсэмэску. На свидание она уже опоздала — как минимум на двадцать минут. Может, просто бросить бабку на «Пушкинской» и со всех ног рвануть в кафе? А то ведь, мелькнула предательская мыслишка, Мишка может и не дождаться. Он парень видный, а в столичных увеселительных заведениях девушек вечерами куда больше, чем молодых людей...

Но отвязаться от старухи оказалось непросто. Едва они вышли на станции, та по-хозяйски оперлась на Надину руку и объявила:

— Домой пойдем по Дмитровке — там народу меньше.

— Послушайте! — психанула Надя. — Давайте вы сами пойдете по Дмитровке! А я, между прочим, опаздываю!

И бабка мгновенно преобразилась: снова потерянный взгляд выцветших старческих глаз, и дрожащие губы, и воздух начала хватать, будто задыхается, и взмолилась:

— Деточка! Не бросай меня!

Вот артистка!

А тут, очень кстати для старушенции, и от Мишки ответная эсэмэска пришла: дескать, извини, застрял в пробке, когда доплетусь, неизвестно.

Надя же короткой вспышкой вдруг увидела себя со стороны. Что у нее за нескладное житье-бытье! Кругом полно счастливых парочек, девчонки — сплошь с сияющими глазами и с букетами, а ее постоянный поклонник, видите ли, на съемках в Санкт-Петербурге. Кадрит актрисок и прочий кинематографический персонал. А поклонник временный неизвестно когда доплетется. Да еще и незнакомая бабка на плече повисла...

«Так, видно, всегда и будет, — грустно подумала она. — Вечно я решаю чужие проблемы, провожаю других. А те, кого жду я, не приходят...»

И дело, конечно, не в безобразно опаздывающем однокласснике. Бог с ним, с Мишкой. Главное, что Дима Полуянов — ее единственная и настоящая любовь — не звонит. Уже целых три дня...

Старуха же, будто почувствовав ее состояние, вдруг спросила:

— Детонька... А ты уверена, что вообще хочешь идти на это свое свидание?

— С чего вы взяли про свидание? — буркнула Надежда.

— А куда еще можно спешить в центре Москвы в восемь вечера? — улыбнулась бабуся. И вдруг предложила: — Давай лучше ко мне в гости пойдем. Я тебя чаем напою...

«...И буду весь вечер вещать: про низкую пенсию да про всякие артриты с артрозами».

— Нет, спасибо, — покачала головой Надя. — До подъезда вас доведу, раз уж взялась, а дальше у меня дела.

Бабка же проницательно взглянула на нее и вдруг вымолвила:

— Знаешь, милая. Я не буду тебя уговаривать. Скажу лишь одно: когда тебе будет восемьдесят восемь — как мне, — ты поймешь, что в старости сожалеешь совсем не об ушедшей молодости и не о былой красоте. Жальче всего тебе будет времени, которое ты в своей жизни потратила — на неинтересных людей, на пустые разговоры. На ненужные свидания...

— А вы, конечно, человек исключительно нужный, — не выдержала Надя.

Старуха лишь рукой взмахнула:

— Да разве я про себя! Что я — ноль, безликая тень. Всю жизнь в домработницах. Я тебя совсем с другим человеком познакомить хочу. С хозяйкой своей. С Лидией Крестовской. Слышала про нее?

— Крестовская? Это... это та самая? Знаменитая балерина? Любимица Сталина? — наморщила лоб Надя.

— Она не просто балерина, — строго произнесла старушенция. — Лидочка — великий человек. Талантливый. Мудрый. — И неожиданно сбавила пафосный тон, взглянула моляще. — Давай поднимемся. Пожалуйста! Лидочка, она... она очень одинока! И так любит, когда к нам приходят гости!

Надя когда-то видела — разумеется, в записи, совсем старой, черно-белой, — сколь блистательно Крестовская танцует партию Китри в «Дон Кихоте». И, помнится, поразилась — даже не технике исполнения, а той бешеной энергии, что излучала балерина. Она вся была огонь, вихрь, сгусток счастья. Но то были съемки, кажется, шестьдесят какого-то лохматого года. Сколько ж сейчас Крестовской лет?

А старуха продолжала уговаривать:

— У нас профитроли есть, я утром сама испекла. И сыр, настоящий французский бри, Егор Егорович принес. И вино. Сухое красное вино. И... разве тебе не интересно познакомиться с человеком-легендой?

«Ага. Только эта легенда — наверняка старуха

еще постарше тебя. Начнете меня на пару рассказами о своих болячках грузить».

И Надя совсем уже было собралась отказаться — но тут ее мобильник возвестил об еще одной эсэмэске. «Я только на Шереметьевской. Ехать минимум полчаса», — сообщал одноклассник.

А она-то переживала, что на целых двадцать минут опаздывает!

И Надя вздохнула:

— Ладно. Я поднимусь. Только совсем ненадолго.

...Подъезд в доме балерины оказался абсолютно барским — с широченной мраморной лестницей, зеркалами, пол устлан ковром. Вход сторожил военной выправки консьерж. Он кивнул бабке, мазнул внимательным взглядом по Наде. Подозрительно спросил:

— Девушка с вами?

— Да, — с достоинством кивнула старуха. И зачем-то добавила: — Ее пригласила Лидия Михайловна. Лично.

Страж больше никаких вопросов задавать не стал, снова уткнулся в кроссворд. А когда поднялись на скоростном, явно позднейшей постройки лифте на пятый этаж, оказалось, что их встречают и здесь. Дверь квартиры распахнута, о косяк опирается дядька — какой-то весь рыхлый, неприбранный, нескладный. Но глазенки цепкие, и рот кривится недовольно.

Старушенция так и бросилась к нему. Ласково — и немного заискивающе — пропела:

— Познакомьтесь, Егор Егорович. Это... это... — В бабкином взгляде мелькнула паника.

Ну, конечно. О своих горестях она повествовала

охотно, а именем человека, который ей помог, даже не поинтересовалась.

— Надя, — пришла на помощь Митрофанова.

— ...Надя... она просто спасла меня сегодня. Мне стало плохо, и Надя помогла мне добраться домой, и...

— И вы, доверчивая моя, конечно, пригласили ее на чай, — ухмыльнулся неприятный мужик.

Наградил Митрофанову еще одним испытующим взглядом, но не посторонился. И обратился уже к ней:

— Значит, очередная шустрая девушка — в этот раз по имени Надя. А фамилию вашу, любезная Надя, позвольте узнать?

Да что он себе позволяет, этот мерзкий тип?

Надя (получилось не очень-то вежливо) сбросила бабкину руку со своего предплечья. Пробормотала (любимую, кстати, фразочку Димы Полуянова):

— А ПИН-код к моей кредитке вам не нужен?

Вот так всегда: поможешь — а тебя еще и оскорбят.

Бежать отсюда, и как можно быстрее.

А когда повернулась к лифту, вдруг услышала за своей спиной властный голос:

— Подождите.

Голос был женским, и таким непререкаемым тоном могла говорить только звезда. И Надя, конечно, не выдержала — обернулась. Хоть она и уходит, но все равно любопытно хоть посмотреть — вживую! — на легендарную Крестовскую...

И аж глазами захлопала: потому что увидела настоящую королеву. Идеальной осанки, с безупречной прической, тонкой кости руками, уверенным взглядом. В первую секунду ей показалось: женщине лет пятьдесят, не больше. Лицо почти без морщин, белоснежные зубы, а главное — улыбка. Молодая, веселая.

Женщина надменно бросила противному Егору Егоровичу:

— Иди в дом.

И тот как-то сразу сдулся, послушно исчез в недрах квартиры.

А Наде королева протянула руку:

— Я — Лидия Крестовская.

— Очень приятно... — пробормотала девушка.

— Прошу вас, проходите, — светски пригласила балерина.

А едва Митрофанова сделала шаг в прихожую, танцовщица произнесла:

— И скажите наконец кордебалету, чтобы начинали.

— Что?.. — пискнула Надя.

Увидела, как домработница бросает на нее из-за спины балерины умоляющий взгляд и машет рукой: соглашайся, мол!

— Сколько можно возиться! — капризно сказала Крестовская. — Мой выход через три такта, а эти девицы до сих пор не на сцене!

И Наде ничего не оставалось, как пробормотать:

— Да, хорошо, я скажу.

Вот влипла! Балерина-то, похоже, в маразме!

— Извините, пожалуйста, но мне надо идти, — твердо произнесла Надежда.

Домработница же спокойно сказала, обращаясь к своей хозяйке:

— Ты все путаешь, Лидочка. Спектакля сегодня

нет, мы с тобой дома, и эта девушка, Надя, наша гостья.

— Да, да... — проборомотала балерина, будто просыпаясь. — Мы дома, и я больше не служу в театре... И Виктора нет...

Она сразу как-то состарилась, сгорбилась, поникла.

И вдруг спросила Надю уже совершенно другим, будничным тоном:

— Тогда попробую догадаться. Моей любимой экономке, наверно, опять стало плохо на улице? И вы, добрая душа, помогли ей домой добраться?

А потом ласково, по-матерински, обняла Надю за плечи и виновато проговорила:

— Спасибо вам за Люську. И — простите меня... Сами понимаете: годы. Я не сумасшедшая, нет. Я просто иногда забываюсь. — И, тревожно взглянув в Надино лицо, добавила: — Но вы ведь не испугались? Не уйдете? Выпьете с нами чаю? Вы не беспокойтесь: со мной такое не часто бывает, и я совсем не в маразме, и очень люблю гостей, и хотела бы еще раз выразить вам свою благодарность за Людмилу...

И такая в ее голосе звучала тоска, такое одиночество, что у Нади аж горло перехватило.

— Пожалуйста. Останьтесь, — повторила балерина. — К нам так давно... никто не приходил.

И разве можно было теперь развернуться и уйти?..

* * *

Ксюшка и в страшном сне не могла представить, что когда-нибудь скатится до работы в сберкассе. Ей хотя и тридцати еще нет — а уже успела поработать в самых успешных банках. И операционисткой, и в бэк-офисе, и даже менеджером кредитного отдела. Доходы не сравнить, конечно, с теми, что начальство хапало, но на нормальные шмотки ей всегда хватало. И на косметику. И чтобы в отпуск поехать, как положено успешному человеку, хотя бы в Турцию. А тут вдруг кризис, гори он огнем! И банки пусть и не закрываются, но хитрят по-всякому. Или иди на полставки, и зарплату при этом срезают даже не в половину — на три четверти. А не нравится — пиши по собственному. Кадровик (под самим-то земля дрожит, скоро тоже попрут с волчьим билетом) ей так заявил:

— Смысла никакого нет нам, Оксана Васильевна, вас оставлять. Безработных сейчас в Москве пруд пруди. Мы на ваше место человека и с высшим образованием можем взять, и более ответственного, и некурящего к тому же.

Вот далось им это курение! Начальству, значит, можно, а ей, простой операционистке, нельзя?..

Сначала Оксанка вообще думала на свой прежний банк в суд подать — за незаконное увольнение. Или даже купить справку о фальшивой беременности и отхватить под это дело пособие в размере нескольких полных окладов. Да в последний момент страшно стало. Против буржуев попробуй попри. Вон, их начальник службы безопасности — натуральный уголовник, за судебный иск и пристрелить может. Да и репутация скандалистки ей не нужна — вдруг кризис кончится, все опять начнут хапать прежние деньги, а ее и не возьмут никуда... Потому она решила пересидеть сложное время в банке попроще. Хотя бы в государственном. Зарплаты, конечно, там совсем несерьезные, да и тех, кто в сберкассе когда-то трудился, потом в нормальные места неохотно берут. Но не в продавщицы же ей идти? А в любовницы сейчас тоже не устроишься. Это раньше брателлы по две-три девчонки каждый содержали. А теперь и у них кризис — любовниц в отставку, сидят по домам и растолстевшим женам на горькую судьбину жалуются.

Обидно, конечно, в расцвете сил и лет коротать время в сберкассе, где работают одни неудачники. Компьютеры здесь древние, кресла продавленные, вместо кондиционеров сквозняки. Да еще и работы выше крыши. А в прежнем-то банке за целый день от силы десяток клиентов явится, перекуривай — не хочу. А тут бабки очередь за час до открытия занимают и даже, совсем архаизм, списки пишут, чтоб никто посторонний не проскочил. И обслуживать их сплошная морока — одна не слышит, другая не видит, у третьей руки дрожат, выдает какие-то закорючки, ни капельки не похожие на подпись в банковской карточке. Ну, и претензии, конечно, постоянные: «А почему у меня в этом месяце пенсия на сорок два рубля меньше? А чего это мне до сих пор компенсация за похороны мужа не пришла?..» Будто она, Ксюша, им пенсии начисляет!

Тут, правда, в начальниках службы безопасности мирный дед, и никакой корпоративной этикой даже не пахнет — маникюр делать необязательно, а улыбаться бабкам и вовсе никто тебя не заставит. Но все равно: с девяти до восьми не покладая рук ублажать вечно недовольных старух — это тяжко. Ксюшка иной раз еле удерживалась, чтоб не запустить в лицо какой-нибудь особенно вредной чем-нибудь тяжелым, хотя бы массивной стальной зажигалкой. А то ведь и покурить времени нет. Утром как засядешь перед своим окошечком — так и терпи до обеда.

Одна радость: отделение у них в самом центре, на Тверской, и сюда иногда знаменитости захаживают — из тех, кто еще не все деньги перевел в Швейцарию или на Кайманы. Она и Збруева обслуживала, и Чурикову, и режиссера Стефановича, и даже рэпера Тимати однажды.

Вот и сегодня ровно к девяти, к открытию банка, к ним снова подвалила знаменитость. Какая-то старенькая совсем, и лицо ее если и казалось знакомым, то очень смутно. Но остальное все как положено: пальцы унизаны бриллиантами, осанка царственная, за спиною топчется сопровождающий — блеклый мужичок. Да и бабки, что держали возле окошечка оборону, расступились перед вновь прибывшей безропотно. Ксюшка только шепотки услышала: «Крестовская! Сама Крестовская!..» А кто это, интересно, такая? Оперная певица, что ли? Хотя нет, те все толстые, у этой же фигурка что надо. Ксюшка хоть и сидела на диетах, и курила, можно сказать, специально, чтоб лишний вес не прилипал, но о подобной стройности только мечтать могла.

Впрочем, стройная — не стройная, в бриллиантах — не в бриллиантах, а все равно бабка. Безумная, как и прочий в их банке, не столь прославленный контингент. Как подошла к окошку, так и стоит, глазами хлопает, разглядывает грошовые календари на стенах. И ни слова. Вместо нее безликий мужичонка заговорил:

— Нам нужно оформить завещание на вклад.

И сам же бабкин паспорт протягивает.

— Крестовская Лидия Михайловна, — быстренько вбила в компьютер Ксюшка.

Ого, а бабулька-то не из бедных. Не супербогатство, конечно, но три миллиона рубликов.

Ксюшка вскинула на мужичка взгляд:

— Но вклад уже завещан. Вот, здесь написано: Пономаренко Людмиле Петровне.

— Да, да, — вдруг вернулась к действительности сама завещательница. — Люсеньке, моей Люсе. Пусть ей все остается, у нас с ней такой договор: у нее завещание на меня, у меня — на нее.

— Лидия Михайловна, не дурите, — прошипел мужик.

— А вы не давите на нее! — прикрикнула на противного Ксюшка. А Крестовской (все-таки знаменитость, имеет право на малую толику уважения) предложила: — Может быть, что-нибудь еще? Вчера как раз проценты за май пришли, могу их выдать, или давайте ваш вклад на годовой депозит переложим, по нему доходность больше.

— Нет, благодарю вас, — церемонно отказалась дама. — Ничего не нужно.

— Ну, и чего вы тогда хотите? — начала раздражаться девушка.

А безликий мужичонка вдруг оттер свою титулованную спутницу от окна и сердито прошипел:

— Я же вам сказал! Нам нужно оформить *другое* завещание! Вот на этого человека! — И протянул ей паспорт.

Баченко Егор Егорович. И фотография — его же. Ах ты, жулик!

Но она ведь тоже не идиотка!

И Ксюшка, повысив голос, вновь обратилась к Крестовской:

— Лидия Михайловна! Посмотрите на меня. Вы действительно хотите оставить свои деньги не этой вашей Люсе, а господину Баченко?

И натолкнулась на потерянный, непонимающий взгляд:

— Как? Как вы сказали?

— Лидия Михайловна, — ледяным тоном прошипел мужик. — Давайте мы с вами не будем в очередной раз устраивать концертов!

А Крестовская его будто не слышит. Вдруг облокотилась обоими локтями на стойку, улыбнулась Ксюшке и тоном заговорщицы произнесла:

— Хочешь в Главный театр сходить? Сегодня «Жизель» дают. Я там солистка...

Ох, бабуська! Куда тебе вклады завещать? К психиатру идти нужно!

И Ксюшка твердо произнесла:

— Возьмите, Лидия Михайловна, ваш паспорт. Я вам ничего оформлять не буду.

— Паспорт? — недоуменно уставилась на нее та. — Чей?

— Да ваш же!

Вот Альцгеймер несчастный!

Но документ старуха не взяла. Она под гневным взглядом своего спутника все больше тушевалась, сдувалась. И наконец пролепетала:

— А вы уже сделали, что Егор Егорович сказал?

Но ответить Ксюшка не успела.

Сама не заметила, как сзади подкралась заведующая, нависает над ней, шипит:

— В чем дело?

— Да вот... — начала девушка.

А мерзкий Баченко вдруг расплылся в улыбке, заулыбался ее начальнице, как родной:

— Карина Измаиловна! Здравствуйте! Рад вас видеть!

И она отвечает, да вежливо так:

— О, приветствую, Егор Егорович!

Действительно, оказывается, знакомец. Прикормил начальницу. Потому что та немедленно рявкнула на Ксюшку:

— Делай все, как он велит!

А сама — бегом в оперзал. Подхватила под руку несчастную старуху и залепетала восторженно:

— Лидия Михайловна! Какая честь для меня! Но почему вы в общем зале? Пойдемте, пойдемте же скорее в мой кабинет!

Та, как и все знаменитости, от комплиментов аж расплылась. С важным видом удалилась под ручку с заведующей. А паспорта — ее и омерзительного Баченко — остались у Ксюшки.

Ну, раз начальница приказала... Ничего больше и не оставалось, как переписать завещание и за подписью Крестовской в кабинет к шефине сбегать (там уже чаепитие было в разгаре). Одна радость — когда возвращалась уже с готовыми документами к окошку, успела выскочить во двор. Выкурила долгожданную сигаретку. А пока жадно затягивалась вредным для здоровья, но таким приятно расслабляющим дымом, все думала: умеют же некоторые, вроде этого Баченко, устраиваться! Бабка-то совсем дурная, и втереться к ней в доверие явно легче легкого. Вон, и ей, Ксюшке, совершенно незнакомому человеку, контрамарку в театр предлагала. А что, может, тоже попробовать? Списать из базы данных банка адрес Крестовской — да и явиться к ней в гости, с цветами и с тортом. Ну, и начать причитать: «Ах, да я ваша поклонница, ох, какая для меня честь!» Авось та растает и чего-нибудь ценное тоже отпишет...

* * *

Ни одно доброе дело не остается безнаказанным. И чем искреннее, чем бескорыстней ты хочешь помочь — тем в больших грехах тебя подозревают. Обыватель — он видит поверхностное, только пену. Одиноко живущая в богатой квартире старуха... Антиквариат, счета в банке, бриллианты в сейфе, все признаки подступающего маразма... И раз ты живешь в ее доме, и тебе доверяют, и ты терпеливо выслушиваешь все ее жалобы, носишься по аптекам, стоически сносишь ее дурной нрав — значит, обязательно *нацелился*. На чужое богатство, часть народного достояния, на богатую квартиру... Никому и в голову не придет, что старого, беспомощного человека может быть просто жаль.

И никто никогда не поверит, что моя помощь ей была абсолютно безвозмездной. По крайней мере, вначале.

Меня всегда восхищала Крестовская. Пусть она давно уже не звезда — сорок лет как на пенсии. Искусство за то время, что она не танцует, шагнуло далеко вперед. Балет неподражаемо усложнился, наполнился акробатикой, и фуэте теперь берутся крутить даже средненькие выпускницы хореографических училищ. Однако сколько я ни посещаю современных спектаклей, никогда еще не доводилось встречать даже близко похожих на нее. Безупречная техника — да, бывает. Оригинальные постановки — сколько угодно. Потрясающие костюмы — сплошь и рядом. Но чтобы жизнь и смерть вот так, как у Крестовской, проступали в каждом движении, в одном лишь повороте головы — такого вы больше не увидите. Современные танцовщицы лишь отрабатывают свои блестяще поставленные номера. А Лидка — она жила на сцене. И умирала на ней. И пожертвовала ради своего балета абсолютно всем. Она мне рассказывала однажды: что на пике карьеры забеременела и очень хотела оставить ребенка, но ей просто не позволили. Тогда ведь другие времена были. Партия сказала надо — и извольте выполнять. Какие могут быть декретные отпуска у единственной на тот момент солистки Главного театра? У любимицы Сталина?! Уйди она хотя бы на год, и уже не быть нам в области балета впереди планеты всей. Да и не у каждой балерины после рождения детей получается вернуться — хотя у Крестовской с ее непреклонным характером это, конечно бы, вышло. Но ею, «народным достоянием», просто не стали рисковать...

А принесенную когда-то жертву оценили всего лишь в персональную пенсию — о да, это огромные деньги, на несколько тысяч больше, чем у рядовых стариков! И никого, абсолютно никого, не волновало, что балет наградил ее огромным множеством болячек (несколько переломов, слабые суставы, кошмарные вены, изношенное сердце...). Считалось, что она востребована, она на виду. Великую Крестовскую охотно звали председательствовать на множестве конкурсов, ее подпись регулярно вымаливали для всевозможных петиций, ее имя трепали бесчисленные псевдоблаготворители, но кому, скажите, было хоть малейшее дело до ее одиноких вечеров? И абсолютной беспомощности, что наваливалась на нее все чаще?

А из меня получился идеальный ангел-хранитель. Ну, а то, что Лидкина пенсионная жизнь получилась немного не такой, как она сама хотела, — это всего лишь плата. За то, что ей нашлось с кем разделить свои капризы. Нашлось на ком срывать свой дурной, как и положено истинной звезде, норов.

Мне ведь тоже пришлось в какой-то степени пожертвовать собой. И страдать рядом с ней. Разве я не заслуживаю хотя бы минимальной награды?

* * *

Надя с цветами в руках шагала по Тверской — и удивлялась самой себе. Как такое могло получиться, что она опять идет в гости к старухам? И, можно сказать, подружилась с ними?! Надо же быть такой клушей! И это вместо того, чтобы ввиду отсутствия и хамского поведения Полуянова предаться разврату!

Спору нет: Крестовская — человек интересный. И в минуты просветлений общаться с ней приятно. Умная, тонкая и рассказывает замечательно. Причем Надя никогда не умела вычислить, когда балерина говорит правду, а когда привирает. Интереса ради даже проверяла байки Крестовской — благо работала в историко-архивной библиотеке и имела доступ к любым, даже самым редким и ценным изданиям. И всегда оказывалось: истории Крестовской происходили на самом деле, но, скажем так, они несколько приукрашены.

Вот повествует, например, балерина про страшный 37-й год. И как арестовали ее первого мужа, а ее саму вызвал к себе Берия. Страшно: ночь, сумрачный кабинет, пронзительный взгляд человека-палача... И его вкрадчивый вопрос:

«Мне почему-то кажется, дорогая Лидия Михайловна, что вы не очень-то доверяете советской власти... Или я ошибаюсь?»

И она, конечно, не оправдывается — оправдываться перед Берией бесполезно. Вместо униженного лепета смело заявляет ему в лицо:

«Я абсолютно доверяю советской власти. Но если мой муж виновен — тогда сажайте и меня вместе с ним. А невиновен — выпускайте».

— И ведь представьте, Надечка, — с тихой гордостью завершает она рассказ, — он меня послушался. Пусть не сразу, пусть через год — но освободил мужа... Только брак наш, увы, все равно распался. Не захотел любимый мою репутацию чернить, я ведь на сцене Главного театра танцевала, а он — бывший политзаключенный...

История, конечно, красивая. Только Надя на следующий же день раскопала в архивах своей «историчи»: про визит балерины к Берии и про ее разговор с ним — все правда. А вот муж не вернулся к Крестовской вовсе не из-за ее карьеры. Просто влюбился, будучи в лагерях, в женщину, работавшую там врачом. И остался с ней...

Но разве ж прима-балерина, пусть и совсем теперь немощная, признается, что кто-то когда-то осмелился ее бросить?..

Надю просто восхищала непоколебимая уверенность Крестовской в себе — в собственной красоте, таланте, обаянии. Зеркал для нее словно бы не существовало, а если балерина и видела в них дряхлую, немощную старуху, то не верила, что это она сама. А уж когда Лидия Михайловна впадала в свои, как деликатно выражалась домработница Люся, мечтания — тогда она и вовсе преображалась. Спина сразу совершенно ровная, голова гордо откинута, глаза сияют, и даже морщины разглаживаются. Жаль только, что в этом состоянии, на грани помешательства и яви, она несла всегда исключительный бред. То начинает пенять дирижеру, что он принимает ее за артистку второго состава, и восклицает гневно:

— Что вы себе позволяете? Разве не знаете, что Юрий Файер для остальных всегда играл, как обычно, и только для меня ускорял темп до предела?

А еще в самое первое их чаепитие вдруг на Надю напустилась:

— Как ты сидишь? Плечи сгорблены, грудь впалая, подбородок чуть не в тарелке. Да тебя не в кордебалет надо ставить, а в билетеры! Впрочем, нет. У нас в театре билетеры и то куда достойней выглядят!

Верная Люся — очень переживавшая из-за балерининых помрачений — тогда виновато взглянула на гостью и прошептала:

— Не обижайся, Надя... Сейчас у нее пройдет.

Но Митрофанова и не обиделась. Наоборот, распрямила изо всех сил плечи, вскинула голову — и даже удостоилась снисходительной похвалы:

— Сойдет. Научись еще двигаться — тогда в подружки невесты тебя поставлю...

Глупо обижаться, если у человека заскоки. Да и

права балерина: сидеть прямо — лучше, чем сутулиться.

Надя даже с Егором Егорычем примирилась —
блеклым человечком, что столь невежливо встретил
ее сначала. Не подружились, конечно, но больше не
враждовали. Мужика тоже понять можно.

...Егор Егорович официально считался личным
секретарем Крестовской, а фактически являлся
«смотрителем за все». Выступал проводником между
старческой немощью и реальной жизнью. Покупал
продукты, оплачивал счета, сдавал в химчистку одежду, возил бабулек по врачам. Следил, чтобы обе
скрупулезно принимали все положенные лекарства.
И, конечно, оберегал старух от всевозможных мо-
шенников, которые так и вились вокруг набитой ан-
тиквариатом квартиры.

...После первого Надиного чаепития, когда она
уже покинула жилище балерины, Егор Егорович на-
гнал ее во дворе. И на сердитый вопрос девушки:
«Что вам еще нужно?» — виновато улыбнулся:

— Вы простите, что я на вас с порога набросился.
Я все сейчас объясню. Я ведь вовсе не злодей какой-
то и уже понял, что вы желали Людмиле только добра. Но дело в том, что Лидия Михайловна и Люся —
они ведь совсем как дети малые иногда... Сколько
раз уже было: приходили в дом какие-то люди. Говорили, что будут фонд Крестовской создавать — для
помощи, скажем, начинающим балеринам... А Лидочка — она всем верит, деньги дает. А потом ее об-
манывают, и она очень переживает. Да что там переживает! У нее ведь до недавнего времени с головой
все нормально было. А эти приступы стали случаться
после того, как из дома все ее награды пропали.

Представляете: двенадцать орденов, медали, даже значок «Ворошиловский стрелок», который она во время войны получила... Тоже такая скромная с виду девушка пришла, заморочила голову: что планируется музей-квартиру Крестовской открыть в ее бывшей гримерке и награды станут экспонатами...

— И вы, значит, решили, что я тоже что-то украсть явилась, — покачала головой Надя.

— Я просто перестраховываюсь, — пожал плечами Егор Егорович. Внимательно взглянул на нее и добавил: — К тому же всегда имеет смысл задаться вопросом: кому интересно ходить в гости к ветхим старухам просто так? Если нет никакой тайной цели?

— А какая же цель у вас? — усмехнулась Надежда. — Вы-то с какой стати их благодетелем выступаете?

— Ну, у меня все просто, — пожал плечами мужичонка. — Я Крестовскую знаю давно и глубоко ее уважаю. И помогаю ей не бесплатно — за жалованье и за жилье. Мама моя верной поклонницей Лидии Михайловны была. И меня на ее спектакль чуть не в три года притащила — на «Щелкунчика». А потом так вышло, что мы в Узбекистан уехали. А когда вернулись после всех тамошних погромов, это в девяностых было, получилось, что жить-то нам и негде. Вот мама и пошла на поклон к Крестовской — знала, что та всегда убогих да сирых жалеет. Лидия Михайловна помогла — пробила матушке через мэрию «однушку». А когда умерла мама — пять лет назад — и я пошел ее благодетельницу на похороны позвать, то увидел, в каком Лидия Михайловна состоянии. И взялся ее опекать... Ну, а она, справедливый человек, мою помощь оплачивает. Собственно, это все.

— Вы так подробно рассказали, — хмыкнула Надя. — Будто оправдываетесь...

— Я не оправдываюсь, я предупреждаю, — мгновенно парировал Егор Егорович. — За Крестовскую — я горой и обидеть ее не позволю. Чай с ней можете пить сколько угодно и байки ее выслушивать, хоть диссертацию про нее пишите — к нам, кстати, тут уже ходит один аспирант. Но если я услышу про очередной фонд, или про выставку, или что тебе срочно деньги на операцию нужны — выставлю тут же.

— Не надо мне угрожать, — поморщилась Митрофанова. — Тем более что на имущество балерины я не претендую. И к вам в дом ходить вовсе не собираюсь. У меня своих дел полно. И всякие, как вы говорите, байки мне слушать некогда.

— Ну, и жаль, — неожиданно отреагировал Егор Егорович. — Бабульки-то мои скучают. Хлебом их не корми — дай кому-нибудь жизненный опыт передать. А мне эти их истории про всякие балетные пачки выслушивать неинтересно, да и некогда. Я только про другие пачки знаю. Которые из денег. — Он хохотнул.

А на прощание панибратски потрепал девушку по плечу:

— В общем, так, Надежда. Я лично против тебя ничего не имею. Позовут старушки — приходи, буду рад. А то газету некогда почитать — все слушай про Сталина, да про Берию, да про интриги эти театральные...

— И не подумаю к вам приходить! — буркнула Надя.

Однако уже на следующий день ей позвонила сама Крестовская. И не терпящим возражений тоном заявила, что Люся испекла для «своей спасительницы» какой-то особенный торт, аж из четырнадцати коржей, и если Надя не придет, то у домоправительницы наверняка случится еще один сердечный приступ — от обиды. А еще через пару дней последовало приглашение на «суаре», опять вроде как в Надину честь — потому что, заявила балерина, таких добрых и бескорыстных людей, как она, в современном мире не сыщешь...

Тоже пришлось пойти. Да и сегодня отказаться было никак не возможно, потому что задумывалась целая вечеринка — на этот раз уже в честь дня рождения Лидии Михайловны.

День рождения, конечно, дело святое. И кормят у балерины вкусно. И в роскошной квартире с видом на сияющую огнями Тверскую бывать приятно. Но только грустно немного. Там, за толстыми стеклами стеклопакетов, зазывно мерцают казино, рестораны, ночные клубы. Идут в обнимку влюбленные парочки. Хохочут веселые компании. Проносятся лимузины... А она — коротает вечера со старухами.

Но только заняться-то больше нечем. Ее друг и любовник Димка по-прежнему оставался в Питере и вестей о себе не подавал. Одноклассник Мишка после их незадавшегося свидания так и не позвонил ни разу. Подружки — вечерами все при своих мужиках, а одна в ресторан не пойдешь...

* * *

Домоправитель балерины Егор Егорович не скрывал, что гостей не очень-то любит, сплошные от них хлопоты. Однако тех, кого считал надежными, принимал безропотно, с какой-то даже военной четкостью. Вот и сегодня, на дне рождения, в коридоре аккуратным рядком выставлены тапочки, под цветы приготовлены вазы, и стол в гостиной накрыт роскошно, словно в дорогом ресторане: хрусталь, серебряные приборы, даже витиевато скрученные накрахмаленные салфетки присутствуют. Хотя публика на первый взгляд собралась простецкая: несколько бедно одетых старух... мужчина средних лет — в мятом, худо сидящем костюме... двое дам, с виду — мелкие чиновницы или бухгалтерши. И всем — как минимум за пятьдесят.

«И чего я, спрашивается, сюда притащилась?» — мелькнуло у Нади.

Крестовская встретила ее сдержанно, скромный букетик из девяти тюльпанов равнодушно бросила на комод — корзины цветов, что ли, ждала, противная прима? Одна Люся обрадовалась: обняла, зашелестела на ухо:

— Ой, Надечка, как замечательно, что вы пришли! У нас сегодня утиная печень, и перепелки, и еще... еще один сюрприз. Специально для вас мы с Лидочкой приготовили!

Старуха лукаво посмотрела на Митрофанову. Надя машинально отметила, что выглядит она неважно: очень бледная, под глазами темные круги, руки подрагивают. И пахнет от нее валериановыми каплями. В таком состоянии нужно в постели лежать, с грелкой в ногах, а не гостей принимать.

И Надя тепло улыбнулась бабульке:

— Да зачем же мне-то сюрприз? День рождения ведь у Лидии Михайловны.

— Ну, Лида у нас сегодня, сразу предупреждаю, *в*

сферах, — заговорщицки проговорила Люся. — С утра меня изводит: то ей корсет подай, то чтобы я Раневскую на ее спектакль позвала... Но вы не обращайте внимания, Надя, вы веселитесь...

«Да с кем тут веселиться — сплошной собес!» — едва не хмыкнула Митрофанова. Даже знакомиться ни с кем не хотелось.

Тетки (то ли чиновницы, то ли бухгалтерши) со знанием дела обсуждали народные средства, якобы помогающие от повышенного давления. Бабки сбились в кружок и дружно ругали турникеты в автобусах — пожилому человеку быстро сквозь них не пройти, а пассажиры сзади напирают, ругаются. Крестовская с отсутствующим видом внимала мужчине в мятом костюме — тот что-то вещал по поводу заката Главного театра. Сплошная тоска. Хоть бы уже скорее за стол сесть — среди закусок, отметила Надя, имелись и тарталетки с икрой, и французские сыры, и семга...

Но тут вдруг за ее спиной раздалось:

— Могу поспорить: ваш любимый коктейль — «Дайкири».

Надя вздрогнула, обернулась: ох, ничего себе! К ней обращался мужчина — да какой! Молодой, не старше тридцати. Высокий, черноглазый, дорого одетый, явно знающий себе цену. Наде, чего уж душой кривить, подобные экземпляры нравились чрезвычайно. Только вот заговаривали они с ней редко — обычно лишь бросали мимолетный взгляд и отворачивались...

Надя сразу подобралась. Широко улыбнулась красавцу:

— Вы угадали! «Дайкири» мне нравится. Особенно клубничный.

Хотя на самом деле коктейли она не любила, предпочитала сухое вино.

Что, интересно, это за тип? И откуда здесь взялся? Неужели тоже приятель Крестовской?

— Отлично! — просиял незнакомец. — «Дайкири». С клубничкой. И совсем немного льда. Сейчас сделаю.

— А вы, что ли, тут бармен? — хмыкнула она.

— Боюсь, бармены этой публике уже не нужны, — подмигнул тот. — И я работаю отнюдь не в сфере услуг. Но коктейли готовить люблю. Особенно, — вновь широчайшая улыбка, — для таких симпатичных девушек. — И протянул руку: — Я — Владислав. А вы?..

— А я — Надя.

— Я так и понял, — кивнул он. — Тот самый сюрприз...

— Тот самый — что?.. — Надя почувствовала, что краснеет.

А Владислав доверительно подхватил ее под руку, отвел в уголок гостиной, понизил голос:

— Да я хотел отмазаться от этой вечеринки. Сомнительное удовольствие: пировать со стариками. А Люся меня уговорила. Сюрприз пообещала. А когда я насел на нее, что, мол, еще за сюрпризы, призналась: придет какая-то девушка изумительная...

Ах, вот оно что! Старушки, значит, решили выступить в роли свах! А какое, собственно, право у них лезть в ее личную жизнь? Но с другой стороны — она ведь сама решила подыскивать ветреному Полуянову достойную замену...

И Надя еще раз внимательно взглянула на нового знакомца. Действительно симпатичный. Редкое сочетание — явно успешный, но лицо при этом не самовлюбленное. И взгляд дружелюбный. И видно, что в институтах учился. И вряд ли женат — иначе бы бабульки, представительницы старой школы, сватать их не стали.

Так, может, все и к лучшему? Вдруг этого Влада ей всевышний послал? А что — бог увидел, какая сволочь Полуянов, и решил вознаградить ее за долгие годы мучений?..

Хотя что-то в новом знакомом ее настораживало. Слишком он какой-то... совершенный. Такие на пенсионерские дни рождения не ходят. С чего бы такому красавцу проводить время в компании, как сейчас говорят, откровенных лузеров? А тут именно они и собрались. Бабки, поняла Надя, балерине даже не подруги, а какие-то случайные знакомые, по поликлинике, что ли. Мужчина в мятом костюме вообще всего лишь сын друга ее давно умершего мужа, неизвестно, кто по профессии, но по виду явный неудачник. А тетки работают на каких-то вторых ролях в Доме искусств, которому балерина покровительствует, то ли бухгалтерши, то ли билетерши. И тут вдруг: молодой, эффектный, состоявшийся мужчина.

— А вы, Влад, давно знакомы с Люсей и с Лидией Михайловной? — осторожно спросила Надя.

— О-о, только пару месяцев. Но кажется — всю жизнь. — И объяснил: — Я вообще-то историк. Про Крестовскую монографию пишу.

— С ума сойти! А я работаю в историко-архивной библиотеке. Мы почти коллеги, — обрадовалась Надежда. — Странно, что прежде вас не встречала... Неужели в «историчке» никогда не бывали?

— А я, Надюш, современный историк, — хмыкнул Влад. — Зачем просиживать штаны в библиотеке, когда есть Интернет?..

— Ну, в Интернете всей нужной информации не найдешь, — возразила она.

Хотела еще добавить, что ни один серьезный ученый Интернетом не обойдется, да удержалась, промолчала.

А Влад закончил:

— И вообще я живу в Америке, в России бываю не часто.

Понятно. Отсюда и этот лоск, и уверенный взгляд. Хотя все равно немного странно. Ученые — они во всем мире одинаковые. Как правило, хлюпики, очкарики и всегда какие-то не от мира сего. И одеты скромненько. А этот — весь из себя денди. Да и еще одно необычно: зачем американцу писать монографию о советской балерине?

«Не один ли это из тех, о ком Егор Егорыч предупреждал? — пронеслось у Нади. — Из охотничков за богатствами балерины?..»

Но, с другой стороны, раз Влада принимают в этом доме и даже пытаются устроить его личную жизнь, то вряд ли он мошенник. А если и мошенник, то очень хитрый, дальновидный и удачливый. Самая идеальная кандидатура, чтоб необременительно с ним пококетничать назло противному Полуянову!

И Надя весело улыбнулась:

— А по коктейлям вы, что ли, тоже пишете монографию?

— Нет. Это мое хобби, — покачал головой Влад. И лукаво добавил: — И скажу вам по секрету: старушки наши — несмотря на строгие запреты врачей — частенько просят меня смешать им то «Хайбол», то даже «Секс на пляже».

Нет, с этим парнем определенно не соскучишься! Надя сразу воспрянула: сами собой развернулись плечи, на щеках, она чувствовала, проступил румянец. Даже Крестовская это заметила. Снизошла к ней из своих сфер, одобрительно потрепала по плечу:

— Держи, держи спину, милая. Сразу с плеч лет двадцать долой.

— Ну, мне так много сбрасывать не надо! — фыркнула Надя.

И внимательно взглянула на балерину. Не поняла на этот раз: та сейчас с ними или в своих затуманенных мирах?

Однако взгляд у Крестовской был не блуждающим, а абсолютно разумным. Похоже, наступил короткий миг просветления. И произнесла она по-земному, ворчливо:

— Ужин задерживается. Люська моя перепелов затеяла, да сил не рассчитала, никак с ними не справится... А зачем, интересно? У кого тут, — последовал довольно снисходительный взгляд в сторону гостей — привычка к перепелам?..

— А мне перепела по душе, — мгновенно парировал Влад. — Особенно когда под соусом бешамель.

— Ну, ты у нас известный буржуй, — усмехнулась балерина. — На фронт бы тебя. Особенно в то время, когда наши отступали...

Кажется, ей очень хотелось поговорить о тех давних событиях. А по лицу Влада, это Надя совершенно определенно увидела, промелькнула тень скуки. Хороший же он историк! Пусть она никаких монографий не пишет, а послушала бы балерину с удовольствием.

— А вы были на фронте? — вырвалось у Нади.

— О, как только началась война, я сразу забросила балетные туфли за шкаф, — усмехнулась Крестовская. — И сказала: никаких танцев, только защищать страну. И отправилась в райком требовать, чтобы меня послали на фронт. А один очень милый полковник сказал мне: вы правы, конечно, но только сначала пройдите курсы сестер милосердия. И направил меня в известную клинику. В челюстной отдел, где находились пациенты, у которых не было половины лица. Я только их увидела — еле доползла до выхода из палаты, а уже в коридоре упала в обморок. И поняла, что сестры милосердия из меня не получится. Поэтому решила, что надо помогать фронту тем, что умею... Танцевать — для бойцов, для раненых. Где только не пришлось побывать! Я выступала на песке, на земле, чуть не по колено в грязи. Даже балетные туфли сохранились военных времен — они все черные... Хотите покажу?

«Вот герой тетка!» — мелькнуло у Нади, и она быстро кивнула:

— Конечно, хочу!

— Тогда пошли. Перепелов все равно еще долго ждать. — Балерина властно взяла ее под руку.

— А меня возьмете? — тут же подсуетился Влад.

— Зачем ты нам? — пожала плечами балерина. — Сделай мне лучше коктейль на свой вкус... Чтобы кровь заиграла.

— Будет исполнено, — усмехнулся тот.

И отправился в сторону кухни. А балерина провела Надю в небольшую комнатуху. То ли музей, то ли кабинет, то ли все вместе. По одной из стен — сплошь фотографии (в самом центре — Крестовская со Сталиным). Вдоль другой — книжный шкаф. А у третьей стены — сервант, все полки которого оказались уставленными самыми разнообразными предметами: статуэтками, безделушками, роскошными театральными коронами, часами, посудой — штучной, с гравировкой...

Надя, конечно, сразу взялась все рассматривать, и Крестовской ее интерес явно пришелся по душе. Она велела:

— Доставай, что хочешь, разглядывай. Будут вопросы — задавай, все расскажу. А я пока тапки найду. И еще одну вещь тебе покажу. Совершенно потрясающую...

Крестовская присела перед нижним, глухим отделением книжного шкафа, открыла его, чем-то щелкнула — и до Нади вдруг донесся сдавленный стон.

Девушка, конечно же, сразу бросилась к балерине:

— Вам плохо, Лидия Михайловна?..

— Нет... нет... — задыхаясь, произнесла та.

А Надя через ее плечо заглянула в шкаф и сразу увидела: в самую нижнюю его часть оказался вмонтирован сейф. Его Крестовская сейчас и открыла и теперь в ужасе смотрела внутрь. И Надя из-за спины балерины тоже видела: сейф абсолютно пуст. А потом она перевела взгляд на Крестовскую и еще больше перепугалась, потому что лицо у той смертельно побледнело, а губы двигались так, словно она пыталась произнести какие-то слова, да никак не могла.

— Позови... позови Люську, — наконец выдавила Крестовская.

— Давайте я помогу вам встать, — молвила Надя.

Но балерина уже обрела присутствие духа и грозно рявкнула:

— Я сказала: Люську сюда! Немедленно!

И Митрофанова опрометью кинулась из комнаты. Пронеслась мимо изумленных гостей, отвернулась от подозрительного взгляда Егора Егоровича, ворвалась на кухню. А пока мчалась, думала совсем о неважном — что ей никто не удосужился сообщить отчества домработницы. Называть же пожилого человека Люсей — как-то неудобно...

Впрочем, обращаться к той не пришлось. Домработница, как увидела взволнованную Надю, мгновенно отпрянула от плиты, ахнула:

— Что-то с Лидой?

— Да... то есть нет... — пробормотала Надя. — Она просто просила вас зайти в кабинет... Оттуда, кажется, что-то пропало...

Люся мгновенно бросилась вон. А Влад вдруг стремительно приблизился к Наде и прошептал:

— Быстро иди за ней!

— Зачем? — опешила Надя.

— Надо узнать, что исчезло. — И моляще взглянул на нее: — Пожалуйста! Сделай это для меня!

— Да с какой стати? — пожала плечами Надя. — Тебе нужно — ты и узнавай.

Да уж — странное поведение для человека, который пишет монографию.

Из гостиной же тем временем донесся какой-то гул... голоса... а потом в кухню вошел Егор Егорович. Мазнул равнодушным взглядом по Владу, а Наде хмуро велел:

— Пошли со мной.

Сердце екнуло. Они, что ли, ее обвинить собираются в том, что из сейфа пропало что-то ценное? Но с какой стати? В комнату она вошла только вместе с Крестовской и к шкафу даже не приближалась!

Надя не двинулась с места. Как могла спокойно, произнесла:

— Что вам нужно?

— Поговорить.

И железной хваткой вцепился в ее руку. А Влад даже с места не двинулся, чтоб защитить, тоже мне, рыцарь! И что ей оставалось делать? Только проследовать под подозрительными взглядами прочих гостей обратно в кабинет. И увидеть там Крестовскую — безутешно рыдающую на плече у верной Людмилы. Люся же, очень спокойная и очень бледная, ласково поглаживала балерину по руке и приговаривала:

— Ну, ничего, ну, успокойся... Это ведь только камушек...

А прима, распухшая от рыданий и мигом утратившая весь свой лоск, лишь истерично выкрикивала:

— Это не камушек!.. Это! Это моя единственная память! О нем!..

«Кажется, я влипла», — мелькнуло у Нади.

Люся же, завидев на пороге ее и Егора Егоровича, мягко отстранила свою подругу и удивленно произнесла:

— Егор! Зачем ты ее сюда притащил?

И балерина тоже, словно по приказу режиссера, прекратила истерику и гневно добавила:

— Мы же просили тебя не поднимать шума!..

— Интересное кино... — саркастически проблеял домоправитель. — Вы что, совсем святые? Обкрадывай вас, кидай — а вам насрать?

Балерина поморщилась. Люся же терпеливо произнесла:

— Нам — не насрать. Но Надя здесь ни при чем, разве ты не понимаешь?

Но Егор Егорович лишь еще крепче сжал руку Митрофановой и парировал:

— А кто тогда — при чем?

— Мы знаем кто, — со значением произнесла Люся. И тихо добавила: — И этот человек будет наказан. Только позже. А сейчас давай не будем никому портить праздник.

— Вы действительно знаете? — недоверчиво произнес Егор. — Или, — последовала пренебрежительная ухмылка, — водите меня за нос?

— Послушай, Егор, — холодно сказала Крестовская. — Мы уже сказали тебе: не лезь в наши дела. Мы сами разберемся.

— Да уж. Вы так разбираетесь, что половину дома уже растащили, — усмехнулся секретарь.

А балерина выпрямилась. Стряхнула со своего плеча руку Люси. И надменно произнесла:

— И вообще: поди прочь. Надоел.

Люся же бросилась к Наде, горячо зашептала в ухо:

— Прошу тебя, ни слова никому! Ничего не случилось и ничего не пропало — поняла?..

— Но...

— Все, бегом в гостиную, — оборвала ее домработница. — Перепела готовы. Я сейчас подаю...

* * *

Странный получился день рождения.

Гости сидели на своих местах напряженные, настороженные. Все, конечно, слышали вскрик Крестовской из кабинета. И видели, как в кухню пробежала испуганная Надя, и Люсин поспешный бег, и как Егор Егорович почти силком волок Митрофанову на разбирательство...

А после этого всех спокойно приглашают к столу, и балерина объявляет, что произошло всего лишь маленькое недоразумение. Столь незначительное, что о нем не стоит даже говорить. При этом Люся, которая и в начале-то вечера выглядела неважно, сейчас совсем уж похожа на тень, а Егор Егорович сидит за столом мрачнее тучи.

Отнюдь не все участники вечеринки удовлетворились столь сомнительным объяснением. Старухи из поликлиники — те сидели тихо, а вот чиновницы (или кто они там?) из Дома искусств насели на балерину конкретно.

— Лидия! Мы ведь подруги! — увещевала Крестовскую одна из дам по имени Магда Францевна. — Ты просто обязана объяснить мне, в чем дело!

— Лидочка! — вторила ей другая (эту звали Антониной Матвеевной). — Ты у нас, конечно, интеллигентка, старая школа, никому никогда не создаешь проблем. Но иногда просто необходимо обратиться за помощью!

Но балерина упрямым партизаном лишь качала головой:

— Все хорошо, девочки... Все хорошо. У меня просто немного закружилась голова, вот я и попросила Надю, чтоб она вызвала Люсю... А сейчас давайте наконец ужинать.

А когда домработница, покачиваясь от усталости, подала на стол долгожданных перепелов, тетки уже к

Наде прицепилась. Особенно та, которую звали Магдой, наседала:

— Мы должны знать, что случилось! Расскажите нам!

Наде скрывать-то было нечего — только разве посмеешь перечить властному взору Крестовской?

Потому ей оставалось лишь пробормотать:

— У Лидии Михайловны спрашивайте.

А потом без аппетита жевать деликатесы, избегать вопрошающего взгляда Влада и твердо клясться себе, что больше в дом балерины она ни ногой. Сегодня пронесло — а в следующий раз запросто может случиться, что ее еще и в краже обвинят.

Что ж такое находилось в сейфе? Люся сказала — «просто камушек». Но почему он столь дорог балерине? И главное, как понимать: что старухи вроде бы знают, кто его взял, но не желают поднимать шума и почему-то не хотят называть имя преступника даже своему конфиденту Егору? Может, они его самого и подозревают?.. И почему Влад сидит с совершенно опрокинутым лицом?..

На одну Крестовскую инцидент подействовал скорее благотворно. В том смысле, что во время застолья обошлось без ее уже привычных заскоков. Пуантов не требовала, на дирижера не ругалась. Грациозно и гордо восседала во главе стола, остроумно шутила, сыпала историями — абсолютно разумными... Наде особенно одна понравилась — про то, как однажды балерина, выступая где-то поблизости от линии фронта, вывихнула ногу, а врача рядом не оказалось. Нашелся только ветеринар. И ногу вправил мастерски. А когда пациентка заорала от боли, прикрикнул на нее: «Тпрр-у!»

Люся любовно поглядывала на подругу и то и де- ло выскакивала из-за стола: подрезать хлеба, принес- ти из холодильника воды, проверить, не осел ли в духовке торт.

А когда побежала, как сказала, на минутку поста- вить чайник, то не возвращалась долго. Но гости, с удовольствием внимавшие рассказам Крестовской, исчезновения ее верной тени и не заметили. Вспом- нили про Люсю лишь минут через сорок.

— Сходи, Егор. Узнай, чего она там копается, — царственно велела балерина.

— Как прикажете, — саркастически буркнул Егор.

Поднялся из-за стола и направился в кухню. А когда через минуту явился обратно в гостиную — бледный, с трясущимися губами, — все гости мгно- венно умолкли.

— Что? — ахнула Крестовская. — Что случилось?

— Там... в кухне... Там Люся умерла, — избегая встречаться с ней взглядом, пробормотал Егор.

*

«Где стол был яств — там гроб стоит». Или, пере- фразируя классика: славно повеселились...

Надя в ночь после злосчастной вечеринки не смогла уснуть до утра. Едва пыталась закрыть глаза, сразу всплывало, как она, вслед за всеми гостями, врывается в кухню... И видит: вокруг идеальная чис- тота. Будто и не готовились здесь к застолью. Нигде ни ножика забытого, ни початых банок с соленьями, ни вообще соринки. На столе красуется торт. Зава- рочный чайничек заботливо укутан полотенцем.

Единственная негармоничная деталь — недвижимая, распластанная на полу Люся... Ее остановившийся взгляд устремлен точно на включенное бра, единственный источник света. И очень легко представить, как пожилая женщина туманящимся взором все смотрела и смотрела в эту светящуюся точку, цеплялась за нее отчаянно и наверняка понимала: пока ее видит — она живет. А лампочка перед ее глазами все тускнела, меркла, безжалостно, неумолимо — и, наконец, погасла совсем.

— И умерла, как жила, — тихо произнесла стоявшая за Надиной спиной Магда Францевна. — Никому никаких проблем. Чистота. Порядок... Даже чай заварен.

Видно, сердце не выдержало, — эхом откликнулась вторая из теток, Антонина Матвеевна. — Она ж весь вечер бледная какая была, явно неможилось ей... Но нет бы в постель лечь. Через силу, через «не могу» старалась — чтоб все на уровне, все довольны...

А потом тишину кухни разорвал отчаянный крик Крестовской:

— Лю-уся! Ну, зачем?..

И балерина рванулась к телу подруги.

Однако Егор Егорович придержал ее за плечи и грубо рявкнул:

— Стоять!

— Да как ты смеешь! Пусти меня, пусти! — забилась в его руках Лидия Михайловна.

Но бездушный человек упрямо произнес:

— Не пущу. После попрощаетесь. А сначала пусть ее врачи посмотрят. Смерть констатируют.

И Крестовская сразу обмякла в его руках, зарыдала...

— Да что тут смотреть, — проскрипела одна из старух. — Мертвая...

Домоправитель же резко обернулся к гостье и оборвал:

— Распоряжаюсь здесь я.

А потом еще больше повысил голос и обратился ко всем толпящимся на пороге кухни гостям:

— И вообще: никому сюда не входить, ясно?

И приказал почему-то Наде:

— Вызови «Скорую». И милицию.

— Господи, а милицию-то зачем? — пробормотала Магда Францевна.

— Положено, — отрезал домоправитель. — Пусть все зафиксируют. Опросят, кого нужно...

И обвел всех собравшихся недружелюбным взглядом.

«Он что, считает, будто Люсю убили?!» — с ужасом подумала Надя.

Да и остальные гости явно занервничали.

Егор же Егорович вдруг упер свой взгляд в Магду.

— Почему вы на меня так смотрите? — выдавила она.

А он веско произнес:

— Да так. Заметил кое-что. Чисто случайно. Это ведь вы, кажется, Люсе сегодня какую-то таблеточку давали?..

Надя ничего такого не видела, но, конечно, вся обратилась в слух. А Магда возмущенно выкрикнула:

— О господи, да как вам не стыдно! Замучили уже всех своими подозрениями!..

— И тем не менее, — хмуро повторил Егор. — Вы

зашли на кухню и что-то ей дали. Достали вот из этого кармана.

Его палец уперся в жакет женщины.

— Да смотрите, смотрите, пожалуйста! — выкрикнула Магда. — Вот, берите! — Она дрожащей рукой рвала карман своего жакета и, видно от волнения, никак не могла туда попасть. И лихорадочно продолжала говорить: — Я как лучше хотела! Люся на головную боль жаловалась и на мушки в глазах — вот я и посоветовала ей кавинтон для улучшения мозгового кровообращения, мое настольное средство, я без него вообще не обхожусь! Она и выпила-то полтаблетки. И это вообще не лекарство — витамин, его все старики пьют! Да вы посмотрите сами, тут в аннотации написано!..

Она наконец вытащила облатку, сунула ее под нос Егору.

Но тот отвел ее руку:

— Вот и не забудьте, когда приедет милиция, про этот ваш кавинтон рассказать.

Несчастная Магда стояла вся красная, и Наде стало ее жаль. Девушка пробормотала:

— Кавинтон действительно безопасное лекарство. Тем более в такой дозе...

Да и Влад пришел ей на помощь. Мягко обратился к домоправителю:

— Ерунду вы говорите, Егор Егорович. Сколько Люсе было? Восемьдесят семь, восемьдесят восемь? Возраст, прямо скажем, преклонный. И выглядела она весь вечер неважно. И перенервничала сегодня...

— Все равно: я хочу быть уверен, что умереть ей никто не помог, — упрямо повторил домоправитель.

...Впрочем, явившиеся довольно быстро милиционеры никого в смерти Люси обвинять и не пытались. Выслушали вердикт врачей: следов насилия на теле нет, причина смерти — предположительно острая сердечная недостаточность. И даже гостей опрашивать не стали. Только и поинтересовались:

— Кто-нибудь видел, как она умирала?

— Нет, — покачал головой Егор Егорович. — Она в кухню ушла, чайник поставить. А мы сидели в гостиной и только через полчаса забеспокоились, и я пошел посмотреть, чего она там копается... Ну, и нашел ее...

— И никто из вас, — милиционер даже не спрашивал — констатировал, — из комнаты не выходил.

Домоправитель выдержал многозначительную паузу и с видимой неохотой подтвердил:

— Нет, никто.

А Крестовская, неестественно спокойная, с окаменевшим лицом, выдохнула:

— Отмучилась моя Люсенька... Ну, скоро и я за ней.

— О чем вы говорите, Лидия Михайловна! — встряла Магда Францевна. — Вам еще жить да жить!..

Балерина же обвела всех присутствующих грустным взглядом и задумчиво, словно про себя, произнесла:

— А ведь это был последний день рождения в моей жизни... Жаль, что он закончился столь печально...

И такое в ее голосе звучало горе, тщательно сдерживаемое, но от этого не менее тяжкое, что у Нади защипало в носу. Что за несправедливая штука жизнь! Ведь каких-то несколько часов назад Люся еще хлопотала на кухне, встречала гостей, сияя глазами, обещала Наде сюрприз. А теперь ее тело, с головой укрытое простыней, навсегда выносят из квартиры, где она прожила почти всю свою жизнь...

И сколько Надя ни уговаривала себя — что и Люся, и балерина Крестовская, и Егор Егорович ей вообще никто, просто случайные знакомые, и надо вычеркнуть их из своей жизни, — а все равно на душе было тяжко. И, когда она вернулась наконец домой, успокоиться и заснуть никак не получалось...

А когда ближе к семи утра Надя начала задремывать, ее разбудил телефонный звонок. Девушка, еще в полусне, дотянулась до трубки, пробормотала:

— Алле?

И услышала хмурый голос:

— Надежда? Это Егор Егорович. Вам нужно срочно к нам приехать.

— Что-что?

— Приезжайте, пожалуйста, прямо сейчас.

Надя рывком села на постели. Взглянула на часы: семь пятнадцать. Она проспала от силы полчаса.

— А что случилось? — пробормотала Надя.

— Лидии Михайловне очень плохо.

«Да я-то здесь при чем?!» — едва не выкрикнула Митрофанова.

А Егор Егорович продолжал:

— Сегодня ночью она совсем расхворалась. Приезжала «Скорая», хотели ее в больницу забрать. Но Лидочка, естественно, отказалась. И теперь просит вас.

— Зачем? — буркнула Надя.

Получилось не очень-то вежливо, но она ведь решила еще вчера: больше никаких контактов со злополучным звездным семейством. Помогать им — себе дороже.

Домоправитель спокойно произнес:

— Говорит, что вчера не успела вам показать какие-то свои пуанты военных лет...

— Вы что, издеваетесь?

— Надя, — вздохнул Егор Егорович. И неожиданно перешел на «ты»: — Можешь, конечно, меня просто послать — и будешь в своем праве. Но пойми и меня. Я всю ночь на ногах. То «Скорая», то истерики... Врачи мне, кстати, лекарство оставили для Лидии Михайловны и шприц. Сказали, если не успокоится — вколоть ей, и она уснет хотя бы на пару часов. И другим даст поспать. Но я не могу с ней так поступить, не могу колоть против ее воли. А она никак не угомонится. То одно, то другое. Сейчас вот эта блажь втемяшилась — требует тебя. Говорит, что, если ты не приедешь, сама встанет и отправится тебя искать.

— А Лидия Михайловна, — Надя замялась, — она сейчас в здравом уме?..

— Да хрен ее поймет! — буркнул Егор. — То плачет, то смеется. Маразматичка чертова! — И, словно устыдившись своей вспышки, церемонно произнес: — В общем, сама решай. Если не приедешь, я в обиде не буду. Постараюсь Лидии Михайловне все объяснить.

— И она, конечно, меня проклянет... — пробормотала Надежда.

А про себя подумала:

«М-да. Умею я ввязываться в истории... Я, кажется, собиралась предаться — в отсутствие Полуянова! — светской жизни?»

Впрочем, теперь, после разговора с домоправителем, все равно не уснешь. И на работу ей сегодня только к двум, во вторую смену. И балерину — взбалмошную, царственную, несчастную и абсолютно ей чужую — все равно жаль, как ни пыталась Надя себя убедить, что ей наплевать.

И она убитым голосом произнесла:

— Хорошо. Я приеду.

* * *

Спальня балерины выглядела настоящим будуаром. Светлые тканевые обои, широкая царственная постель с балдахином, огромный шкаф, явно с нарядами, бронзовая статуя амура в углу, антикварная тумбочка, зеркало во всю стену. И дико было видеть хозяйкой всего этого великолепия беспомощную старуху.

...Когда Надя вошла, Крестовская полулежала на двух высоких подушках. Глаза прикрыты, лицо страдальческое, рука стискивает одеяло. И запах, этот неистребимый запах болезни и немощи, который неизбежен что в заштатном доме престарелых, что в роскошной квартире. Здесь, конечно, ни пылинки, и белье чистое, и стакан у кровати хрустальный, и облатки с таблетками — на серебряном подносе, но все равно: так и хочется бежать из этой комнаты со всех ног. В город, в лето, в столичную суету.

«Может, все же она заснула?» — с надеждой подумала Митрофанова.

Однако Крестовская, не открывая глаз, велела:

— Сядь рядом.

И никакого тебе «спасибо», никаких извинений,

что грузит абсолютно постороннего человека своими проблемами.

«Овца я, и больше никто, — безжалостно заключила Надя. — Надо было хотя бы у этого Егора денег на такси потребовать, а не тащиться в самый час пик на метро».

Она, правда, пока ехала, фантазировала: вдруг знаменитая балерина решила ее своей душеприказчицей объявить? А что — она дама непредсказуемая. И близких родственников у нее нет. А все прочие кандидаты... Люся мертва, Влад — подозрительный, Егора Крестовская лишь терпит, потому что нуждается в нем, а Магду и всех своих прочих подружек — явно презирает. Чего б и не составить завещание в пользу интеллигентной, образованной и порядочной девушки?..

Хотя все это оказалось ерундой, конечно, — про материальные блага Крестовская даже не упомянула. Вцепилась в руку девушки своими желтыми от старости пальцами, снова прикрыла глаза, благодарно произнесла:

— Как хорошо, что ты приехала, Надя... Ты такая... такая... уютная, что ли? Простая, надежная, ничего не требуешь... Это тебе надо было орден давать, да...

«Ага, дождусь я ордена, — хмыкнула про себя Митрофанова. — Прямо завтра мне его поднесут. На таких, как я, простых и нетребовательных, все только и ездят. И ты — в том числе».

А Лидия Михайловна продолжала:

— Знаешь, когда мне было столько лет, сколько тебе, я ведь уже свою первую государственную награду получила... Первую из многих. И когда мы были на гастролях в Киеве, я прикрепила орден себе на платье. Не потому, что хотела похвастаться, нет — просто жила я тогда бедно, и это был мой единственный наряд, и на нем осталась дырочка от брошки... И я просто хотела ее этой наградой закрыть. А когда ехала в троллейбусе, какой-то мужчина увидел меня, совсем молодую, худенькую, с орденом — и потащил в милицию разбираться. Кричал, что такими вещами не шутят... и сколько ни пыталась я его убедить, что это мой орден, он говорил, что я все вру и подросткам подобных наград не дают...

— Лидия Михайловна, — вздохнула Надежда. — Почему вы хотели меня видеть? Я могу вам чем-то помочь?

Но балерина ее будто не слышала. Задумчиво, словно для себя самой, продолжала говорить:

— У меня всю жизнь был такой типаж: жизнерадостной, маленькой девочки!.. Я даже свою партию в «Дон Кихоте» танцевала не как положено, не в пачке. Сам Сталин сказал: «Зачем пачка? Пачка — это что-то официальное. А этой девочке — лучше платьице». А со Сталиным спорить было нельзя, и что поделаешь: я танцевала в хитоне. Я в чем угодно была готова танцевать, не могла без этого... Меня даже, когда я стояла за кулисой, ожидая своего выхода, за подол придерживали: чтобы я не выскочила на сцену прежде времени... Я бы и сейчас танцевала... танцевала...

На глазах Крестовской выступили слезы.

«Ох, до чего все грустно, — пронеслось у Нади. — Не иметь сил даже подняться с постели, но мечтать при этом о балетной сцене...»

И с чего она взяла, будто артистка вызвала ее,

чтоб завещать хотя бы частичку своих богатств? Балерина просто увидела в ее лице благодарного слушателя, поэтому и нуждается в ней. Не Егору же, каменному человеку, о былом рассказывать, и не Владу, и не этим ее шумным и бестолковым подружкам...

«Ну, и не убудет с меня, — решила Надя. — Пусть болтает, что хочет. Мне послушать несложно, а человеку — приятно».

Впрочем, с каждой минутой взгляд балерины все более туманился, а речь становилась все бессвязней. Она то вспоминала каких-то давно умерших друзей, то вдруг принималась звать Люсю, потом вспоминала мужа и обращалась к нему...

А Надя терпеливо ждала, пока Крестовская наконец уснет. И когда та умолкла — выждала еще минут пять, тихонько встала с края кровати и на цыпочках прокралась к выходу из спальни. Но на пороге ее оборвал властный голос:

— Вернись!

Вот ведь неугомонная бабка!..

— Лидия Михайловна, — твердо произнесла Надя. — Мне вообще-то сегодня на работу, а я даже не завтракала еще...

— Вот стрекоза. Она летает день и ночь. Ищет собственную тень, — пробормотала балерина.

Ну, это совсем уже клиника. Стихи пошли.

И вдруг она споткнулась об абсолютно разумный, внимательный взгляд Крестовской. И услышала совершенно осмысленные слова:

— Та, вчерашняя история... Когда я обнаружила пропажу из сейфа — помнишь?

— Да, — насторожилась Надежда.

Может, все-таки речь пойдет о наследстве?..

— Ты уже знаешь, что именно оттуда пропало? — потребовала балерина.

— Нет, — пожала плечами Митрофанова. — Мне никто не рассказывал, а я не спрашивала.

— Там была совершенно изумительная, нереально прекрасная вещь... — вымолвила Крестовская. — Птица, сидящая на цветущей ветке... Птица, несущая в клюве всю мудрость мира... — Она запнулась, а потом быстро, торопливо заговорила вновь: — Ее оставил мне мой муж. И это была моя единственная память о нем...

Лидия Михайловна закрыла лицо руками. Ее плечи вздрагивали.

А Наде больше всего сейчас тоже хотелось зарыдать. И выкрикнуть, что она устала, и ей плевать на всех в мире сказочных птиц, и она хочет домой.

— И знаешь, Надя, — балерина вдруг снова вынырнула из своего небытия, — тайна этой птицы тоже досталась птице... Лебедю. Белому лебедю... Ты легко найдешь его, ты сможешь его найти... Туда открыт доступ всем, я сама там была совсем недавно...

Ну, все. Теперь точно бредит.

Однако Митрофанова все же сделала последнюю попытку:

— А как хоть эта ваша птица выглядела? Это картина? Драгоценность? И куда она исчезла?..

— Я... я не хочу... не хочу этого ворошить, — всхлипнула Крестовская. — Человек сделал так — что ж. Бог ему судия. А мне зачем? С собой все равно не заберешь. Но просто в эти последние дни... мне бы так хотелось, чтобы подарок моего мужа оставался со мной. Касаешься его — и будто чувствуешь тепло рук Виктора... Но меня этого лишили... И я знаю, кто это сделал. Лебедь — знает! Отправляйся к нему. В нем разгадка.

Балерина выразительно взглянула на Надю.

— Но зачем мне искать какую-то разгадку? Вы что — просто сказать не можете?! — потребовала девушка.

Однако великая артистка лишь покачала головой. И пробормотала:

— Жизнь бренна. А сакура — она цветет каждый год...

Голова балерины наконец поникла. Дыхание стало ровным.

Надя еще немного посидела на краю ее кровати. Но думала совсем не про Крестовскую. А о том, что минет еще каких-то сорок лет — и она сама превратится в подобную же старуху. И не дай ей бог в преклонные годы остаться одной. И, когда захочется просто поговорить, звать в слушатели совершенно чужих людей...

«Крестовская хотя бы замужем была. И жила этим своим балетом, даже в старости... И хоть как-то, но о ней заботятся — пусть и этот бездушный Егор Егорович. А я? Кому в ее годы буду нужна я? — переживала Надежда. — Уж явно не Полуянову... И ребенка у меня нет и пока не предвидится...»

...Дверь в спальню приотворилась. На пороге показался домоправитель. Одними губами прошептал:

— Заснула?

Надежда ответила коротким кивком.

Он на цыпочках приблизился к постели балерины. С минуту внимательно смотрел на нее. Осторожно коснулся руки, нащупал пульс. А потом заботливо подоткнул одеяло.

А когда они с Надей вышли, пробормотал, словно бы про себя:

— Несносная, конечно, старуха и извела меня уже, не знаю как! Но ведь волнуешься за нее!.. Жалеешь... — И с неожиданной теплотой улыбнулся Наде: — Спасибо тебе. Хоть чуток передохнул... И не переживай: больше тебя беспокоить не буду. Недолго Лидке уже осталось. Потерплю.

* * *

На работу Надя не опоздала — приехала точно к двум. Но если ее коллеги, явившиеся к началу второй смены, выглядели отоспавшимися и свеженькими, то ей пришлось первым делом бежать в туалет, к зеркалу, и приложить немало усилий, чтобы хоть как-то замаскировать синяки под глазами и бледный вид.

Но пусть лицо в порядок привела, голова болела нещадно. Даже тройной эспрессо, что сварили ей девчонки из буфета, не помог, и настроение было совсем никуда.

Начальница, конечно, тут же констатировала:

— Выглядишь неважно.

— Не выспалась, — буркнула Надя.

— Дима, что ли, приехал? — подмигнула шефиня. — Спать не давал?

«Эх, если бы!» — мелькнуло у Надежды.

И она грустно ответила:

— Нет. Он в командировке.

— А ты, значит, грустишь, — мгновенно поставила диагноз начальница. — Ох, и глупая ты еще, На-дюшка!

...Надя бы и рада скрыть от коллег свой роман с красавцем Полуяновым, но Димка, увы, человек без комплексов. То и дело являлся в «историчку». Или дешевых и вкусных пирожков из буфета поесть. Или по блату получить из хранилища какой-нибудь редкий фолиант. Разумеется, коллеги (в основном безмужние) Наде страшно завидовали. С какой стати этой скромной толстушке достался столь роскошный мужчина? Да еще и Полуянов, привыкший к вольным газетным нравам, подливал масла в огонь. Юной практикантке из хранилища — улыбочку, аппетитной буфетчице — шоколадку, даже Надину начальницу, тетку сильно за сорок, постоянно комплиментами осыпал. Митрофанова-то, конечно, понимала, что у Димки просто стиль общения такой, а сослуживицы, особенно молодые, иногда принимали его мимолетные ухаживания всерьез. Катюха из зала каталогов вообще однажды заявила весьма нахально:

— Отдай мне, Надька, своего Полуянова!

— С какой это стати? — хмыкнула Митрофанова.

— А потому что не пара он тебе, — припечатала Катюха. — Слишком на разных вы уровнях.

Вот нахалка! Можно подумать, он ей пара. Только потому, что тощая и вечно в короткой юбке.

И начальница тоже вечно зудела:

— Зря ты, Надечка, на своего журналиста надеешься. Вертопрах он. Не женится на тебе никогда. Только жизнь свою на него зря растратишь...

Надя, конечно, защищала сердечного друга. Чем реже звонил ей из своих командировок Полуянов — тем горячее. Но в глубине души боялась, что коллеги окажутся правы. И Димка — орел, герой, известнейший в стране журналист! — просто к ней, серой мышке, однажды не вернется...

А уж сейчас, с этой его странной поездкой на киносъемки в Питер, собственное положение — *полуяновской подруги*! — казалось ей особенно шатким.

И мало того, что в личной жизни проблемы, еще и за этих едва знакомых старушек переживаешь... Уже три дня после злосчастного дня рождения минуло, а на душе по-прежнему паршиво.

Надя сдержала данное себе слово — оборвала все контакты с балериной. И телефон Егора Егоровича поставила в «игнор». Только Лидия Михайловна все равно продолжала присутствовать в ее жизни. Митрофанова даже с каким-то странным мазохизмом заказала в газетном зале очередную порцию публикаций о Крестовской. Все пыталась понять великую балерину. Как той, наверно, было тяжело и обидно — с каждым днем становиться все старее, все немощнее. Сначала ушла со сцены. Пока силы еще оставались, находила себе занятия. И с молодыми танцовщицами репетировала, и балетные конкурсы судила, и активно помогала своему любимому Дому искусств — выбивала очередной бюджет у столичной мэрии. А теперь окончательно одряхлела и вообще выключена из жизни. Лежит в своей роскошной и одинокой спальне во власти воспоминаний, перемешанных с видениями... Может быть, умирает.

И на четвертый день после смерти Люси Надя все же не выдержала. Проснулась утром и поняла, что просто не может оставаться в стороне. Она должна знать — как сейчас дела у балерины.

Но только у кого узнать? У противного Егора

Егоровича? У подозрительного красавчика Влада? Нет, звонить им совсем не хочется... Тогда кому?

Может быть, тем теткам, что работали в Доме искусств и тоже присутствовали на злосчастном дне рождения? Одна из них ведь даже визитку свою ей оставила...

Надя покопалась в сумочке и быстро нашла карточку. Трушевская Магда Францевна. Главный бухгалтер. Ага, это та, которая шумная... И, кажется, всегда в курсе всего. Вот пусть и расскажет ей последние новости.

Надя даже утренний кофе пить не стала — набрала номер.

Магда Францевна схватила трубку мгновенно и неприкрыто обрадовалась ее звонку:

— Ох, Надя, до чего же вы кстати! Я вас уже обыскалась, и Лидию Михайловну пытала, и Егора!.. Но Лидочка — она совсем не в себе, а Егор сказал, что вашего телефона у него нет...

Странно. Неужели потерял? Или просто вредничает из-за того, что она на его звонки не отвечает?..

Магда же продолжала свою горячую речь:

— Ну, в общем, вы нашлись, и это главное. Знаете, Надя, нам всем очень нужна ваша помощь...

Господи, опять!..

— Я понимаю, — несколько стушевалась Магда, — моя просьба может показаться вам несколько странной, но вы должны повлиять на Лидию Михайловну.

— Что вы имеете в виду? — опешила Митрофанова.

— Дело в том, — понизила голос Магда, — что дни Лидочки сочтены. Мне удалось пообщаться с ее врачом, и он не скрыл от меня, что осталось ей совсем недолго, отек мозга уже по всему организму пошел...

— Отек мозга? Пошел?!

— Ну, может, не мозга — просто какой-то отек, — отмахнулась та. — Тут дело не в терминах. Просто Лидочка при смерти, а этот Егор не подпускает нас к ней даже попрощаться. Просто двери не отпирает. Не хочет ее волновать, видите ли! А нам обязательно — слышите, обязательно! — нужно увидеть Лиду!

Трескучая, быстрая речь Магды действовала на нервы, и Надя слегка отодвинула трубку от уха. Крестовская, значит, умирает... Будто действительно сама себя запрограммировала, что ее только что прошедший день рождения станет последним.

— Помогите нам, пожалуйста, Надя, только на вас вся надежда! — моляще закончила бухгалтер.

— Да как же я могу помочь? — растерялась Митрофанова. — Я ведь не врач.

— Да врач ей и не поможет уже, — уверенно, словно о чем-то совсем очевидном, сказала Магда. И продолжила: — Поговорите с Егором. Чтобы он пустил всех нас.

— А я-то как могу его заставить?

— Гарантий нет, конечно, — вздохнула Магда, — но вдруг? Нужно пробовать все варианты.

— А вы уверены, что это вам действительно надо? — медленно проговорила Надя. — Если у Крестовской правда отек мозга — вряд ли она сохранна. Даже не узнает вас, наверное...

— Но как же с музеем нашим тогда?! — отчаянно выкрикнула Магда — в этот раз совсем громко, Митрофанова даже поморщилась.

— С музеем?

— Ну, Лидочка — она ведь обещала, что всю свою коллекцию в наш музей при Доме искусств передаст! И картины, и книги, и все награды свои — те, что у нее остались! Сама нам говорила много раз. И мы считали вопрос решенным и уже кое-какую экспозицию начали собирать, своими силами. Но это ведь мизер, основные фонды — у Лидочки в квартире! Кто же знал, что она так быстро сдаст?.. А никаких документов-то правоустанавливающих у нас нет, мы на одно ее слово полагались...

— Ах, вот как, — тихо произнесла Надя. — Вы, значит, не попрощаться с ней хотите, а заставить, чтобы она завещание на вас написала...

И Магда, конечно, мгновенно взвилась:

— Не завещание, а безвозмездную пе-ре-да-чу! Причем передачу не частному лицу — а учреждению искусства!.. Чтоб люди ходили, смотрели. Знали, что она за человек была! Вы что ж, думаете, этот Егор ее платья балетные, и пуанты, и призы с международных фестивалей хранить станет?! Да этому мужлану наплевать! Вынесет, за ненадобностью, на помойку все скопом, все раритеты!..

Наде, признаться, очень неприятен стал этот разговор, когда она наконец поняла, что Магда отнюдь не за балерину радеет, а за ее имущество. Человек при смерти, но речь не о нем, а кому достанется его имущество... Неприятно, право слово. Однако Надя все же произнесла, как могла, миролюбиво:

— Ну, раз Егору будет наплевать, тогда и попросите эту вашу безвозмездную пе-ре-да-чу у него. Ему-то какая разница — в музей или на помойку? В музей даже удобнее: таскать не надо, сами приедут и заберут...

— Отлично, просто замечательный план! — саркастически молвила Магда. — Значит, этот грубый мужлан самолично будет решать: какие именно экспонаты достойны занять место в музее!.. Вы уж не сомневайтесь, Егор — он не промах. Самое ценное себе приберет. А нам отдаст только то, что выбросить не жалко.

А, вот ты как заговорила! Хочешь, значит, формировать экспозицию самолично. Причем по такому принципу: что подороже — не в музей, а в собственную квартиру. А ведь у Крестовской, Надя заметила, и антиквариата хватало. И немало достойных картин по стенам висело. Не Айвазовский, конечно, но явно и не бездарный новодел.

Эх, Лидия Михайловна... Почему же вы, всю жизнь царившая и блиставшая, не позаботились о такой малости? Чтоб на исходе ваших дней, когда уже не будет ни сил, ни здоровья, ни славы, рядом с вами оказался бы по-настоящему близкий, любящий человек?!

И Надя отрезала:

— Ни о чем я с Крестовской говорить не буду. Разбирайтесь сами.

А когда уже бросила трубку — долго сидела. Поглядывала на телефон. И раздумывала: может быть, все же позвонить Егору? Попросить о встрече с балериной?.. Не для того, конечно, чтоб убеждать ту завещать свое имущество какому-то музею. Просто хотелось в последний раз (теперь уж точно — в последний) увидеть это породистое — и такое несчастное — лицо.

Но звонить все же не стала. Весь день провела на

работе как на иголках. А вечером опять сидела в гордом одиночестве у молчащего телефона дома. И смотрела по DVD «Дон Кихота» с Крестовской в заглавной партии. Следила взглядом за ее Китри — невесомой, будто порхающей над сценой, молодой и абсолютно счастливой, — и слезы сами собой наворачивались на глаза.

...А на следующий день ранним утром, едва Надя заварила себе кофе и включила кухонный телевизор, она услышала:

— Сегодня ночью после тяжелой болезни скончалась прославленная балерина, народная артистка России Лидия Михайловна Крестовская...

* * *

На похороны Надя не собиралась. Отдать дань уважения, в последний раз взглянуть?.. Но зачем? Пусть лучше Крестовская останется в ее памяти не обездвиженной, не с застывшим в смертельной маске лицом, а той веселой, зажигательной Китри, которой она представала в «Дон Кихоте». Или хотя бы надменной, королевской осанки дамой, какой она выглядела на своем дне рождения. Когда велела ей: «Держи спину, Надя, сразу сбрасываешь двадцать лет!»

Митрофанова, кстати, ее совету вняла. И решила для себя накрепко: как ни тяжело на душе, как ни устала, а больше она сутулиться не будет. Никогда.

Сначала держать осанку было тяжко, уставала спина дико, но за несколько дней ничего, привыкла. Даже когда книги у себя в читальном зале выдавала, Надя не позволяла себе сгорбиться ни на минуту.

И вот ведь удивительно: уже несколько ее читателей (к сожалению, правда, или женатые, или совсем старички) наградили ее комплиментом: вы, мол, помолодели... А лицо ведь явно не в лучшем виде, да и пару лишних килограммов она набрала, потому что, как водится, заедала переживания последних дней вкуснющими буфетными пирожками... Но, видно, царственная осанка с лихвой искупала остальные несовершенства.

...Нельзя сказать, что смерть балерины имела в стране какой-то особенный резонанс. Все-таки девяносто два года было человеку, и не выступала она давно, да и других новостей хватало, менее значимых, но более звучных — ограбление инкассаторов, непонятный скачок курса доллара, обидный проигрыш российской теннисной примы на Уимблдоне. А молодежь — та и не ведала, кто такая Крестовская. Даже Катюха не знала. Хотя человек в учреждении культуры, в исторической библиотеке работает!

Только старшее поколение сотрудников «исторички» смерть Крестовской и обсуждало. Вспоминали наиболее блистательные ее партии, перемывали косточки обоим ее мужьям, спорили на вечную тему — были ли у балерины особые отношения со Сталиным, Берией и прочими... А Надина начальница, большая поклонница балета, даже собиралась на прощание с балериной, которое, как объявили по телевизору, предположительно пройдет в большом зале Дома искусств.

— Но зачем вам туда идти? — не выдержала Надя. — Вы ведь не родственники, не знакомые, даже на сцене ее никогда не видели!

Шефиня лишь вздохнула:

— Как бы тебе это объяснить, Надюшка... Я не с Крестовской прощаться пойду. А, говоря красиво, с целой эпохой. Ведь лучшие люди уходят, самые блистательные, самые интеллигентные. Сейчас таких уже не рождается.

Ох, какое у Митрофановой было искушение — брякнуть, словно бы между делом, что они с примой знакомы и даже вместе чаи совсем недавно распивали. Но она сдержалась, промолчала. А начальница, очень задумчиво, продолжила свой спич:

— И еще знаешь какая причина... В жизни мне поаплодировать ей не довелось, так хотя бы сейчас удастся, в первый и единственный раз. Артистов ведь в последний путь овацией провожают...

«А вы сентиментальны, милочка!» — едва не вырвалось у Надежды. Но, конечно, она снова прикусила язычок. Во-первых, злить начальницу глупо. А во-вторых — та права. Нет уже и никогда больше не будет таких женщин, как Лидия Михайловна, артистов, которые по доброй воле идут на фронт. Способны со сломанной в двух местах ногой блистательно отработать целый акт. Или, не задумываясь, жертвуют немалую часть своих сбережений, чтобы вернуть зрение совершенно чужому ей ребенку... (Митрофанова за последние дни узнала о балерине больше, чем иной профессиональный биограф.)

И Надя для себя решила: пусть на похороны она не пойдет, но могилу знаменитой балерины обязательно навестит. И оставит там не дежурные гвоздики или тюльпанчики, а огромный букет алых роз, которые Крестовская так любила...

...А через два дня после официального объявления о смерти балерины к Наде вдруг подошла начальница. Озабоченно произнесла:

— Надя, ты ведь в Интернете работать умеешь?

— Да. А что нужно?

— Узнать, где и когда прощание с Крестовской будет.

— По телевизору разве не говорят?

— Да в том-то и дело, что нет! И в газетах не пишут, везде одни только некрологи.

— Ну, — мимолетно задумалась Надя, — позвоните в Дом искусств. Крестовская ведь ему покровительствовала — наверняка там похоронами и занимаются.

— Звонила уже. Сказали, что пока неизвестно. Но только сегодня уже третий день, как она умерла! По православным традициям, хоронить положено...

— Тогда действительно странно... — озадаченно пробормотала Митрофанова.

С удовольствием уступила начальнице место за стойкой и отправилась в зал периодики, где были установлены подключенные к Интернету компьютеры. Открыла поисковик, вбила в окошечко «найти»: Крестовская, смерть, панихида, прощание. Вот странно — лишь неполные соответствия. То есть про саму балерину и что она умерла — информация есть практически на каждом новостном сайте. И все ее наиболее заметные роли перечислялись, и даже упоминалось, что Крестовская накануне своего последнего дня рождения посетила Главный театр, где ей, как в старые времена, вручили огромную корзину роз... А вот про место и время похорон — ни слова.

Надя поневоле задумалась: что бы это могло означать?.. Не то ли, что у властей возникли подозрения?.. Ведь Люся, верная домработница балерины, умерла всего лишь неделю назад. Врачи, правда, вынесли вердикт, что по естественным причинам. Однако через несколько дней последовала новая смерть — в той же квартире. Может быть, идет следствие? Подозревают, что женщинам — обеим! — кто-то помог умереть?.. Поэтому и про похороны пока молчат — судебная экспертиза ведь не один день длится...

Да нет, это ерунда. Надя сама видела, насколько Люся была плоха тем вечером. И в кухню, где она заваривала свой последний в жизни чай, никто не заходил, ударить ее не мог. А Крестовская тяжело переживала смерть подруги. Потому и сдала в одночасье. У стариков так бывает — жена, например, уходит сразу вслед за горячо любимым мужем. А Люся ведь для балерины тоже была очень близким человеком, практически ее вторым «я»...

Но что же в таком случае отвечать начальнице? Что перерыла весь Интернет и ничего не нашла?.. Или все-таки козырнуть своим знакомством с великими мира сего и небрежно сказать: «В Интернете ничего нет, но я по своим каналам узнала...»

Только у кого узнавать? Ни Влада, ни Егора Егоровича ни о чем спрашивать по-прежнему не хотелось. Обращаться к Магде после их телефонной ссоры и вовсе невозможно. Может быть, позвонить в пресловутый Дом искусств, но не просто поинтересоваться местом и временем похорон, а попросить к телефону ту, вторую, даму? Как, бишь, ее звали? У первой из прихлебательниц, которая вся воплощение шума и грома, и имя соответствующее, трескучее — Магда Францевна. А вторая как-то очень спокойно именовалась, без изысков... Антонина Матвеевна Пирогова, вот.

И Надя, недолго думая, нашла в глобальной Сети телефон Дома искусств и набрала номер.

Антонину Матвеевну к трубке подозвали без проблем, даже не поинтересовались, кто ее беспокоит. И уже через пару минут Митрофанова, внутренне холодея, слушала ее монолог:

— Беда, Надя, беда! Мы только сейчас узнали!.. Кремировал Егор Егорович Лидочку сегодня! Буквально два часа назад! По-тихому все провернул и ни единого человека на прощание не позвал!

— Что значит — кремировал? — внутренне холодея, пробормотала Надя.

— То и значит. Сжег — и концы в воду.

— Но какое он право имел?..

— А вот имел, оказалось! — выкрикнула Антонина. И отчаянно сказала: — И, главное, ничего не поделаешь, не прижмешь его никак, ты понимаешь! Оказывается, Лидия Михайловна за две недели до смерти своей документ подписала, и нотариус его заверил. Вот, у меня ксерокопия перед глазами: «Распоряжение о похоронах. Уполномочиваю господина Баченко Егора Егоровича произвести мое погребение. Требую, чтобы сотрудники Дома искусств участия в моих похоронах не принимали. Категорически настаиваю, чтобы никакого прощания со мною не было, а мое тело прошу кремировать. Хочу остаться в памяти всех, кто меня знал и ценил, навсегда живой... Лидия Михайловна Крестовская. Личность установлена, дееспособность проверена, подпись заверил нотариус такой-то». Вы представляете, Надя?! Он дождался, пока на нее очередное помрачение найдет, и заставил ее, совсем больную, подписать этот бред! И нас водил за нос до последнего: то он гроб заказывает, то платье еще не нашел, в котором Лида хотела, чтоб ее похоронили!.. А когда мы на него сегодня насели, признался, что все уже кончено. А урна с прахом Лидочки находится в ее квартире...

— Кошмар, — пробормотала Надежда. И зачем-то добавила: — А у меня начальница хотела на ее похороны прийти...

— Да тысячи людей хотели! — всхлипнула Антонина Матвеевна. — А Егор, не побоюсь этого слова, мерзавец, знаете, что сказал? Благодарите, мол, что я Крестовскую хотя бы на урну с прахом уговорил. А то она якобы вообще требовала, чтобы ее пепел с борта самолета развеяли. Никогда не поверю в такое, слышите, никогда! Лидочка — она истинно верующей была, а верующий человек никогда не позволит, чтоб его тело сжигали!..

— Но... — к Наде постепенно возвращалась способность мыслить трезво, — но зачем Егор это сделал?..

Ждала, что собеседница разразится в ответ очередным приступом рыданий и гневных выкриков, но та неожиданно спокойно произнесла:

— А вы подумайте сами, Надя. Сначала — Люся. Якобы естественная смерть, даже вскрытия не было, на третий день тело кремируют. И через неделю по точно такой же схеме поступают с Крестовской. Какая-то очень нехорошая вырисовывается цепочка событий, вам не кажется?..

* * *

Спору нет: все происшедшее выглядит подозрительно. Две смерти подряд — и две подряд кремации. Может, действительно злой умысел? Егор Егорович пытается скрыть следы преступления?

Хотя... Распоряжение о похоронах ведь подписано балериной лично, и Антонина сказала, оно, несомненно, подлинное. И аргументы в нем приведены разумные: «Хочу остаться в памяти всех навсегда живой...»

Надя не часто задумывалась о собственной смерти, но ей бы, наверно, тоже не хотелось, чтобы она, серо-бледная и ледяная, лежала в гробу, а близкие и друзья толпились в ритуальном зале и только и выискивали бы предлог, чтоб не приближаться к ее неживому телу, не касаться губами холодного лба. Сама Надя тоже, если приходилось бывать на похоронах, старалась держаться от гроба подальше. Хотя она и взрослый человек, но до сих пор боялась покойников. Обычное дело. У многих перед мертвецами какой-то иррациональный страх. Умерший — это ведь даже не *оболочка,* но совсем иная сущность. Часто страшная. И уж совсем не красивая — несмотря на все старания гримеров из морга.

А тут ведь не обычный человек, не давно махнувшая на себя рукой бабка — звезда! Женщина, привыкшая к всеобщему восхищению. Балерина даже в свои преклонные лета как за собой следила! Прическа, макияж, королевская осанка, живой, искрящийся взгляд. Конечно, она не хотела, чтобы ее видели недвижимой, с запавшими щеками, с навсегда сомкнутыми веками. И разговоров, наверно, не хотела неизбежных, когда хоронят успешного человека: мол, как ни блистала при жизни, а конец у всех один...

Да и аргументы против кремации — те, что привела Антонина Матвеевна, — звучали не очень убедительно. Православный якобы никогда не согласится на сожжение своего тела... Но балерина не производила впечатления воцерковленной. По-настоящему верующие — они прежде всего бога любят и ему поклоняются, а Крестовская явно больше всех любила себя. И очень логично, что она предпочла милосердный огонь длящемуся годами процессу тления...

Ну, а уж глухие намеки Антонины, что Егор следы собственных преступлений сокрыть пытается, и вовсе из ряда вон. А то Надя сама не видела, насколько балерина плоха. И тут даже не в медицинских признаках дело: Митрофанова ведь в ее лицо вглядывалась. Уже в немного потустороннее, отсутствующее... Сразу понятно: Крестовская давно устала жить на этой земле. И не хочет больше бороться. А когда человек сдался — на его спасение можно хоть штат профессоров бросить и лучшие лекарства использовать, — он все равно уйдет.

И Егор, как ни крути, не такой уж подлец. Раз не сбагрил балерину куда-нибудь в больницу или в приют, а дал ей уйти спокойно. Умерла она дома, в чистой постели, в окружении привычных вещей... А что шустрым теткам из Дома искусств хвост прищемил — оно, может, и правильно. Те тоже хороши. Хоть бы вспомнить один Магдин звонок накануне смерти Крестовской. Та ведь не попрощаться хотела, не сказать подруге последние ласковые слова, а завещание вытребовать. Официально в пользу музея, конечно, а на самом деле, кто его знает...

«В общем, как случилось — так и случилось, — решила для себя Надя. — Мне до этого дела нет».

Вышла из зала периодики. Вернулась к себе. Скупо пересказала начальнице последние новости. Терпеливо выслушала ее разочарованные ахи. И — в который уже раз! — дала себе зарок выкинуть проблемы Крестовской из головы.

Что ей до балерины? Выше крыши хватает собственных переживаний. Полуянов по-прежнему не звонит, а никакого необременительного романчика — в пику ветреному другу — у Нади так и не возникло. Сидит в пустой квартире, хранит верность. И настроения никакого. Ни с подругами встречаться не хочется, ни к косметологу сходить, ни работать. Вон, новые поступления уже неделю как не оформлены, хотя по нормам полагается вносить их в каталог в течение трех дней.

...Но едва Надя приготовила чистый формуляр и раскрыла первую из пришедших в библиотеку книг, как в зал ворвалась Катюха. В крайней степени ажитации — глаза искрят, щеки пылают. Тут же кинулась к Надежде, обняла, зашептала в самое ухо:

— Надька, ну, расскажи мне, ну, поделись — откуда ты их только берешь?..

— Кого беру? — опешила Митрофанова.

В их зал, что ли, какие-то редкие издания поступили?

Но легкомысленная Катерина, конечно же, имела в виду совсем не книги.

— Да к тебе там такой мужик пришел! Вообще обалдеть! — завистливо выдохнула коллега.

— Мужик?

— Полный блеск! Молодой, красивый, деньги явно по всем карманам! На вахте тебя ждет. Дуй скорей, пока не сбежал!

* * *

Надя никаких мужиков в гости не ожидала, но по лестнице промчалась быстрее вихря. Неужели одноклассник, Мишка?

Но нет. Тот, кто ждал ее подле будочки вахтерши, был в сто, нет, в тысячу раз привлекательнее бывшего одноклассника. Студентки, толпившиеся на входе, при виде его все, как одна, замирали и предъявляли свои читательские билеты медленно-медленно. Однако бог весть как залетевший в их книжный храм красавец ни на кого из них не обращал ни малейшего внимания. А едва увидел Надежду — просиял, заулыбался, сделал шаг ей навстречу...

Это оказался Влад. Ее мимолетный знакомый. Тот самый якобы историк, что пишет биографию балерины Крестовской. Ничего себе! Вспомнил, что она в «историчке» работает, пришел, дождался, да еще и с цветами — в руках у него очень изящный, явно созданный трудами флориста букет из белых тюльпанов. Ну все. Коллеги во главе со злоязычной Катюхой теперь точно от зависти умрут. Уж на что ее постоянный поклонник, журналист Полуянов, эффектный мужчина, а Влад его, пожалуй, переигрывает. И симпатичней, и одет лучше, и букет никак не сравнить с чахлыми цветочками из ларька, что изредка презентует ей Димочка.

Единственный вопрос: пришел ли Влад просто ее повидать? Или — что скорее — он по делу?..

Однако выяснять это на виду у всех никак не следовало. Надя поспешно миновала вахту, тепло улыбнулась красавцу, с достоинством приняла цветы и кокетливо произнесла:

— О, Влад! У тебя безупречный вкус!

— А как иначе для безупречной девушки? — дежурным комплиментом ответил тот. И с ходу ринулся в атаку: — Надюш, я уже знаю: смена у тебя до шести. Сейчас половина. Сбежишь пораньше или мне подождать?

Ого, как резво! А за колонной, у лестницы, Катюха затаилась. Внимательно наблюдает за мизансценой. Вот и пусть обзавидуется!

— Мы куда-то идем? — светски поинтересовалась Надежда.

— Да, — кивнул Влад. И без запинки представил программу: — Если ты уходишь сейчас — успеваем по коктейлю. Потом в театр. «Жизель», в Главном, билеты в ложу бенуара. А на десять я ресторан заказал.

Слов нет: заманчиво. Да, похоже, у них будет отнюдь не деловая встреча — в ее программу театр обычно не включают. Но почему так неожиданно? Хоть бы за денек предупредил — она бы и оделась понаряднее, и укладку бы сделала.

Впрочем, бедные (в том смысле что одинокие) не выбирают. И Надя весело произнесла:

— Программа принимается. Безоговорочно. Я только отпро... предупрежу, что ухожу, ладно?

...И уже через десять минут Влад распахивал перед ней дверцу «Ниссана Мурано». Лимузин не столь, конечно, скоростной, как «Мазда» Полуянова, зато куда респектабельней. И лишь когда библиотека осталась позади, Надя поинтересовалась:

— Что случилось, Влад? Только, пожалуйста, не рассказывай про внезапно вспыхнувшую любовь и все такое...

Он с интересом взглянул на нее. Аккуратно влился в поток машин, медленно ползущих по Маросейке. Лукаво произнес:

— Ох, до чего же вы, московские девушки, подозрительные...

— И тем не менее, — пожала плечами Надя. — Ты неделю не давал о себе знать. А тут вдруг: коктейли... театр... ресторан.

— Я просто слишком долго собирался с духом, — подмигнул он.

Встретил ее скептический взгляд и вздохнул:

— Но в чем-то ты права, конечно. В театр мы с тобой идем не просто так. Сегодня «Жизель» — памяти Крестовской. Это ведь один из ее любимых балетов, если помнишь... А перед началом какие-то траурные речи будут. Панихиды ведь в Доме искусств не получилось...

— Ой, так ты уже знаешь! — всплеснула руками Надя.

— Знаю, — вздохнул Влад. — И, честно говоря, в шоке.

— Я тоже опешила, когда мне Антонина Матвеевна сказала, — кивнула она. — Но потом подумала: а почему, собственно, нет? Это ведь право каждого — решать, как его похоронят. Кто-то хочет Колонный зал, а кто-то — совсем без почестей.

— Абсолютно с тобой согласен. Каждый решает

это исходя из собственных принципов. Но только решает сам, понимаешь? — Влад пристально взглянул на Надежду.

— А разве Крестовская не сама решила? — возразила Надя. — Как там она сказала? Хочу остаться в памяти всех навсегда живой...

— Если бы она лично произнесла эти слова — не важно кому, тебе, мне, Люсе, — было бы одно. Но Крестовская это подписала. У нотариуса, — тихо произнес Влад. — И ведала ли она, что подписывает?..

— На что ты намекаешь? — насторожилась Надя.

— Я не намекаю, я говорю впрямую, — парировал Влад. — Подписать эту филькину грамоту ее заставил Егор. И явно против ее собственного желания.

— Но зачем?

— Достоверного ответа у меня нет. Только знаешь, что сегодня мне рассказала Магда?..

* * *

Магда Францевна отступать не любила. А уж когда речь идет о Крестовской — особенно. В конце концов, они с балериной были знакомы больше двадцати лет. Подругами, конечно, не стали, тут Магда иллюзий не питала. Лидия Михайловна — богиня, до нее как до неба. В ее окружении давно привыкли и принимали как должное, что она до них всех лишь снисходила. Разговаривала несколько свысока, могла и оборвать, и пошутить обидно. Она — прима, все остальные ее свита. Обычное дело. Да и где вы найдете балерину высочайшего класса, но чтобы при этом была ласковая, непритязательная и добрая? Крестовская хотя бы — старая интеллигентская школа — ко всем обращалась на «вы» и голос повышала крайне редко. А всякие новые звездочки и не такое творят. К ним тут в ресторан Дома искусств недавно одна приходила... С виду вся из себя эфемерная, изящная, утонченная. Только Магда случайно услышала, как та со своим водителем разговаривает: сплошной мат и придирки.

Крестовская, спору нет, тоже придираться умела, да еще как. Но, в отличие от прим-однодневок, расходовала свой пыл не просто, чтобы дурное настроение выплеснуть, а на общее благо. Дом искусств ведь всем своим существованием только Лидии Михайловне и обязан. Сколько раз та ездила в мэрию — сначала требовала, чтоб выделили здание, да не где-нибудь, а в центре Москвы, потом билась за ремонт, за льготы по коммунальным платежам, за ежегодные бюджеты... В итоге домик у них — конфетка. Отреставрированный особняк на Чистых прудах, свеженький, чистый — мечта! Сколько мероприятий ежегодно проходит: и выставки, и конференции, и смотры молодых талантов!.. А не козыряй Крестовская своим звездным статусом, не дави постоянно на мэра — ютиться бы Дому искусств в каком-нибудь подвальчике на столичной окраине...

Может, и нехорошо такие вопросы при жизни благодетеля обсуждать, но в Доме искусств уже давно решили: ему обязательно в свое время имя Крестовской присвоят. А то, что именно Дом искусств будет организовывать ее похороны, даже и не обсуждалось. Кому же еще? В Главном театре балерина уже больше сорока лет не танцует, близких родственников у нее нет... Все как положено: проститься в большом зале, проводить в последний путь аплодисментами... И тут вдруг такое! Ни прощания, ни похорон вообще не будет. Кремация — да еще и без единого свидетеля, Егор Егорович не в счет. Разве так положено уходить из этого мира великим людям?..

И потому Магда Францевна твердо надумала разобраться: действительно ли на то была воля балерины или старую женщину просто заставили?..

И Магда решила направиться к нотариусу. Тому самому, что засвидетельствовал последнее желание великой танцовщицы. И попробовать все у него узнать.

Антонина Матвеевна, с которой Магда поделилась своими планами, правда, уверяла, что все бесполезно и нотариальная тайна охраняется как зеница ока, но ведь попытка не пытка, верно? Выгонит так выгонит.

...Нотариус — звали его Андреем Кирилловичем — принял ее сразу и оказался примерно ровесником — чуть за пятьдесят. Магда посчитала это хорошим знаком. Раз он не молод — наверняка прекрасно знает, кто такая Крестовская. Может быть, даже на сцене ее застал. И Магда безо всяких вводных речей сразу решила хватать быка за рога. Едва вошла в кабинет, тут же бросила под нос нотариусу распоряжение о похоронах, подписанное умершей артисткой. И потребовала:

— Скажите, этот документ вы заверяли?..

Андрей Кириллович ответил не сразу. Прежде распахнул толстенную амбарную книгу, пролистал ее, отчеркнул ногтем какую-то запись... И лишь потом утвердительно кивнул:

— Да, я. Две недели назад...

— А могу я узнать, при каких обстоятельствах это происходило?

Нотариус нахмурился:

— Простите. С кем имею честь?

— Трушевская Магда Францевна, — представилась посетительница.

— Очень приятно, но меня в первую очередь интересует не ваше имя, а ваше право, — поморщился Андрей Кириллович. — Право задавать мне подобные вопросы.

— Я была близким другом Лидии Михайловны, — со значением произнесла Магда. — А работаю главным бухгалтером Дома искусств, которому Крестовская покровительствовала. И до глубины души поражена этим странным документом. И...

— Я понял, — перебил ее нотариус. — Вы обеспокоены, однако никакого официального запроса у вас нет. В таком случае...

— В таком случае послушайте и вы, — возвысила голос Магда. — Я ни в коей мере не собираюсь оспаривать документ, который вы заверили, да и, как вы совершенно верно заметили, права на это не имею. Я просто хочу спросить у вас, чисто по-человечески... Вы ведь знали, кто такая Лидия Михайловна Крестовская? Знали, что она — известнейшая балерина?

— Разумеется, знал, но...

Но Магда уже уверенно перехватила инициативу и горячо продолжала:

— Тогда вот что я вам скажу. Лидочка — в отличие от многих стариков — не очень любила говорить о смерти. Но однажды разговор у нас с ней возник. И она сказала мне совершенно определенно: что хочет, чтобы ее уход превратился в ее заключительный спектакль. И пусть она уже не сможет в нем играть, однако свой последний день на Земле Крестовская надеялась провести на публике. Я прекрасно запомнила ее слова: «Вряд ли я буду хорошо выглядеть, но, слава богу, смерть тоже можно подретушировать, а гримеры в похоронном деле работают неплохие. Только не надо никаких балетных платьев, в моем возрасте это смешно. Оденьте меня скромно, а рядом с гробом поставьте мою фотографию, на которой я молода и красива...»

Нотариус больше ее не перебивал — слушал внимательно, и лицо его все больше мрачнело. А Магда Францевна, внутренне торжествуя победу, тихо закончила:

— С ней попрощаться чуть не пол-Москвы хотело прийти... и тут вдруг такое... — И понизила голос до совсем уж доверительного шепота: — Может быть, Лидочка просто не в себе была — когда этот документ подписывала? Она ведь в последние годы... нет, с ума не сошла, конечно, но забывалась иногда...

Понимала, что ступает на зыбкую почву. Нотариус ведь обязан убедиться в дееспособности клиента — и сейчас этот Андрей Кириллович, разумеется, начнет ее заверять, что Крестовская принимала свое решение, находясь, как говорится, в здравом уме и трезвой памяти...

Однако он своей правоты доказывать не стал. Задумчиво произнес:

— Ко мне часто приходят старики... Нет, не так. Ко мне их часто *приводят*. Приводят родственники, друзья — кто угодно. И несколько раз мне действительно приходилось отказывать. Потому что я видел:

пожилой человек не отдает отчета в своих действиях... Однако в случае с Лидией Михайловной ничего подобного не было. Я уверен и готов повторить это перед кем угодно: она была абсолютно разумна и прекрасно понимала, какого рода документ подписывает.

— Но Лидочка никогда не хотела, чтобы ее кремировали! — воскликнула Магда. — Она сама мне об этом говорила!..

Андрей Кириллович оставил ее реплику без внимания и неожиданно попросил:

— Вас не затруднит предъявить мне содержимое вашей сумки?

— Что-о? — опешила Магда.

— Откройте, пожалуйста, сумочку, — повторил нотариус. — Я хочу убедиться, что у вас там нет включенного диктофона.

— О господи, да с чего вы взяли? Мне ничего подобного и в голову не приходило!

— И все-таки покажите.

Он заглянул в сумку, открыл и вновь захлопнул Магдин мобильник-раскладушку. А потом немного виновато произнес:

— Я не хочу, чтобы у меня возникли проблемы. И, если вы или кто-то другой попросите повторить то, что я вам скажу, откажусь от каждого слова. Но сейчас — слушайте. Да, Лидия Михайловна пришла ко мне абсолютно в здравом уме. Однако этот человек, кажется, Егор, он неприкрыто на нее давил. Не замолкал ни на минуту. Постоянно повторял что-то вроде: ты ведь не хочешь, чтобы из твоей смерти устроили шоу, чтобы все газеты печатали твое мертвое лицо в гробу, а люди потом смаковали: до чего же великая Крестовская ужасно выглядит... А она только кивала. Послушно, словно ребенок. Я обычно не сторонник резких действий, но тут пришлось указать этому человеку на дверь. Тот вышел, конечно, как я ему велел, но ей уже с порога крикнул: «И про червей не забудь, если подписывать передумаешь! Тебе ведь не хочется, чтоб тебя черви жрали?..»

Магду передернуло. А нотариус тихо закончил:

— И она подписала все, что он хотел. Хотя я и говорил ей: мол, подумайте, стоит ли вам оформлять такой документ? Разве не все равно, что с вами после смерти будет? Ничего вы уже не почувствуете... Но Крестовская только пробормотала, испуганно так: «Нет-нет, Егор прав». И расписалась.

— Какая низость... — пробормотала Магда.

— А когда уже забирали бумагу, Егор обнял ее, так покровительственно, и говорит: «Лид, да не гоношись ты. Сама ведь знаешь: я тебе только добра желаю...»

— Интересно: зачем ему это было нужно?.. — вздохнула Магда Францевна.

— Не знаю зачем, — покачал головой нотариус. — Но скажу кое-что еще. На собственный страх и риск. И узнали вы об этом не от меня. Допустим, случайно от самой Крестовской услышали. Ее квартира — та, что на Тверской-Ямской, — тоже Егору достается.

— Да вы что?!

— Причем не по завещанию, которое хотя бы оспорить можно. Лидия Михайловна на него дарственную написала. Еще месяц назад. А дарственная — такой документ, что ничего с ним не сделаешь, ни один суд к рассмотрению не примет. Даже если посмертную психиатрическую экспертизу проводить и если удастся доказать ограниченную дееспособность...

— Кошмар... — пробормотала Магда.

А нотариус внимательно взглянул на нее и веско добавил:

— Но я вам, еще раз повторяю, ничего не говорил.

* * *

«Бедная Крестовская...» — только и оставалось выдохнуть Наде, когда Влад завершил свой рассказ.

Даже неважно по большому счету — *давил* на балерину Егор Егорович или же та подписала документ по собственной воле. Хотя бы и сама захотела к нотариусу — все равно. До чего жестоко и подло: заводить со старым, плохо себя чувствующим человеком все эти жуткие разговоры о смерти, о способах погребения, о червях... Все-таки умирать надо на руках близких. А посторонним, даже с виду самым добрым и заботливым, на тебя всегда по большому счету наплевать. Все преследуют одни лишь собственные цели. Магда мечтала о том, чтобы имущество Крестовской отошло музею. Егор Егорович, оказывается, нацелился на ее квартиру. Интересно: а какой интерес у Влада? Во все эти сказки — будто он историк и работает над биографией великой танцовщицы — Надя не поверила ни на грош. В жизни она не встречала таких историков, чтобы ездили на «Нисанах Мурано» и являлись на свидание с дорогущими букетами... Да и любой настоящий ученый-гуманитарий, хоть из Америки, хоть откуда, если оказывается в Москве, обязательно записывается в столичную историческую библиотеку. Потому что таких фондов, как у них, больше нигде в мире нет. Про ту же Крестовскую полно совершенно исключительных материалов, в этом Надя сама убедилась: и программки ее выступлений, сохранившиеся в единственном экземпляре, и совсем старые газеты с ее интервью... Но Влад явно в «историчке» впервые. Иначе бы по читательскому билету прошел, а не вызывал ее с вахты.

Надя искоса взглянула на своего спутника. И задумчиво произнесла:

— Послушай, Влад... А чего ты так разволновался? Тебе-то что за дело до Крестовской? И до того, как она умерла?

Тот нахмурился. Досадливо начал:

— Я ведь уже говорил тебе...

— Да, говорил, — перебила Надежда. — Что ты историк и работаешь над биографией балерины. Но если ты повторишь это еще раз — сейчас! — я просто попрошу тебя остановить машину и выйду. Потому что не люблю, когда мне врут.

— Вот даже как! — хмыкнул тот.

А Надя горячо продолжила:

— Я хочу знать, что нужно было от Лидии Михайловны лично тебе. Тоже претендуешь на ее квартиру? Или на ее драгоценности? Или на что?

— Все, все, Надежда, ты победила! — еле заметно улыбнулся «историк». — Признаюсь как на духу. Никакой я, конечно, не ученый. И с Крестовской познакомился абсолютно случайно. И никаких видов на ее наследство не имею — хотя бы потому, что и сам неплохо обеспечен. — Он, будто случайно, взмахнул рукой, на запястье которой тусклым золотом мерцали дорогие часы.

А у Митрофановой вдруг вырвалось немного не по теме:

— И балет тебя наверняка просто бесит. Как и всех нормальных мужчин.

— А вот тут ты не права. — спокойно возразил Влад. — «Раймонду» я люблю. И «Светлый ручей» мне понравился... И даже «Болт» — по-своему оригинален.

«А Полуянов, когда мы его смотрели, весь исплевался», — мимолетно вспомнила Надя. И строго произнесла:

— Так все-таки. Что за интерес лично у тебя к балерине?..

— Да просто пожалел я ее, — дернул плечом он.

— Неправда. Крестовская — не из тех, кого жалеют. Она хотела, чтобы ей поклонялись.

— И еще... Еще она меня поразила, — медленно произнес Влад. И веско добавил: — Как не поражала ни одна из женщин до нее. Молодость, красота, лоск — это все ерунда. В женщине главное — порода. Знаешь, как мы с Крестовской познакомились? Я за ней в очереди стоял. В булочной, той единственной, что на Тверской осталась. И, помню, еще злился, что у нее все медленно выходило. Ну, как со всеми старухами. Пока выложила свои покупки на кассе... потом еще кассиршу пытала, действительно ли хлеб сегодняшний или на пакете неверную дату пробили... И в кошельке целый час ковырялась. Я уже весь кипел. Кажется, буркнул что-то вроде: мол, в ваши годы нужно дома сидеть, а не толкотню создавать... Обычно-то в таких случаях я сдерживаюсь, но тут спешил, да и настроение паршивое было... А Крестовская — нет бы в ответ рявкнуть, как все бабки у вас в России бы сделали, — только повернулась ко мне и взглянула насмешливо. И я от этого ее взгляда таким вдруг ничтожеством себя почувствовал... А потом она наконец расплатилась. Начала складывать свои покупки в пакет — и выронила этот свой хлеб, который так придирчиво выбирала... И расплакалась. Тут я уж совсем устыдился. Кинулся, принес ей новую булку, говорю: «Возьмите, пожалуйста, и не волнуйтесь, я заплачу, конечно». А она все равно: сидит на корточках, и явно ведь больно ей приседать, батон этот злосчастный в пакет запихивает, бормочет, какая она неловкая... На хлеб, что я ей принес, даже не посмотрела: чужого, мол, ей не надо. Тот, с пола, подобрала. Вышла из магазина, бредет по Тверской... А я себя совсем подлецом чувствую. Из-за несдержанности своей и вообще потому, что я молод, успешен и дома хлеб, если на пол вдруг уроню, всегда выкидываю...

А бабка — тогда я не знал, конечно, что это Крестовская, — вдруг оборачивается ко мне и улыбается. Молодой человек, спрашивает, вы мимо Пушкинской площади случайно проходить не собираетесь?

— Могу пройти, — опешил я. — А зачем?

А она тогда мне эту злосчастную булку протягивает и говорит: «Да там птиц всегда много голодных. Я, пока помоложе была, сама их ходила кормить, а сейчас уже тяжело, не дойду...»

Вот так и познакомились...

— И ты пошел на Пушкинскую кормить голубей? — усмехнулась Надя.

— Да нет, конечно, — пожал плечами Влад. — Посадил бабку в свою машину — благо как раз рядом с булочной припарковался — и отвез ее к Александру Сергеевичу. Покормила она своих птиц, я ждал. А потом домой ее доставил. Ну, а она пригласила меня на чай... И рассказала наконец, кто сама такая... И позвала как-нибудь навестить ее еще раз. Ну, я и пришел. Интересно стало. Не каждый день звезда приглашает в гости... Все, как и у тебя. Умным людям всегда интересно пообщаться с тем, кто по-настоящему велик.

— Только я, в отличие от тебя, ни про какую биографию не врала, — пожала плечами Надя.

— И я бы не врал, но меня вынудили, — усмехнулся Влад. — Егор Егорович вынудил.

— При чем здесь он?

— А то ты не поняла: он в каждом, кто к Крестовской приходил, соперника видел, — поморщился Влад. — До дрожи в коленках боялся, что танцовщица свои богатства не ему, а кому другому оставит... Вот и пришлось мне соврать про биографию... Чтоб отвязаться от него.

— И очень глупо ты соврал, — пожала плечами Надежда.

— Как уж сумел, — виновато вздохнул ее собеседник.

Надя промолчала. Задумалась. Новая версия Влада, конечно, звучала куда правдоподобнее, нежели первая, про историка. Но все равно что-то ее настораживало. Какая-то мелочь. Деталь... Но что именно? С ходу и не сообразишь...

— Ладно, великий биограф, — пробормотала Надя. — Считай, что я тебе поверила.

В конце концов, не будет же она возвращать ему букет и отказываться от похода в театр?!

* * *

Добрая половина зала в тот вечер плакала.

Руководитель Главного театра произнес перед началом спектакля проникновенную речь. Завершалась она словами: «Мы никогда не забудем вас, несравненная Лидия Крестовская... И сегодняшний спектакль, ваша любимая «Жизель», — это наш вам прощальный подарок...»

Разумеется, артисты превзошли самих себя. Исполнители главных ролей выдавали такие прыжки и рискованные поддержки, что зал то и дело ахал и разражался аплодисментами. Даже самые распоследние подружки невесты работали на пределе возможностей. Словно уверовали, что за ними наблюдает всевидящий дух прославленной балерины...

Завершился спектакль овацией, служительницы выносили артистам все новые и новые букеты.

А когда аплодисменты уже стали затихать, свет в зале внезапно погас. Но тут же вспыхнул единственный прожекторный луч. А с потолка на сцену, как бы паря над ней, начал медленно опускаться огромный портрет великой артистки. Создалось полное ощущение, будто балерина незаметно наблюдала за спектаклем и лишь теперь дала о себе знать. Зрители вновь захлопали. А артисты (подала пример Жизель) — стали бросать свои букеты к портрету почившей примы. И тут уж даже самые сдержанные пустили слезу... А Надя, плача вместе со всеми, вдруг подумала: «Вот так и надо жить, вот так! Чтобы, когда умрешь, по тебе переживала вся страна!»

Когда же шоу наконец завершилось и публика потянулась к выходу, к Владу и Наде подлетела Магда. Была сегодня она очень суетливой и никчемной, особенно по контрасту со своей умершей подругой, все еще следящей за ними со сцены... За ее спиной молчаливой тенью маячила ее постоянная спутница — Антонина Матвеевна.

— Ребята, не уходите. Вы мне нужны, — потребовала Магда.

Надя скривилась. И Влад тотчас уловил ее настроение. Холодно ответил Магде:

— Извините, но мы спешим.

— И куда же? — нахмурилась та.

Он не смутился:

— У нас столик в ресторане заказан, на десять вечера.

— Ах, вот как! — поджала губы Магда.

— Вы что-то имеете против? — не удержалась Надя.

— Да делайте вы что хотите, — буркнула та. И совсем уж тихо добавила: — Если вам совесть позволяет.

Надя вспыхнула. Влад легонько коснулся ее локтя — не кипятись, мол. И небрежно спросил:

— Вы нас в чем-то обвиняете?

— Ни в чем я вас не обвиняю. Просто не время пока любиться! — вновь возвысила голос Магда Францевна. — Постыдились бы! Другим сейчас заниматься нужно!

Вообще без тормозов тетка!

Надя уже открыла рот, чтоб нахамить в ответ, однако Влад ее вновь опередил:

— У вас есть какие-то конструктивные предложения?

— Конечно! — не растерялась Магда. И веско заявила: — Мы все, кому была дорога Крестовская, не должны оставлять ее смерть без возмездия.

— Но что мы можем сделать? — устало спросила Надя.

— Хотя бы привлечь внимание общественности, — парировала Магда. — Согласитесь, смерти Лидочки сопутствовали весьма необычные обстоятельства. С какой стати она подарила свою квартиру совершенно постороннему человеку? Почему этот человек заставил ее подписать очень странное распоряжение о похоронах?.. И самое главное: не виновен ли он в ее смерти?!

— А как вы привлекать внимание-то собрались? Пресс-конференцию, что ли, по этому поводу созовете? — усмехнулась Митрофанова.

— Еще чего! Тратить время на глупости! — отмахнулась Магда. — Нет. Мы — все четверо — должны написать запрос в прокуратуру. И озвучить в нем все наболевшее. Нельзя дать Егору Егоровичу вывернуться. Нельзя позволить этому мужлану и хаму все захапать. Чтобы он жил в квартире Лидочки? Перестроил ее по своему деревенскому вкусу? Самое ценное припрятал, а все остальное — просто вынес бы на помойку?.. Мы просто не можем этого допустить!

Голос у Магды был противным, режущим — настоящая циркулярная пила, и Надя еле удерживалась, чтоб не попросить ее говорить тише. А еще лучше — чтоб не ляпнуть: допустим, удастся ей оттеснить Егора и захапать имущество балерины, как сама-то она им собирается распоряжаться? Не по тому ли принципу — самое ценное себе и только что попроще в музей?

И вообще: чего они все так вцепились в несчастного Егора?.. Конечно, человек он не самый симпатичный. И смерти Крестовской неприкрыто *дожи-*

дался. Любому надоест долгие годы возиться с капризной старухой — абсолютно тебе чужой... Но почему сразу думать, что он убил? Ладно бы Егор с Крестовской пару месяцев был знаком, а потом балерина подарила ему квартиру и сразу умерла. Тогда еще можно было его заподозрить. Но тот ведь лет пять ее холил, пестовал, терпел все капризы. Зачем? Коли планировал убить — мог бы и раньше!

Однако говорить обо всем этом явно было бесполезно. И потому Надя спросила другое:

— Неужели эти запросы в прокуратуру кто-нибудь вообще читает?..

— Анонимные — нет, — отрезала Магда. — А подписанные уважаемыми людьми — обязательно. Тем более что речь идет не о какой-то тете Маше, а о женщине, бывшей народным достоянием...

— О господи! — не удержалась Надя.

Этой Магде только с трибуны вещать.

Влад тоже улыбнулся, но произнес миролюбиво:

— Хорошо говорите, Магда Францевна, верно. Только, раз все здесь свои, поменьше пафоса, ладно?..

— Вам просто наплевать, — надулась Магда. — Вы все заняты, вам свое время тратить не хочется. А негодяй, значит, пусть торжествует...

— А что сделаешь с этим негодяем? — вздохнул Влад. — Вы ж сами рассказывали: на квартиру есть дарственная, ее оспорить невозможно. Распоряжение о похоронах — тоже подписано Крестовской лично, подпись — достоверно ее. И нотариус свидетельствовать против Егора ни при каких обстоятельствах не будет, чтоб своего места не лишиться...

— Если мы его попросим — не будет, — отрезала

Магда. — А в прокуратуру вызовут — расскажет все как миленький.

— Но с чего ты взяла, что Егор ее убил? — тихо вставила доселе молчавшая Антонина Матвеевна.

— А почему тогда он так от тела спешил избавиться? — с вызовом спросила Магда. — Сжег в три дня, никому ничего не сказал!..

— Интересно, кстати, — задумчиво произнес Влад. — А вскрытие вообще было?

— Должно было быть, — кивнула Антонина. — Когда человек дома умирает, без него нельзя.

— Даже если смерть от инфаркта?

— Да. И даже если родственники говорят, что не надо, — все равно: судебно-медицинское вскрытие обязательно. Такой порядок, — подтвердила тихая Антонина. И обратилась непосредственно к Магде: — Судмедэксперты, уверяю тебя, не дураки. И если б что подозрительное увидели — тело б сжигать не дали...

— Вот пусть еще раз и поговорят с теми, кто это псевдовскрытие делал! — не сдавалась Магда. — Меня интуиция сроду не подводила! Может, Егор и не убивал, подушкой не душил, но помог Крестовской умереть, это точно!

— Каким образом? — терпеливо, словно обращаясь к упрямому ребенку, поинтересовалась Антонина Матвеевна.

— Ну, не знаю! Какое-то лекарство ей дал, которое не следовало давать!

— Все, что она принимала, должно быть отражено в посмертном анализе крови, — пожала плечами Антонина. — Вплоть до миллиграмма. И раз вопросов не возникло — значит, ничего постороннего не обнаружили.

— Или плохо искали! — упорствовала Магда.

— Ох, Магда, с тобой вообще разговаривать невозможно, — вздохнула Антонина Матвеевна.

Влад примирительно произнес:

— Дамы, не ссорьтесь. — И спросил бухгалтершу: — А этот запрос в прокуратуру — как он вообще составляется?

— В произвольной форме, я уже выяснила, — с готовностью откликнулась она. — Мы просто излагаем свои соображения, подписываемся, а дальше уж пусть специалисты разбираются.

— Ну, так и давайте подпишем, нам разве сложно? — пожал плечами Влад. — Особенно если вы, Магда Францевна, сами составите текст...

— Охотно! — просияла та.

— Что ж. Наши телефоны вы знаете, — улыбнулся Влад. — Звоните, когда все готово будет.

Подхватил Надю под руку и повлек ее в глубь театра.

— Бесполезно все это, — вздохнула она. — Бесполезно и глупо.

— Магду разве переспоришь? — отмахнулся Влад. — Проще согласиться. Опять же: Егору крови попортим. Мужик-то, согласись, неприятный.

«Но обвинять его в убийстве?..»

Хотя они ведь ни в чем его и не обвиняют. Просто высказывают свои соображения... И продолжать спор Надя не стала. Тем более что Влад сжал ее локоть чуть крепче, чем положено мимолетному знакомому, ласково заглянул в глаза и произнес:

— Слушай, я так рад! Что мы наконец-то идем куда-то вместе!

* * *

Ему не нужно было общаться с Надей.

Но он, увы, не удержался. Самонадеянно подумал: простушка, чем она может помешать?.. Вот и заехал в ее чахлую библиотеку, подарил цветы, вытащил в театр... Только симпатии должны быть четко отделены от дела. А он впервые в жизни смешал бизнес и личные отношения. И этим поставил под угрозу весь свой безупречный план.

Но что поделаешь, если ему действительно Надя нравилась? Такая умненькая, аппетитная, ладная. Хозяйственная — за милю видно, что любимого мужчину окружит заботой, закормит пирогами... К тому же и беседу поддержать умеет, и улыбается всегда к месту. Любая американка едва ли с половиной Надиных данных уже подавала бы себя как королева: охоться за нею, выгуливай по полной программе, мечи бисер! А эта, легкая добыча, абсолютно себя не ценит. Глазищи огромные, красивые, только в них дрожит нескрываемое: «Я — одна... И никому не интересна». Голыми руками можно брать! Интересно, что ее так подкосило? Несчастная любовь? Или российская нищета извечная?

Однако первое впечатление — что бедняжка поплывет от букетика, коктейля и парочки комплиментов — не подтвердилось. В ответ на предложение *закончить вечер у него* девушка лишь усмехнулась:

— Ты куда-то торопишься, Влад?

— А ты обязательно ждешь третьего дринка? — в тон ей поинтересовался он.

Надюшка же совсем раздухарилась. Весело ответила:

— Ну, третий дринк — это у вас, в Америке. А я иду к мужчине, лишь когда к этому готова...

— И, конечно, только в первую брачную ночь? — хмыкнул Влад.

— Ни в коем случае, — мгновенно парировала она. — Выходить за *кота в мешке* уже не модно.

Впрочем, скользкую тему развивать не стала. Начала расспрашивать про его работу, и где он любит отдыхать, и чем занимаются его родители... Обычные вроде бы вопросы. Но Влад никак не мог понять: Наде просто интересна его жизнь? Или она пытается его расколоть?..

Эх, до чего не повезло! Ведь они могли бы познакомиться с ней просто случайно. Допустим, он подвез бы ее до дома... Или обратился бы к ней, сотруднице библиотеки, за каким-нибудь редким изданием... Тогда их отношения запросто могли бы перерасти в приятное, необременительное приключение, а то и в серьезный роман.

Но, увы, он встретил Надю в доме Крестовской. И это стопроцентно означало: быть с нею самим собой он не может. И уж тем более опасно ей доверять. Потому что девчонка — при всей своей вроде бы открытости — совсем непроста. И ее острый ум, помноженный на пресловутую женскую логику, запросто может его погубить.

Тем более что Надя, похоже, не очень-то поверила в его версию *случайного знакомства с балериной.*

И *совсем не хотела* верить в то, что погубил Крестовскую ее домоправитель.

А ее, конечно, надо было в этом убедить. Лишь в таком случае девчонка останется его союзницей, а не досадной помехой.

* * *

Вечер с Владом они провели прекрасно, однако ночью Наде все равно снился Дима. Будто на улице дождь, полыхают молнии, в оконное стекло требовательно колотят капли, а они с Полуяновым уютно устроились в постели. Смакуют из одной бутылки ледяное пивко, болтают, а их ноги небрежно, ненароком соприкасаются под одеялом...

Настолько ярким оказалось это видение, что Надя, еще и не проснувшись, зашарила рукой по Диминой половине кровати — хотелось ощутить родное тепло. Однако рука ее наткнулась на ледяную несмятую подушку, и на сердце сразу стало пусто.

Девушка взглянула на часы: всего лишь семь утра. Попробовать заснуть еще — и пусть ей опять приснится Дима?

Но тут вдруг телефон зазвонил. Может, сон все-таки в руку и это наконец Полуянов?..

Надя нетерпеливо схватила трубку.

О боже. Магда. Как всегда, деловая, громкоголосая. И даже не поздоровалась — сразу затараторила:

— Надя, посмотрите свою электронную почту. Я вам проект письма в прокуратуру переслала.

Вот ведь настырная женщина!

— Прочту, когда время будет, — буркнула Митрофанова и нажала на отбой.

Но раз уж все равно ее разбудили, покорно потащилась к компьютеру. Лучше уж унестись мыслями к балерине, чем снова и снова переживать Димино отсутствие...

Состряпанный Магдой документ занимал три страницы. Надя внимательно его прочитала и даже прониклась к крючкотворше некоторой долей уважения. Может, и пустышка она, но составлять челобитные в официальные организации явно умеет. Написано ярко, мыслью по древу не растекается, аргументы приводит убедительные. Выставила Егора Егоровича расчетливым, жестоким, невоспитанным человеком — это как минимум. И не впрямую, но очень изящно намекнула, что он запросто может оказаться еще и преступником...

Чего стоил, например, предпоследний абзац письма:

Соседка Крестовской Елена Беликова, проживающая в квартире напротив, много раз замечала: Егор Баченко обращается со своей подопечной грубо. Называет ее исключительно на «ты». Однажды кричал на нее: «Ты со своей благотворительностью без меня давно бы по миру пошла! Если б я за твоими деньгами не следил — все бы раздала, без остатка!»

Или еще один шедевр:

Мы, частные лица, не имеем возможности проверить состояние финансовых дел Крестовской. Однако нам определенно известно, что Егор Баченко имел доверенность на управление ее счетом, открытым в отделении № 3240 Сберегательного банка на Тверской улице. Примерно полгода назад балерина говорила, что на ее сберкнижке лежит порядка трех миллионов рублей. Однако незадолго до своей смерти Крестовская жаловалась, что «Егор не оставил ей ни копейки».

Да уж, господин Баченко... После подобных обвинений даже самый ленивый сотрудник прокуратуры обязательно захочет с вами побеседовать...

И все-таки Митрофанова — сама не понимая почему — сочувствовала домоправителю балерины. Конечно, он мужлан. Совершенно невоспитанный, часто грубый... Но ведь и хлеб его был нелегок. Она вон сама у постели Крестовской всего час посидела — и то чуть с ума не сошла.

...И Надя, повинуясь непонятному порыву, набрала номер Егора. В конце концов, она свободный человек. Вовсе не обязана послушно плясать под Магдину дудку. И обещания держать язык за зубами не давала. Запросто может показать Егору Егоровичу текст письма. Просто, чтобы он знал, что против него затевается.

Однако в квартире балерины включился автоответчик. Баченко или дома не было, или он разговаривать с нею не захотел.

А едва положила трубку — телефон зазвонил. Неужели Егор? Однако нет, то была Магда. Нетерпеливо спросила:

— Ну, что, Надежда? Прочитали? Со всем согласны? Когда можно будет к вам за подписью подъехать?

Вот ведь неуемная...

И Надя буркнула:

— Давайте завтра утром, ко мне на работу. Я как раз в первую смену.

— А почему не сегодня? — расстроилась Магда. — Я и к вам домой могу, сами понимаете, тянуть нельзя!

— Нет, сегодня не получится, — отрезала Митрофанова.

— Почему? — насторожилась собеседница.

— Да так... — неопределенно откликнулась Надя. — Хочу по своим каналам кое-что проверить.

И, как Магда ее ни пытала, она больше ничего говорить не стала. Хотя план у нее был совсем прост. Влад ей вчера, за коктейлем, неплохую идею подкинул. Что в Интернете, общедоступной Паутине, на Егора, наверно, никаких ссылок и нет — невысокого полета птица. Но существует немало баз данных — платных. Однако доступ к ним прост и стоит недорого. Переводишь через электронный кошелек пятьсот рублей, и можно про человека что угодно узнать. Владеет ли он квартирами, машинами, дачами, подавал ли декларации о доходах, есть ли у него кредиты. Ну, и, конечно, полная информация про судимости и даже гаишные нарушения.

А заодно — за те же пятьсот рублей можно будет и про Влада почитать... Да и про Полуянова, кстати, тоже!.. Вряд ли, конечно, у Димочки есть тайные от Нади квартиры или долги. А вот узнать, допустим, про штраф за разворот в неположенном месте... И как-нибудь небрежно поинтересоваться: «Чего ж ты, Дима, правила нарушаешь? Да еще и попадаешься?..» Мелочь, но Димка поразится...

Надя вздохнула. Вот опять она с собой ничего не может поделать — думает про Полуянова. Гадает: а как сердечный друг проводит нынешнее же утро? Участвует в съемках? Или гуляет по летнему Петербургу, смакует пирожные в какой-нибудь из немногих оставшихся «Идеальных чашек»? Или (от последней мысли сразу бросило в жар) отсыпается после бурной, полной любовных утех с какой-нибудь актриской белой ночи?..

Нет, прочь эти мысли!

Надя решительно прошла на кухню. Заварила себе кофе — очень крепкий, по рецепту Полуянова, и в его же любимой чашке. Не имеет она права думать о любимом плохо. Дима — он не такой, он ей верен.

И пусть журналист даже близко не сравним с Владом, и денег у него меньше, и характер ужасный, все равно: Полуянов — куда родней.

* * *

«Егор Егорович! Снимите трубку! Мне надо с вами поговорить!»

Как они все его достали...

«Егор Егорович! Я знаю, что вы дома! У меня к вам важный, слышите, чрезвычайно важный разговор! Пожалуйста, ответьте!»

Он покосился на телефон. Выдернуть из розетки — и к черту? Хотя нет. Нужно держать руку на пульсе.

«Егор Егорович! Я последний раз вас прошу: снимите трубку. По-хорошему. Вам все равно придется ответить на мои вопросы. Если не по-хорошему — так по-плохому».

Он в сердцах шваркнул по аппарату кулаком — и все-таки отключил телефон. Ему нужно хотя бы полчаса отдыха. Тридцать минут полной тишины. Побыть, наконец, наедине с собой.

Последняя неделька выдалась тяжелой. Почему все думают, что звезды уходят из жизни как-то по-особенному? Он чуть не ухохотался, когда в одной газетке прочел: «Великая Крестовская умерла, как положено королеве: с достоинством, тихо, во сне...» Эх, писака, спросил бы его. Егор Егорович многое рассказал бы. Про постоянные, предшествовавшие ее смерти капризы, «мне холодно, мне жарко, мне страшно...». Про эти бесконечные и бессмысленные: «Через две минуты мой выход...»

Старики все — и заброшенные в глухих деревеньках, и хозяйки роскошных квартир — абсолютно одинаковые. На каждом углу кричат, что только и мечтают умереть, но за жизнь при этом цепляются отчаянно, вгрызаются в нее, с кровью вырывают последние деньки, часы, минуты... И великая (о, как его теперь коробило от этого эпитета!) Крестовская не стала исключением. Очень, конечно, эффектно говорить редким, вдруг заинтересовавшимся стареющей примой журналистам, что «ее ничто не держит на этой земле, что она все уже сказала своим танцем». Только неправда все это. Не хотела она умирать. Предложи ей кто-нибудь обменять все свои накопления на глоток эликсира бессмертия — согласилась бы, не раздумывая.

Впрочем, и без эликсира сколько скрипела! Целых пять лет ему промучиться пришлось. Но все, чего он хотел, чего столь терпеливо добивался, получилось! Правильно ему посоветовал тот адвокат: не нужно надеяться на завещание. Завещание — документ ненадежный. Его и изменить можно (что Крестовская и делала, причем не единожды), и оспорить. А дарственная — вещь безусловная. Раз однажды подарил — обратного хода не будет. И теперь вся эта роскошь — сто двадцать три квадратных метра в самом центре Москвы, на Тверской, — принадлежит ему! Неплохой итог жизни для мальчика из жалкой коммуналки... Квартирка, конечно, довольно запущенная. И ванная вся в потеках, и люстры давно на помойку просятся. И тараканы жалуют — тщетно старушки пытались их травить по старинке содой или тетраборатом натрия. Однако и полезного немало. Не то что, конечно, особый антиквариат, но неплохие картинки имеются. И книжки старинные, и столовые приборы серебряные, и посуда девятнадцатого века. Надо отсортировать поскорее балеринкино имущество. Разные наяды, орфеи и прочие статуэтки, заполонившие кабинет, ему, конечно, без надобности. Как и многочисленные платья балерины — в том числе и совсем старые, выцветшие, в которых она еще на сцену выходила. Что ж, барахло запросто можно сбагрить в этот самый, навязший в зубах музей. Пусть забирают — только то, что отберет он лично, — и оставят его в покое.

...Егор Егорович, наслаждаясь восхитительным, совершенно неописуемым состоянием *владения*, прошелся по комнатам. Вот ведь чудеса! И до генеральной уборки руки, конечно, еще не дошли, даже все эти склянки с лекарствами с тумбочки балерины не повыбрасывал, и не проветривал пока толком, а пропитавший квартиру омерзительный запах старости почти ушел... Ушел — вместе с телом Крестовской. Ну, а ее прах, ссыпанный в урну, к счастью, не пахнет.

Свобода! Свобода!.. И пусть заткнутся недоброжелатели и завистники. Пусть утрутся все, кто его укорял: мол, растрачиваешь свою жизнь почем зря. Что не мужское это дело — смотреть за сумасшедшей старухой. И вообще миллион примеров, пугали советчики, когда опекуны остаются ни с чем. Возятся со стариками, а все имущество достается вовсе не им. Но это только дураков кидают. А умный человек — кто знает, чего хочет, и уверенно идет к своей цели, он всегда своего добивается.

И все глупые планы: передать квартиру великой танцовщицы государству, устроить в ней музей —

музей балета и эпохи, что за бред! — он, конечно, пресечет на корню. Какие, к черту, музеи — в их элитном доме? Да соседи в первый же день взбунтуются, коли в подъезд станут пускать кого ни попадя. Если только сделать, как со стариной Хэмом на Кубе поступили: дом писателя со всей обстановкой существует, но войти в него нельзя. Можно лишь в окно заглядывать — чтоб не топтали обстановку, где творил гений. А что, хорошая идея. Надо предложить в мэрии. Пусть поклонники Крестовской лазят по приставной лестнице — до пятого этажа. Вообще умора...

А все-таки интересно: до какого предела дойдут прихлебатели балерины? Оскорбленные, что все досталось не им?

Егор Егорович вернулся в гостиную. Включил телефон. Тут же раздались гневные трели. Он дождался, пока включится автоответчик. Сейчас, наверно, ему опять начнут грозить...

Но только в этот раз он услышал совсем другой голос. Девичий — робкий и чуть хрипловатый от волнения:

— Егор Егорович, это Надя. Надя Митрофанова. Возьмите, пожалуйста, трубку. Я хочу вам кое-что рассказать.

Девушка сделала паузу, и он, поддавшись ее трепетному обаянию, едва не ответил. Однако удержался. Стал слушать дальше.

— Понимаете... меня тут просят кое-что сделать... Подписать один документ... А я... я хотела прежде обсудить это с вами. Снимите трубку! Пожалуйста...

Что еще за документ, интересно?

Перезвонить ей, что ли? Только какой смысл?

Магда, Влад и прочие наверняка втянули Надю в свой лагерь. И она ему — не союзница, а враг. А даже если не враг, информации выдаст на копейку, а расспросов будет — на миллион.

Нет, не станет он тратить время на глупые разговоры. Лучше поскорее привести квартиру — теперь уже бесповоротно принадлежащую ему — в порядок. Повыкидывать из кухонных шкафчиков оставшиеся от старух столетние крупы. Вынести на помойку пожелтелую и треснутую, но чем-то милую бабкам посуду. Купить Комбат, вытравить тараканов...

И зажить, наконец, королем.

* * *

Энергии Магды Францевны можно было лишь позавидовать. Нет бы тихонечко отправить письмо в прокуратуру и ждать результатов проверки! Однако неуемная тетка умудрилась еще и в прессе резонанс устроить. Вот хитрюга! Когда Надя давеча заикнулась, чтобы пресс-конференцию созвать, та только плечами пожала. А сама идею Митрофановой использовала. Да еще как — добралась аж до самих «Молодежных вестей»! С кем договаривалась, неизвестно, наверняка с самим главным редактором, но текст запроса в прокуратуру, практически без купюр, уже на следующий день появился на второй полосе газеты. И имена всех подписавших документ присутствовали — в том числе и «Н. Митрофанова, заместитель заведующего отделом всемирной истории Российской историко-архивной библиотеки». Звучало, прямо скажем, солидно.

На работе, конечно, сразу заметили. Надя едва утром в зал вошла, начальница к ней так и бросилась:

— Как это понимать, Надежда?.. Ты что... ты лично была знакома с великой Крестовской?

Оставалось лишь скромно улыбнуться:

— Ну да... В гостях несколько раз была...

— И ничего не рассказывала, — упрекнула начальница. И с жадным придыханием поинтересовалась: — И что, этого убийцу... Егора — ты тоже видела? Знала?..

Надя поморщилась. Что и следовало ожидать. Пусть прямых обвинений в адрес домоправителя хитрая Магда и не допустила (кому хочется за клевету под суд пойти!), но картина вырисовывалась однозначная. Подлый, корыстный дядька обобрал до нитки и убил двух беспомощных, доверившихся ему старух. Пусть прокуратура ничего и не докажет — но репутация его навсегда испорчена. Ни один порядочный человек Егору даже руки не подаст.

И она, Митрофанова, этому тоже поспособствовала. Но как было промолчать?..

Изучая в Интернете базу данных, она выяснила: Баченко-то, оказывается, уже был судим! Более того, судим за убийство, пусть и непредумышленное. Но убил он больше тридцати лет назад — внимание! — тоже пожилую женщину. 1905 года рождения! Ей на момент смерти шестьдесят девять лет было...

...Магда, когда ей Надя эту информацию сообщила, от радости едва не запрыгала. Завизжала восторженно:

— Надюшка, девочка моя! Да какая же ты умница! Да как же это в твою головку-то пришло, проверить!.. В базе данных, говоришь, нашла? В общедоступной?! А мы, дураки, и не подумали...

— Может, конечно, это ошибка какая-то, — пролепетала Митрофанова. — Но имя, фамилия, отчество, год рождения — все сходится... Хорошо бы прежде уточнить, конечно...

— Вот в прокуратуре и уточнят, не волнуйся! — заверила Магда. — Так уточнят, что он по совокупности на пожизненное пойдет!..

— Совокупность здесь ни при чем, он за то преступление уже отсидел, — поправила ее Надя. — Пять лет, под амнистию не попал. Кстати, раз так немного дали — может, действительно это случайно получилось?..

— Убийств случайных не бывает. Вывернулся, хитрый лис, — парировала Магда. — И сейчас бы вывернулся, если б мы не вмешались...

«Ага, вмешались... — тоскливо подумала Надя. — Только у вас у всех на то личные причины есть. Ты за свой музей дурацкий борешься, и у Влада — явно какой-то собственный интерес, меня не обманешь... Но зачем я во все это влезла — вообще загадка...»

Нажила вот так, запросто, себе врага. А Егор — раз уже сидел — человек, похоже, серьезный. Вдруг прочитает газету, увидит ее подпись, взъярится, подкараулит — да и даст по голове... Если он действительно преступник — ему терять нечего.

А ее, Надю, и защитить некому...

Не Влада же о помощи просить. А Дима о себе знать так и не дает.

* * *

Эта идиотка, другого слова не подберешь, действительно все завещала своему домоправителю Егору Баченко! Квартира — хрен с ней, но ведь и вся начинка Егорке досталась!

Влад теперь знал об этом совершенно определенно — от нотариуса, который завещание и заверил. Обошлось это ему, кстати, совсем недорого. В Америке подобную взятку даже предлагать было бы несерьезно. Там и зарплаты у нотариусов другие, и законы куда строже. А здешний, российский, не устоял. Чего ему бояться? Ответственность за разглашение нотариальной тайны смешная, а пачка зеленых купюр (по московским меркам) выглядела куда как внушительно...

Эх, Лидия Михайловна, ну чем же Егор Егорович тебя взял! Вечно хмурый, образование восемь классов, ни грана галантности! А ты и квартиру ему, причем по дарственной, так что не оспоришь! И по завещанию — все свое имущество. Мебель. Книги. Счета в банках. И, главное: *«Все принадлежащие мне и находящиеся в моем сейфе драгоценности»*. Значит, и брошь генерала Маркова — тоже...

А он ведь ее и просил, и убеждал, и обольщал даже... И старуха, кажется, в какой-то момент поддалась. По крайней мере, его проникновенный рассказ про бабушку, всю жизнь прозябавшую в нищете, но свято хранившую тайну, выслушала внимательно. И даже сказала задумчиво:

— Да, я знала про ту его семью... Муж признался мне незадолго до своей смерти.

— А брошь? — потребовал Влад. — Генерал Марков говорил вам, что она — завещана моей маме?..

— Д-да... — выдавила балерина. — Да, я об этом догадывалась...

Но когда он уже был готов перейти к решающему этапу атаки, старуху вдруг понесло. По давно накатанной колее: «Сейчас мой выход, давайте мои пуанты» и прочее. Влад, кстати, так и не научился распознавать: когда Крестовская действительно отрывается от реальности, а когда всего лишь умело притворяется...

Но не схватишь же ее за плечи, не вытрясешь всей правды!..

А ведь как все лихо могло бы получиться! От бабки всего-то и требовалось — подписать единственный документ, отказную...

Однако и без отказной шанс получить свое у Влада еще оставался. Только теперь задача существенно усложнилась.

* * *

Когда вечерами дома одна — это очень здорово. Можно ходить в рваном халате, а то и вовсе голой. По телику включать любую «Кармелиту», и в ванне валяться хоть с журналом «Гламур», хоть с любовным романом, никто насмешничать над тобой не будет. И на ужин ешь что хочешь. Можно легкий салатик, а при желании — наплевать на диеты и выпить чаю с конфетами «Белочка». И никаких обязательных, если в доме мужчина, отбивных с гарнирами...

Но только наслаждаешься свободой лишь первые пару дней. А потом подступает не просто скука — форменная тоска. И комплексы с каждым новым, проведенным в одиночестве вечером терзают все безжалостней. И Кармелите начинаешь завидовать, а уж красоток из любовных романов хочется повышвыривать со всеми их страстями в окошко... И ты отчетливо представляешь, каково оно будет: сидеть вечерами одной, когда тебе исполнится сорок. Пятьдесят. Семьдесят... И поговорка «хоть какой, но муж» — над которой ты обычно смеешься — пустыми вечерами представляется очень даже справедливой...

Ну, что же за сволочь этот Полуянов! Хоть бы единственную эсэмэску прислал. «Занят. Люблю». Ей было бы достаточно. Но, видно, так занят, что даже черкнуть пару слов про любовь времени нет... Или, как честный человек, он лукавить не хочет. Потому что увлекся на съемках в Питере другой... Или, может, пыталась успокаивать себя Надя, Димка не пишет ей потому, что опять потерял мобильник? Он ведь такой рассеянный...

И когда вдруг, уже около десяти вечера, загремел телефон, Надя бросилась к нему со всех ног. В этот раз — точно Димка. Больше некому.

И голос в трубке действительно оказался мужским. Но то опять был не Полуянов.

— Привет очаровательным девушкам! — сказал Влад.

— Привет... — Надя изо всех сил пыталась скрыть разочарование.

— Что хорошего в жизни?

— Файн! — вздохнула она. И зачем-то добавила: — У вас в Америке ведь так положено говорить?

— У тебя что-то случилось? — встревожился Влад.

— Да нет, все действительно хорошо, — промямлила она. — Только скучно немного...

И про себя подумала: хоть Влад, хоть черт с рогами — только бы не сидеть еще один вечер одной...

Влад отреагировал предсказуемо:

— Ну, так давай поскучаем вместе! Я от тебя недалеко, на ВДНХ. Если хочешь, могу заехать.

— А что ты делаешь на ВДНХ в такое время? — поинтересовалась Надя. — Прикидываешь, как ограбить павильон «Свиноводство»?

Ответ на самом деле ее не интересовал — просто время тянула. Лихорадочно соображала: позвать? Или все-таки нет? Вдруг Полуянов не виноват? И не звонит ей действительно потому, что замотался?..

— Насчет «Свиноводства» — это ты в точку! — усмехнулся Влад. — Хотя правильнее было бы назвать это место «гадючник». — И пояснил: — Я в «Космосе», в казино. Состояние проматываю.

— И как, получается? — фыркнула она.

— Минус пятьсот баксов, — вздохнул фальшивый историк. И тут же перешел в атаку: — Вот я и подумал: раз не везет в карты, может, повезет в любви?..

— А зачем ко мне-то ехать? — ехидно произнесла Надежда. — В «Космосе», по-моему, полно соответствующих дам. И утешат, и возьмут недорого.

Говорила — и сама себе удивлялась. Обычно-то с мужчинами, особенно с симпатичными, ее всегда ступор охватывал. Даже пошутить не получалось, а уж дерзить — и подавно. Но с Владом она не тушевалась нисколько. Потому что он ей не нравился? Или наоборот: они созданы друг для друга, только она этого еще не поняла?..

Нет, все-таки не нужен он ей. Насквозь фальшивый...

А Влад все напирал. Молвил проникновенно:

— Мне не нужны никакие «соответствующие дамы». Никакие вообще не нужны. Мне нужна ты.

Надя на секунду растерялась, не зная, что возразить. А собеседник проговорил едва ли не шепотом:

— Я приеду.

И Надежда неожиданно для себя ответила:

— Ладно, приезжай. — И снова вырулила на легкий треп: — А ты случайно не людоман?

— Кто-кто? Людоед? — тоже стал дурачиться Влад.

— Игроман. Патологически азартный человек.

— Ага, я такой.

— Что ж, тогда я могу тебя обыграть. Не в «блэк-джэк», конечно, но в «дурака» — запросто.

— Играть будем на раздевание? — не растерялся Влад.

— На коктейль, — поправила она. — Ты ведь, кажется, специалист?..

— Ну, так, немножко... Вариантов тысячу смешаю.

— Тогда будь добр: коктейль номер четыреста сорок пять. Какие понадобятся ингредиенты?

— Ингредиенты настоящий мастер возит с собой, — заявил Влад. И потребовал: — Говори адрес.

Ужас! Она зовет в гости почти незнакомого мужчину! В десять вечера! И приглашение — явно с эротическим подтекстом!

Однако Надя все равно сказала Владу, как ехать. А потом положила трубку и лихорадочно заметалась по квартире. Что сейчас? Делать скоростную мини-уборку? Бежать в душ? Накладывать мейк-ап? Или лучше всего — потушить везде свет и притвориться, будто ее нет дома?..

Даже Родион — верный и до чрезвычайности флегматичный пес — и тот занервничал. Вскочил со своей вечной лежанки, крутится подле нее, поскуливает...

— Я, Родя, сейчас совершаю несусветную глупость, — сообщила собаке Надя. А потом твердо добавила: — Хотя что такого? Выпьем по коктейлю... А начнет приставать — команду «фас» ты еще не забыл?..

И хотя морда у добродушной таксы была самая недоуменная, Надя твердо повторила:

— Ничего, ничего. Понадобится — защитишь. А нет, я и сама справлюсь.

...Влад же — вот, блин, знаток человеческих душ! — окинул ее еще на пороге цепким взглядом и констатировал:

— Ох, девушка, а ведь вы волнуетесь. Корите себя: что я наделала? Не привыкли, видать, приглашать к себе домой малознакомых мужчин...

Надя расплылась в улыбке и честно призналась:

— Не привыкла. Волнуюсь. И корю себя.

А он коснулся ее плеча, подмигнул:

— И абсолютно зря волнуешься. Договорились же: ждем третьего дринка. — И лукаво добавил: — Хотя... сегодня как раз третий и получается. Если считать тот вечер, когда мы познакомились. Еще у Крестовской.

— А мы сегодня будем пить безалкогольные коктейли, — не растерялась Надежда. — Ты ведь за рулем.

— Да-а, сплошные обломы, — протянул Влад. — В «Космосе» наказали, любимая девушка вернула с небес на землю...

— А я у тебя уже любимой стала? — усмехнулась Надя.

Впрочем, если он сейчас ее поцелует — возражать она не станет.

Однако Влад всего лишь выразительно посмотрел на нее. Пробормотал: «Ладно. Не будем торопить события». И весело потребовал:

— Ну, где тут на твоей вилле кухня? Для коктейля номер четыреста сорок пять мне потребуется лед и шейкер...

...И к полуночи Надя уже почти поверила, что такой человек, как Влад, действительно мог познакомиться со старухой Крестовской без всякой задней мысли. Потому что вел себя молодой человек безупречно. А уж коктейль — не безалкогольный, конечно, в нем и «кюрасао» присутствовал, и толика джина, и граммов сорок «кампари» — приготовил божественно. И вкус неземной, а уж насколько красиво Влад на кухне священнодействовал! Не сравнить с Полуяновым, который во всех хозяйственных делах хуже коровы на льду.

И поговорить с ним оказалось интересно. Обычно-то наши, кто на Запад перебрался, все противные. Строят из себя матерых капиталистов, учат жизни и обязательно заверяют, что пресловутая тоска по березкам их нисколечко не коснулась... А Влад про свою американскую жизнь рассказывал без купюр:

— Я, конечно, уже свой там, в Штатах. Но все-таки не до конца свой. И не в акценте, конечно, дело. И не в том, что коренному американцу карьеру сделать куда легче. Как говорится, обидно, досадно — ну да ладно. В другом беда. Я так и не научился думать, как они. Чувствовать, как они... Радоваться тому, что их радует. Иногда едешь с работы — такой вполне себе американец, на хорошей машине, с блестящими перспективами — и думаешь: да какого ж дьявола я тут делаю?!

— Ну и возвращайся, — усмехнулась Надя. — Ты ведь, кажется, инженер? Они сейчас и в России нужны. И даже платить, говорят, стали неплохо.

— Нет, все уже, — вздохнул Влад. — Парадокс: я и в Америке не дома, и без нее уже не могу.

— Ну, тогда совместное предприятие открой, — пожала она плечами. — Будешь служить и вашим, и нашим.

— А что, неплохая идея, — кивнул Влад. — Но ты пойдешь моим замом, договорились?

— Замом по библиотечным вопросам? — улыбнулась Митрофанова. — Только к чему на совместном предприятии библиотека?

Но Влада совсем уж понесло:

— Ничего ты не понимаешь! Мы с тобой передвижную российско-американскую библиотеку откроем! И станем перемещаться из страны в страну. В Штаты будем, допустим, первое издание «Слова о полку Игореве» ввозить. А в Россию — рукописные дневники Франклина... Обогатимся!

— Покажи мне хотя бы одного человека, кто готов заплатить, чтобы взглянуть на дневники Франклина! — вздохнула Надя. — И спонсоров на такой проект уж точно не найти...

— Да, бизнес-план хромает, — легко согласился Влад, — и нуждается в доработке. Что ж, давай тогда просто выпьем. За мечты. И чтобы они иногда осуществлялись.

А когда мужчина заводит разговор о мечтах — это всегда и радостно, и тревожно.

— И какая у тебя мечта? — опустила ресницы Надя.

И подумала, что ее недавнее сокровенное желание — чтобы Полуянов черкнул ей пресловутую эсэ-мэску — сейчас как-то не очень и актуально...

Влад же, явно не ведая про ее сомнения, пристально взглянул девушке в лицо:

— Догадайся.

— Понятия не имею.

— Все равно не скажу. А то разозлишься. Или натравишь на меня свою грозную собаку. — Он кивнул на Родиона, мирно свернувшегося калачиком в своем уголке.

Надя расшифровала его поведение так: Влад ее, похоже, *хочет*. Но не давит. Право делать первый шаг решил предоставить ей. И тут уж было только два варианта. Или податься к Владу, припасть к его крепкому, надежному плечу. Или выразительно взглянуть на часы, стрелки которых стремительно двигались к часу ночи... И про себя проклясть свое дурацкое воспитание. И целомудренность. И Полуянова, который не давал о себе знать, но и не отпускал...

«Ну, чего ты тянешь! Мужик ты или кто?! Обними меня сам! И тогда у меня уже просто не останется выбора!» — мысленно взмолилась Надя.

Но Влад — пусть ей временами и казалось, что он ее половинка, — призыву Нади не внял. Отодвинул свой недопитый коктейль, поднялся, произнес:

— Ладно, Надюшка. Я поехал. Давай, если есть, жвачку. А то гаишники ночью так и секут...

«Ну, и катись в свою Америку!» — едва не выпалила она.

И, как воспитанная девушка, вслух произнесла:

— Спасибо, что заехал. Коктейли у тебя действительно получаются изумительные...

Потом Влад ушел, Надя еще долго смотрела в окно и никак не могла решить: правильно ли она поступила?..

А минут через двадцать, в половине второго ночи, в дверь позвонили.

Влад? Неужели он понял? Неужели вернулся?

Надя радостно распахнула дверь.

И отшатнулась. Потому что на пороге стоял человек, которого она никак не ожидала увидеть. В своей квартире глубокой ночью...

К ней явился домоправитель балерины Егор Егорович Баченко. Нахмуренный, грозный и, кажется, крепко выпивший.

* * *

Левка всегда был невезучим, с самого детства. Если уж падал, коленку всегда разбивал, это как минимум. И грипп к нему первому цеплялся. И в школе, если хулиганили, отвечать одному ему приходилось. Старший брат (этому-то всегда все удавалось) даже целую теорию выдвинул: мол, у Левки один из генов дефектный. Тот, что за везучесть отвечает. Бред, конечно, а не поспоришь: тот один из целой семьи в институте учился, знал, что говорит...

Сам Левка никуда поступать и не пробовал. Куда пытаться, коли в аттестате сплошные трояки. Брату, вечному победителю, может, и с такими оценками удалось бы, а он только время на дорогу до Москвы зря потратит.

Потому остался в родном городке, определился на завод (специально выбирал ОТК, где травм почти не бывает) и зажил себе спокойненько. Чтобы жениться и детей завести — даже не думал. Куда ему! Как тот же успешный брат говорил, тебе или стерва попадется, а если тихоня — то ты и ее доведешь своим занудством. Как-нибудь ночью тебя зарежет. Хотя какой он особенный зануда? Осторожный просто, привык, что на него вечно все беды валятся. Вот и старается в гололед из дома не выходить, розетки и прочее электричество без нужды не трогать и на работу никогда не опаздывать, чтобы начальство не привязывалось.

Но жизнь, оказалось, она и таким тихоням шанс дает. И когда Левке было под тридцать, ему вдруг негаданно сказочно повезло. Вспыхнула в его жизни неожиданная любовь. Да какая! Женщина обратила на него внимание видная, чернобровая, взгляд жгучий, до пяток пронизывает. Командирша, правда, первейшая, но с его характером это разве плохо? В жизни всегда так — один командует, второй подчиняется. Немного обидно, конечно, быть в доме не мужиком, а бабой, зато удобно. Когда за тебя и по хозяйству все решают, и самого направляют — чего делать и как.

Когда, правда, жена решила: нужно бросать загнивающий городок и перебираться в богатую Москву, все кругом раскаркались. Куда, мол, такому тихоне в столицу, пропадешь там ни за грош! Левушка, несмотря на робость свою, тоже супругу отговаривать пытался — кому они нужны, в Москве-то? Ни образования, ни квартиры, ни связей. Только черно-бровую красавицу было не переспорить, у нее разговор короткий: или вместе едем, или я отправлюсь одна. А потерять свое первое в жизни счастье Лева, конечно же, не решился. Сняли со сберкнижек все скромные накопления — и поехали. «Через месяц вернешься, еще и с долгами!» — мрачно пророчил брат. А Левка и не спорил: пусть так. Зато женушка убедится, что Москва им не по зубам, да и успокоится. И заживут они в своем городке тихо и мирно.

Но вышло опять против всех привычных правил. Сначала они бедствовали, конечно, по съемным комнаткам мыкались, на рынке оба торговали, за гроши — китайской дребенью, в холодной палатке. А потом вдруг хозяин их расширяться стал, еще одну палатку прикупил. И управлять поручил Левушке с супругой. Вы, сказал, конечно, лопушки, зато — честные. «Не нужно это, — пытался отговаривать жену осторожный Левка. — Подставить хозяин нас хочет. Недостачу через месяц найдет и на нас повесит». Но чернобровая только хохотала, ласково трепала муженька по намечающейся уже лысине: «Да ладно, трусишка ты мой! Справимся!»

И что удивительно — справились! Супруга закупками ведала. Не доверяя мужу, сама таскалась по оптовым базам, волокла с них огромные сумки с товаром. А Левка, тихий и скромный, — обслуживал покупателей. И такую репутацию себе создал, что они к нему валом валили — товар никогда не навязывает, всегда внимательный, и подскажет, и посоветует...

Миллионерами они не стали, конечно, но зажили совсем неплохо. И квартиру нормальную сняли, и откладывать начали... А дальше — опять повезло.

Жена его любимая вдруг забеременела — хотя уже и не ждали, годков-то обоим сильно за тридцать было. Левка обрадовался, естественно, но и затревожился сразу. Куда им ребенка — на съемном жилье, без прописки? Но когда он заговорил, что, может, не надо, супруга только очами сверкнула. Прикрикнула: «И думать, что избавлюсь, не смей! Без детей в семье нельзя. Вытянем!» И начала потихоньку передавать Левушке дела. Терпеливо, словно ребенку малому, объясняла, что товар на базах всегда нужно своими глазами просматривать, весь, до вещички. И никакой никогда предоплаты.

Ну, Левик поворчал для порядка, только всерьез переспорить жену даже и не пытался. В конце концов, беременность — не болезнь. Если вдруг что, супружница всегда выручит, подскажет.

И опять ведь вытянули! И девочку, красотку писаную, родили, и бизнес не потеряли. Даже расширились: плюс к взрослым шмоткам стали теперь и детскими вещичками торговать. Тоже китайскими, ненадежными, зато товар всегда только из хлопка. И как можно дешевле, плевать, что строчки кривые. Дети все равно растут быстро, и одежда на них горит. Родителям куда выгоднее за тысчонку купить пять плохеньких костюмчиков, чем один хороший, который чадо все равно раздерет...

И вот чудеса, торговля только процветала! А когда второй контейнер поставили, уже свой, собственный, Левка даже думать стал, что никакого порченого гена у него нет, все наврал брательник.

Но только когда дочери годик исполнился, вдруг шарахнуло. Стала у Левки нога сохнуть. Сначала просто в размерах уменьшилась, потом болела на дождь, а через пару месяцев — он только на обезболивающих и сидел. Супружнице ничего не рассказывал до последнего. Не хотел тревожить своими проблемами. Куда еще с его ногой возиться, если дел на рынке невпроворот и никаких полисов медицинских у них по-прежнему нет, только дочку за взятку к детской поликлинике прикрепили. А когда жена наконец заметила и кричать стала: чего, дурак, молчал? — оказалось уже поздно. Какие-то необратимые процессы, сказал врач, начались. И теперь только резать, чтоб совсем не помереть.

Но куда ему без ноги?

Однако чернобровая не сдалась. Отправила Левушку по знахаркам. Ох, сколько денег на это ушло! Но пользы — никакой, одни траты. А ведь бизнес тоже постоянных расходов требует, и дочка растет, витамины нужны, соки всякие дорогущие... Мало того, что он сам за прилавком стоять уже не может, пришлось узбечку в помощь нанять, а тут еще и на шарлатанов столько ушло и, главное, без толку...

Левка даже подумывать стал: не может он быть такой обузой. Надо или просто уйти, не висеть у своих девочек камнем на шее. А то и — головой в омут. Все лучше, чем если ногу отрежут. Но тут брательник его выручил. Позвонил однажды, послушал унылый Левушкин голос. И даже про невезучесть острить не стал, как прежде делал. Строго велел: не унывай, брат. Выручу.

И через неделю снова звонит, требует: отправляйся, мол, немедленно, в такую-то деревню под Тамбовом. Там одна тетка есть, во втором доме от околицы — травами лечит и просто чудеса творит, совсем безнадежных на ноги поднимает.

Левка, конечно, возражать начал. Убеждал брата, что какие только знахарки его не пользовали — помощи никакой, сплошное вымогательство. Но старший лишь рявкнул: «Не спорь со мной, доходяга! Это невезучие при первой трудности в кусты шарахаются, а ты — мужик. Отец. И Москву почти покорил. Ты справишься».

И мало того, что знахарку нашел — даже денег на дорогу выслал.

Левушка и поехал. Дотрюхал в плацкарте до Тамбова, добрался на перекладных до глухой деревни, нашел искомый домишко... Только тетка, якобы знаменитая, его и на порог не пустила. Цыкнула из окошка: проходи мимо. Обманули тебя. Уже сколько лет как закончила я практику и никого сейчас не принимаю.

Левка злую бабу и так молил, и сяк, но та непреклонной оказалась. Не лечу больше, говорит, и точка. А посулить за свое спасение миллионов несусветных — так нету их у него. Жалких несколько тысяч в кошельке — и те из бизнеса чуть ли не со слезами вынул... Но, если уйти с позором, что жена скажет? И брат?!

И Левушка, совсем уж от отчаяния, бухнул: мол, только вылечи. А я, хотя много заплатить и не могу, твой навеки должник буду. Любое желание исполню. Все, что ни попросишь.

Думал, посмеется тетка, но та вдруг взглядывает на него так внимательно... И хитро спрашивает: «Неужели любое?» Ну, терять ему нечего, кивнул: «Все, что скажешь. Хоть украду для тебя, хоть убью». А она тогда ласково: «Ну, убивать мне никого не надо... А душа твоя пригодится. Ладно. Заходи. Посмотрю».

Провела в дом, долго щупала ногу, вздыхала, хмурилась. Левка совсем уж испугался, что снова пошлет, однако тетка вскинула на него цепкий взор, проскрипела:

— Ох, свалился ты на меня как снег на голову... Я ж слово дала самой себе: больше никого не лечить...

Но все-таки смилостивилась. Взялась за него. Целый месяц в ее домишке проторчать пришлось. Половину времени занимало лечение — сидел с огненно жгучими припарками, пил настои, до полусмерти парился в бане. А когда не лечился — травнице по дому помогал. Воду носить или ограду справить сил не было — так хоть приготовить или сор вымести... Даже подружились почти что. Тетка нормальной оказалась, только одинокой очень. Ни мужика, ни детей, ни родственников никаких. А науку свою, траволечение, она, говорила, от бабки переняла, давно умершей. Ну, и сама училась много. А что пациентов не берет — это после одного случая. Когда за совсем тяжелого взялась, но силы не рассчитала, тот помер, а на нее все шишки. Давно это было, еще до перестройки. И с тех пор она зарок дала. Уже лет пятнадцать только для себя настои делает, и всем клиентам — от ворот поворот.

— И тебя брать не хотела: прибытку — ноль, мороки много. Но купил ты меня глазами своими грустными. И еще вижу: человек ты честный. Правда, что ли, коли поправишься, любое желание мое исполнишь?

— Все, что хочешь. Жениться только не смогу.

Тетка лишь хохотнула:

— Ну, в мужья ты мне не надобен! Но адресок, когда уезжать будешь, оставь. Может, и пригодишься...

А какие, интересно, желания у деревенской знахарки могут возникнуть? Левка пока голову себе не морочил. Тем более что и нога его лечению долго не поддавалась, только хуже становилось. А не поможет тетка — значит, и он ей ничем не обязан...

Но безвестная знахарка, вот удивительно, поборола его страшную болезнь. Долго он не верил, думал, что ему кажется, но действительно стала набирать силу больная нога. Сначала он палочку бросил, потом даже подволакивать ногу перестал... А еще через месяц — и не отличал, какая больная, а какая здоровая.

И, уезжая, как честный человек, оставил знахарке и свой телефон, и свой адрес.

Первые пару лет, правда, немного боялся, что она позвонит, внесет в его жизнь сумбур, озадачит... А потом — и забывать стал. И если вдруг всплывало в памяти когда-то данное обещание, утешал себя: разумная ведь женщина знахарка. Ничего не выполнимого не попросит. Ну, остановиться у них, если вдруг в Москву нагрянет. Или даже если денег потребует — пусть. Имеет право. Он ей заплатит — благо что дела потихоньку идут. Даже втайне от жены кое-что откладывать начал, на всякий случай...

И однажды, когда он почти и ждать перестал, травница вдруг объявилась. И чуть не с порога насела: готов ли он исполнить давно данное обещание?

Что оставалось делать? Только покорно, как баран перед закланием, склонить голову...

А когда знахарка озвучила, чего хочет, Левка и

вовсе все проклял. В первую очередь — себя, дурака невезучего. Ну, чего ему стоило: обещание-то дать, но оставить травнице адрес фальшивый! Ведь никак не проверила бы...

Да было уже поздно.

А он пусть и невезучий, но честный человек. Коли пообещал — надо выполнять. Только бы жена и дочка, совсем взрослая уже, в первый класс пошла, не узнали...

* * *

— Вы?.. Зачем?! — ошалело пискнула Надя.

Хотя не спрашивать надо было — дверь перед носом Егора захлопывать. А так момент был упущен. Баченко легко оттеснил ее, ввалился в квартиру, обдал запахом перегара. И взгляд его налитых кровью глаз не предвещал решительно ничего хорошего.

Незваный гость с омерзительной усмешечкой потрепал Надю по плечу. И глумливо спросил:

— Чего? Не рада?..

А Надя попыталась оценить свои шансы. Входную дверь Баченко захлопнул. В квартире она одна. Контрприемы против насильников, которым ее когда-то пытался учить Полуянов, явно бесполезны. Егор Егорович хоть и не Геракл, а мужик крепкий. Да и драка уж в любом случае не метод для библиотекарши. Единственный шанс — договориться. Тем более что он и не трогает ее пока. И даже не угрожает. Только смотрит глаза в глаза. И горят в его взгляде и гнев, и презрение, и, кажется, жалость...

— Зачем вы пришли, Егор Егорович? — как могла спокойно, спросила Надя.

Могла бы еще поинтересоваться, откуда он ее адрес узнал, но не стала. Не одной же ей черпать информацию из компьютерных баз данных! Любой желающий может ввести ее имя, фамилию, год рождения — и пожалуйста, место проживания вам, и телефон домашний, и даже что у нее холодильник в кредит.

А Баченко в ответ лишь хмыкнул:

— Выпить есть?

И, не дожидаясь приглашения, протопал в кухню.

Вот он, шанс! Открывай входную дверь — и беги!

Но только что дальше? Вызывать милицию? Как-то совсем глупо... Да уже и любопытство разбирает: зачем Егор к ней явился? Хотел бы в морду дать за тот запрос в прокуратуру, на пороге бы дал. Выпить просить не стал бы...

И Надя решила рискнуть. Входную дверь, впрочем, на всякий случай отперла и даже слегка приоткрыла — если что, путь к отступлению готов. И поспешила вслед за домоправителем балерины на кухню.

Баченко в ее квартире не растерялся. Уже расположился на табуретке и даже джина себе налил добрые полстакана — из Владовой бутылки. И ей кивает, будто он тут хозяин:

— Присаживайся. И себе наливай.

Прямо скажем, абсурдная ситуация...

— А вы предупредить не могли, что придете? — буркнула Надя.

И села рядом.

— Чтоб ты к моему приходу борщок сварила?.. — хмыкнул он.

И вдруг, со всего маху, грохнул стаканом об стол. Зазвенела посуда, джин расплескался, Надя сжалась на своей табуреточке.

А Егор Егорович проревел:

— Что ж ты, Надька, такой дрянью оказалась, а?.. Я к тебе, как к человеку, — а ты, ты...

И девушка вместо первой (и естественной в подобной ситуации) реакции — заорать: «Ты чего себе позволяешь?!» — опустила глаза. Эх, зря она пошла на поводу у навязчивой Магды. Зря подписала тот проклятый запрос... Не убивал балерину Егор, и она это всегда подспудно чувствовала. Убийцы — те хладнокровные. А Баченко себя как обиженный мальчишка ведет. Одновременно и гневается, и хочет, чтобы его пожалели...

И у Нади вдруг вырвалось:

— Вам колбаски порезать?

— Ты ко мне не подлащивайся, — буркнул Егор.

Митрофанова только плечами пожала:

— Больно надо. Просто вы и так пьяный. А не будете закусывать — вообще свалитесь. В чужой квартире.

Но все-таки зачем он к ней явился?

И Надя, доставая из холодильника колбасу, произнесла:

— Автоответчик когда-нибудь слушаете? Я, между прочим, вам звонила. Хотела предупредить, что они — ну, Магда и остальные — затевают.

— Предупредить она хотела, — усмехнулся Егор. — Бла-агодетельница... А просто не подписывать, раз не согласна, слабо?

Эх, прав Егор. И укоряет ее справедливо. Но только извиняться совсем уж глупо. И она из обороны перешла в атаку:

— А вы сами виноваты! Вроде неглупый человек, а так подставились! На звонки не отвечаете, в квартиру никого не пускаете! Вместо похорон народных — балерину по-тихому сожгли. Конечно, люди черт-те в чем вас заподозрили. Заволновались...

— Заботливая ты моя... — саркастически протянул Егор Егорович. И безжалостно добавил: — И глупая. Не поняла, что ли, еще, что тебя саму используют?

— Кто? И зачем? — спокойно спросила Надя.

— Да хотя бы Владик твой распрекрасный! — хохотнул Баченко. Пристально взглянул на Митрофанову, протянул: — Аспирант, биографию Крестовской он пишет! А ты, наивная дурочка, и купилась...

— Ну, что никакой он не аспирант, я поняла, — возразила Надя.

— А кто на самом деле — и знать не хотела, — констатировал домоправитель. — Красавчиков расспрашивать опасно. Начнешь им неудобные вопросы задавать — сразу слиняют. И никаких больше коктейльчиков. Верно говорю?..

Вот, блин, психолог доморощенный!

— Так кто же Влад на самом деле? — спросила Надежда.

— Кто, кто! На родство с Крестовской он претендует, неужели не ясно?..

— Как? — опешила девушка.

— А вот так! Утверждает, что он — внук ее мужа. Генерала Виктора Маркова. И под это дело на Лидкины драгоценности хочет лапу наложить. Даже завещанием тряс: вроде как цацки генерал его матери завещал. Своей дочери.

Надя так и села. Вот уж действительно дурочка! Слушала, уши развесив, все эти сказки! Как Влад с

Крестовской якобы в булочной познакомились и вместе голубей кормили...

— Откуда вы знаете? — потребовала Надежда.

— Подслушал, — не смутился Егор. — Дня за два до того, как Люська умерла. Этот Влад к нам приперся и потребовал у Крестовской личной аудиенции. По очень важному, сказал, вопросу. Ну, я их в кабинет отправил, а сам под дверью встал. — Покровительственно улыбнулся, добавил: — Я ведь своим старухам полной воли никогда не давал. Знаю я их важные дела! Не проконтролируешь — все промотают... И слышал все до словечка. Складно он врал, ничего не скажешь... Будто бы цацка, брошь старинная, генералом им давно была завещана и всегда в доме у бабки Влада хранилась. А в ту ночь, когда Марков умер, оказалась у него вообще случайно. Он якобы вещичку к ювелиру возил, замочек починить. А когда генерал коньки отбросил, жена его внебрачная завещание предъявить побоялась. Ну, а сейчас нужно наконец восстановить справедливость...

Егор умолк. Молчала и Надя. Переваривала информацию. Очень какая-то получалась сомнительная история...

— А давно генерал умер? — спросила она.

— Сорок три года назад, — усмехнулся Егор Егорович.

— Значит, никакой юридической силы у завещания нет, — пожала плечами Надя.

— Молодец, гра-амотная... — усмешливо похвалил домоправитель. — Но Владик, хитрец наш, ничего и не требовал. Только просил Лидку, как он сказал, по-человечески... Чтоб она завещала брошь по новой. В этот раз — лично ему.

Фу, как мелко...

— А что Крестовская? — поинтересовалась Надя.

— Что, что, — проворчал Баченко. — Лепетала, что все знает... Будто бы ей Марков даже о любовнице своей и о дочке внебрачной рассказывал...

— Но завещание-то новое она написала?

— К счастью, нет, — усмехнулся Егор. — В забытье свое впала, начала чушь нести — ну, Влад и отступился. А потом, через два дня... когда как раз Люська умерла... оказалось, что уже и завещание не нужно...

И Митрофанова вдруг вспомнила. Сама. Как Крестовская приглашает ее в свой кабинет... Открывает сейф... Хватается за сердце... Просит немедленно позвать Люсю. А к Наде бросается Влад. И требует у нее вернуться вместе со старухой в кабинет. И доложить ему, что там случилось...

— Я поняла. В том сейфе была брошь генерала? — спросила у Баченко Надя.

— Да, — кивнул тот. — И она исчезла. Когда конкретно — не знаю. Но точно уже после того, как в нашем доме впервые появился Влад. Этот якобы внук генерала...

Егор Егорович устало откинулся на табуретке. Плеснул себе еще джину. Повертел по сторонам головой. Пробормотал:

— А ты бедненько живешь... Владик-то тебе небось долю от драгоценности пообещал?..

— Ничего он мне не обещал! — вспыхнула Надя.

— Вижу, понял, — примирительно кивнул Егор. — Такие, как он, девиц всегда втемную используют.

— Да не использует он меня! Я вообще ничего не знала! — вскричала Надя.

— Ладно — не использует! — хмыкнул Егор. — А запрос в прокуратуру кто подписал?

— Но зачем это Владу?

— Не поняла, что ли, еще? Составили вы запрос этот прокурорский. Меня прижали. Определили в кутузку, вроде как за убийство. Шок, общественный резонанс. И про брошь никто и не вспомнит. А если она и выплывет — меня во всем обвинят, хотя я и ведать не ведаю, куда она делась. Красивая подстава...

— Подстава-то подставой, — пробормотала Надя, — но ведь Влад... он особенно и не хотел этот запрос подписывать. Это Магдина идея была!

— Ну, а Магда — тоже еще тот подарочек! — припечатал Егор. — Все бесилась, никак успокоиться не могла, что завещание на меня составлено! Все — мне. И квартира, и мебель, и деньги в банке, и цацки. Она-то сама все за свой музей билась. А на самом деле — за личный карман!.. Ей тоже со всех сторон это выгодно: если меня под следствие, а все имущество — ей!..

У Нади уже голова шла кругом. Но она все же постаралась сосредоточиться. Сжала виски ладонями. Произнесла:

— Подождите. Но вам-то чего бояться? Если было вскрытие и признали, что Крестовская своей смертью умерла?..

— А вот этого я тебе, милая Надя, не гарантирую, — спокойно произнес Егор.

— То есть как?

— Она, Лидка, ты ведь видела, как угасала? — вздохнул Егор. — Просто лежала, и на слабость жаловалась, и забывалась, ну, как водится... А той ночью, когда она умерла, ее вдруг всю в жар кинуло! Сама пунцовая, глаза кровью налились. И кричала, что будто огонь внутри. И еще: убили меня, убили... И я все «Скорой», когда приехала, рассказал. А они отмахнулись: типичная, мол, картина, если гипертонический криз. Только у Лидки моей никакой гипертонии сроду не было. Куча других болезней — это да. Но давление — всегда сто двадцать, я это контролировал... Только кто ж меня послушает?!

— А какую причину смерти написали? — потребовала Надя.

— А, как обычно у стариков. Ишемическая болезнь сердца, — буркнул Егор.

— Ну... — Надя пыталась собрать в кучу свои хаотичные медицинские познания, — может, у нее как раз сердечный приступ и был...

— Или ей какой-нибудь препаратик дали, — парировал Егор.

— Кто дал?

— Кто-то из них, кому еще. Они все к ней в последний день приходили. Типа попрощаться. Сначала Влад. А потом — Антонина с Магдой.

— Как приходили? Но Магда... она же говорила, что вы к Лидии Михайловне никого не пускаете! — выкрикнула Надя. — Даже мне звонила, жаловалась!

— Пытался не пускать, — вздохнул Егор. — Чтоб не травмировали своими требованиями. Один одно завещание просит, вторая — другое. А в последний день плюнул. Я ж Крестовской, в конце концов, не мамка. Пусть делает что хочет.

— Да ладно: не мамка! Просто она уже совсем плохой была, — парировала Митрофанова. — И вы знали, что новое завещание она составить не сможет...Чисто физически. Так что не грозило вам ничего.

— Тоже верно, — не стал оправдываться Егор. — Не грозило. Но ты очами-то не сверкай. И меня не укоряй. Я, что ли, скрываю, что с Крестовской не просто так возился? Такой прицел и был: старушку обиходить, но не за красивые глаза, а чтоб она мне все свое имущество отписала... Я честно играл, не притворялся. А они все — и Влад, и Магда, и Тонька — благородных из себя строят. Но на самом деле хотят того же. Накопления балерины захапать. Без всяких трудов.

И тогда Надя привела свой последний аргумент. Вкрадчиво произнесла:

— Но только все они — и Влад, и Магда, и Антонина Матвеевна — никого никогда не убивали. А вы...

— Да, деточка, да, — хмыкнул Баченко. — И это вы раскопали, я знаю. И все тебе сейчас расскажу. А дальше ты уж как хочешь. Или верь, или топи меня вместе со всеми.

* * *

Мамаша моя, царствие ей небесное, всегда была маленько не от мира сего. Вроде как балерина наша, Лидка Крестовская, только без Лидкиного таланта. Все бы ей какую-то музычку, Бетховенов разных, ах, послушай, Егорушка, что за чудо эта увертюра... А я, видно, в отца пошел, которого, впрочем, никогда и не видел. От матери только слышал, что батяня был из простых и, кажется, судимый. Как уж они сошлись, двое настолько разных людей, одному богу ведомо. А скорее просто приспичило маменьке в ее тридцать семь годков хоть какого, но самца. И потомства опять же. Но такого же, как она, малахольного, где найдешь? Время-то было — пятидесятые годы, мужики наперечет... Короче, с потомством вышло, а с семейной жизнью — нет. Папаня меня заделал да и слинял по-быстрому, как мамуля заверяла, поднимать порушенную фашистом промышленность. А она со мной, грудным, осталась в коммунальной комнатухе.

Квартирка, где мы жили, когда-то была знатной. Роскошный такой дом на Кирова, нынешней Мясницкой. Семь комнат, огромная кухня, ванная хоть танцуй. Ну, и каморка для прислуги, площадью метров пять, чтоб персонал не зазнавался. Вот этой площадью маман и владела, не мечтая не то что об отдельной квартире, но даже и о комнатухе побольше. Ладно бы, когда одна, но с малолетним сыном на руках могла б попытаться улучшить условия! Но, эфемерная наша, ни разу даже куда-нибудь в исполком не написала, чтоб ей и ее сыну разнополому, то есть мне, нормальную площадь выделили. Хотя и в рамках нашей коммуналки возможности появлялись: один сосед по пьяни скопытился, второго — на зону поперли, а площадь в доход государству... Но все другим доставалось, более пробивным. А мамашку еще и гнобили, что ее сопляк на общей кухне под ногами путается. И на все ее робкие доводы, что нельзя младенца в духоте клетухи держать, просто плевали...

Ну, а я маму всегда любил. Пока совсем мелкий был — просто, как положено детям, безоглядно. Потом, какое-то время, немного презирал — за эту ее

покорность дурацкую и полную к жизни неприспо-
собленность. Даже орал на нее и из дома пытался
уходить. А когда лет пятнадцать исполнилось — понял, что ее не переделаешь. Смирился и даже жалеть
мать начал. Сразу сердце щемило, как видел ее на
нашей кухне коммунальной — когда одна соседка на
вторую матом, и тут же дети болтаются, и мужики
выпивают, а моя, чудила, тоненькими полосочками
огурцы нарезает, чтобы красиво было.

Но все мамашины попытки и меня таким же бла-
женным сделать пресекал на корню. С малых лет.
Несмотря на все мамино высокодуховное воспитание. То ли батины гены посильней оказались, то ли
просто я рано понял, что такие, как она, не выжива-
ют. Особенно парни. Это ж подумать страшно, что
было бы, пойди я в школу балетную, как родитель-
ница упрашивала. Или на скрипочке начни играть.
Меня и без того, безотцовщину, всегда тюкать пытались, а не умей я за себя постоять — мгновенно бы
сожрали.

Так что рос я, к маминому огорчению, хулига-
ном. С детства. Как сейчас помню, она Пушкина читает, старается — мне лет десять тогда было:

> Малыш уж отморозил пальчик,
> Ему и больно и смешно...

А я добавляю:

— Ведь наступает он в г...но.

И сколько ни стыдила она меня, ни плакала, ни
таскала на балет свой любимый — переломить не
смогла. Хотя «Щелкунчик» я до сих пор люблю, это
я тебе не соврал. Но просто понимал еще с малолет-
ства: на балет нужно ходить, когда ты сыт. Покушал

где-нибудь в «Праге», потом еще в буфете шампанского с бутербродиками добавил — и расслабляйся где-нибудь в восьмом ряду партера на центральных местах. А как маман меня водила, в четвертый ярус, да еще и билет с пометкой «место неудобное», и буфет за километр обходила, потому что в нем дорого все, а у нее зарплата сто двадцать рубчиков в месяц — тут уж никаких щелкунчиков не захочешь.

Зато когда я подрос и в силу вошел — маманя, кажется, и рада была, что я никакой не балерун и не музыкант чахлый. У нас-то в квартире воронья слободка еще та была. Машинное масло под дверью разлить или гвоздиков в сапоги насыпать — это так, мелкая мелочь. Маманю соседушки и убить пытались — когда она какой-то очередной увертюрой заслушалась и забыла, что у нее в кухне на плите макароны кипят. До кастрюли-то чужой никому дела нет, а что плиту залило и пожар едва не начался — это соседей взбесило. Всем скопом в комнату ввалились. Сначала орали, что на выселение подадут, и требовали, чтоб она лужу от этих макарон убежавших языком вылизывала, а старушка ж моя ответить не может, только извиняется. Ну, а в коммуналке, коли признал свою вину, значит, слабак, и получай по полной программе. Вот и попробовали всей кодлой в окно ее вышвырнуть. Спасибо, я во дворе болтался, услышал скандал, примчал, разогнал их. И потом еще всю ночь возле мамани сидел, а она сердечные капли пила и рыдала: мол, за что? Что я им сделала?..

А объяснять ей, что нужно не каяться, а той кастрюлей расплавленной обидчикам по морде, было ведь бесполезно...

Тогда я и провел с соседями своими дорогими работу. С каждым индивидуально. Что кто маманю тронет — будет иметь дело со мной.

Мужики — те не боялись, конечно. Они у нас в большинстве серьезные были, через одного с ходками, им на мой учет в детской комнате милиции начхать. Но на кухне ведь бабы властвуют — а баб я, как мог, запугал. Хоть и пацан еще, всего шестнадцать, но сила — она ж не в возрасте. Маманю и в ее пятьдесят три не боялись, а меня лет с четырнадцати уже полрайона обходило стороной. И соседки тоже, конечно, нарываться не рисковали. Особенно после того, как я самой горластой из них торт на морду надел.

...С одной только никак не получалось справиться. С Кирилловной. Ух, и стерва же была! Семьдесят годков, а бухала, как молодая. И любовников водила — таких же старых пердунов. А материлась как! И сильная, зараза... Я ее однажды к стене прижал, скрутил, горло стиснул, а она нет бы обмякнуть — вырывается и коленкой меня по причинному месту, да со всей силы!

Чуть не убил ее тогда — спасибо, мужики растащили...

А тот, настоящий раз — он совсем по-глупому получился.

Прихожу однажды домой. Ночь, свет везде потушен. Только из-под двери нашей полоска пробивается, и еще, слышу, какой-то хруст. Открываю и вижу. Маманя моя, от страха вся белая, в угол забилась. А перед ней Кирилловна. Топчет коллекцию мамашкину — кассеты со всеми ее композициями музыкальными. И шипит какие-то гадости очередные. Ну, что трындит — это дело обычное, а ведь музыку свою маманя лет двадцать собирала. Покупала, переписывала, каждая кассетка в своей коробочке, учтена, подписана... Вот и не выдержал я. Приложил старуху неожиданно, с размаху, чтоб среагировать не успела. Думал, дай бог с ног сбить, корову такую, а вышло, что убил. Она головой об угол стола ударилась, и все, кирдык.

А на суде, кстати, все соседи, несмотря на войну нашу, меня защищали. И участковый на моей стороне был. Кирилловна — она ведь всех достала, не только мою мать. Даже сын ее кровный на суде мне сказал, как мужик мужику: спасибо, мол, избавил... Потому и дали мне как за убийство по неосторожности. Но все равно: жизнь — под откос. И главное, не моя, а маменькина. Она ведь все надеялась, что я в люди выйду. Не в музыканты, конечно, но хоть в слесари шестого разряда. Как этот хмырь, Гоша, ее герой любимый. Из «Москва слезам не верит».

Но я тоже за мать боялся. Ведь она и прежде лапшой была, а сейчас совсем раскисла. Как одна без меня будет? Да еще и в квартирке нашей ненормальной?! Потому, когда после суда свидеться удалось, я велел: бросай, мол, все, и работу свою грошовую, и слободку эту поганую — уезжай. Хоть куда. А лучше — куда подальше. В Узбекистан, например. В Средней Азии тогда, если из самой Москвы специалист с высшим образованием прибывал, сразу комнату в общаге давали. А потом и квартиру...

* * *

— Вот и вся, милая Надя, история, — усмехнулся Егор. — Мама меня послушалась. Перебралась в Коканд. Устроилась на работу. Прижилась. Только переживала очень, что навещать меня далеко... Но пару раз все-таки выбиралась... А я, когда вернулся в семьдесят девятом, костьми лег, но сделал, чтоб она ни в чем не нуждалась. На двух работах пахал, музыкальную коллекцию ей восстановил и обязательно возил ее в Бухару или в Ташкент, когда туда вдруг балеруны московские со своими спектаклями приезжали. А когда совсем состарилась маманя, в девяносто пятом — в Москву ее вернул. Комнатуху нашу в Вороньей слободке, конечно, давно уже прихапали, кокандскую квартиру продать удалось только за копейки. Но я и тут выкрутился. Сподвигнул старушку свою к Крестовской обратиться. Они когда-то не то что дружили, но знакомыми были. И Крестовская открещиваться от давней подруги не стала. Помогла... И только за это я ей по гроб жизни был благодарен. И помогать я балерине взялся — хочешь верь, хочешь нет — от чистого сердца. За то, что она *моей* мамане помогла... А что квартира мне обломилась, ну, и все прочее — так что ж я, больной, отказываться? Раз предлагают?..

* * *

Июнь в морге — пора горячая, покойники косяком так и прут. Хотя с чего бы? Солнышко светит, впереди лето. Ни тебе слякоти, ни ветров пронизывающих. И кризисов никаких особых в стране нет... А поди ж ты: и самоубийств масса, и внезапных смертей, и всякого криминального душегубства. В день по семь-восемь трупов приходится вскрывать, и на каждого, если делать все, что положено, выходит по три часа. И чего ж получается? Не ешь, не спи, хорошей погодкой не наслаждайся — знай себе, возись в чужих кишках... Ну, всякие криминальные трупы — еще ладно, их вскрывать по-любому положено и интересно даже. Если молодняк, с виду вполне себе здоровенький, привозят, тоже не отмажешься. Не установишь достоверной причины — родственники потом заедят. Но в судебно-медицинский морг кого только не тащат! Потому что правило такое: раз умер человек на улице или дома, значит, вскрытие обязательно. Вчера двоих дядек возрастом под полтинник приволокли. В одной квартире скопытились. Ни ран, ни побоев на телах не обнаружено. Но смерть все равно считается подозрительной, будьте добры, исследуйте! Хотя как будто не видно: бухали дружбаны в честь начала лета по-черному. И добухались. Острое отравление этанолом, от этой «болезни» на Руси чуть не каждый третий мрет. И неужели на всех время тратить, вскрывать? От такого графика и самому помереть недолго...

Жеке было восемнадцать, он работал в судебно-медицинском морге санитаром и навсегда связывать свою жизнь с трупами никак не планировал. Так получилось. В медицинский он провалился, нужно было годик перекантоваться, а в больничку, судна бабкам подавать, идти совсем уж не хотелось. Что работа грязная — это ерунда, но ведь и платят копейки! А друзья, кто уже в мединститутах учился, и подсказали: коли грязи не боишься — устраивайся тем же санитаром, но в морг, лучше в судебный. И зарплата нормальная, и опыт опять же приобретаешь. Пал

Палыч, медэксперт, он мужик разговорчивый. Когда вскрытие проводит, всегда все расскажет, покажет. Да и еще одна польза: когда в институте анатомичка начнется, в обморок падать уже не станешь. И девчонок удивишь своим хладнокровием, и печень в трупе по часу искать не будешь, как многие новички...

Одна беда: слишком уж работы много. Это он не подумал. Надо было лучше в больничный морг идти — там, говорят, не больше двух трупов в сутки... Но что сделано, то сделано. Да и шеф, Пал Палыч, человек понимающий. Он и сам работать не оченьто любит, и его, Жеку, санитара верного, особо не гнобит. Сложные случаи, конечно, разбирают по всем правилам, а тех же алкашей: разрезали, заглянули, убедились — и быстренько состряпали акт по шаблону из компьютера. Много чести: еще печень взвешивать да легкие препарировать...

А недавно вообще смех был: им в морг старушенцию привезли. Совсем древнюю, лет ста, наверно. И даже Жека, уж на что желторотый, а с первого взгляда определил: от старости скопытилась дамочка. То есть «старость» не диагноз, конечно, но ИБС[1] можно писать, не глядя. А что еще — в ее-то возрасте?! Жека на всякий случай бабку осмотрел. Удостоверился: по внешнему виду — полный шоколад. Чистенькая, кожа гладкая, видно, до последнего часа кремами себя умащивала. И ни синячка нигде, ни ссадины. Да еще и письменное заявление от законного представителя имеется: против вскрытия возражаю! Но все равно привезли! Когда у них уже четыре утопленника, расчлененка и два младенца! Жека да-

---

[1] ИБС — ишемическая болезнь сердца.

же возмутился, пошел к Пал Палычу ворчать: с какой стати им всяких абсолютно нормальных бабок навязывают?! Ну, медэксперт и объяснил: та, оказывается, какой-то знаменитой балериной была. Очень давно, тому лет сорок. Жеку аж смех разобрал: ножки все артритные, ручки скрюченные, а туда же — балерина!..

Что ж, знаменитость так знаменитость. Пришлось смотреть. И что? Хотя и старались побыстрее — все равно времени немало потеряли. А вывод получился тухлый: типичная скоропостижная смерть. Сердечко не выдержало. А что вы хотите, в девяносто годков-то?.. Пал Палыч только плюнул и даже зашивать труп не стал — Жеке велел. А сам помчался быстренько акт составлять.

Так бы и прошла бабка мимолетным эпизодом, если бы в морг в тот же вечер одна особа не явилась. Как только все кордоны прошла, у них охранников целых трое! Однако пробралась. Прикольная такая тетка, лет пятидесяти, шумная, говорливая. Подругой умершей назвалась. И давай вещать: типа убили балеринку престарелую, а вы, господа хорошие, ищите доказательства!

Ну, Пал Палыч гостью, естественно, сразу послал — он ко всяким придуркам привык, родственники через одного в морг являются скандалить. А Жеке — тому любопытно стало. Стал расспрашивать: а с чего вы решили, что убийство-то? Бабка богатой, что ли, шибко была? Или (подколол) тут любовь замешана?..

Правда, потом сам пожалел, что вопросы задавать начал, потому как дама разговорилась не на шутку. У него работа стоит, а тут сиди, разные бредни слушай (серьезных-то доказательств, он сразу понял, у посетительницы не имелось). Единственное, что ценного сказала: будто бы его отблагодарит. Если он (ха-ха, эксперт!) хорошо поработает. Аж пятьсот баксов пообещала! Только никак все равно не светили ему те деньжищи. Не будешь ведь, если все чисто, ради пяти сотен фальшивые причины смерти писать... Однако визитку гостыню Жека на всякий случай взял. И даже звонить обещал, если что интересное найдется (хотя куда искать, когда труп уже зашитый?).

В итоге с трудом от бабкиной подружки избавился — и сразу забыл о ней.

Только вечером еще одна случайность произошла. Уже не в морге — дома. Жека ведь хоть и упахивался на работе, а в институт готовиться продолжал. Биологию там штудировал, химию. И надо же, совпадение: как раз сегодня он читал про лекарственные травы и как при неумелом применении ими отравиться можно. Вот и резанула глаз фраза в тексте про один из препаратов: «Определить наличие данного вещества в организме спустя двенадцать часов после наступления смерти невозможно, единственным косвенным признаком являются суженные зрачки на трупе...»

Жека дернулся. Ох, знакомо, знакомо, совсем недавно он подобное видел! Начал напрягать мозги, вспоминать. И осенило: как раз у бабки-то сегодняшней такие зрачки и были! Пал Палыч еще пробормотал: «Интересно, с чего бы?» Однако, видно, не очень интересно ему реально было — развивать тему не стал. И никаких анализов дополнительных, ни бактериологического, ни спектрального, не назначил.

И не Жекино, конечно, дело во всем этом копаться... Но только если вдруг бабку действительно отравили?! И вычислит это не маститый медэксперт Пал Палыч, а он, скромный, с десятью классами школы, санитар?! Это ж какая помпа будет! Без экзаменов в институт не возьмут, конечно, но уж специально валить не станут, это точно. Молодые да пытливые всем нужны...

И Жека на свой страх и риск решил: завтра прийти на работу пораньше, пока Палыча нет, и взять у бабки пару анализов. Кровушку, естественно, срезики. На бланках за подписью шефа отправить в лабораторию. И попросить, чтоб сделали как можно быстрее. Если он ошибается — Палыч ничего и не узнает. А если причиной смерти на самом деле яд окажется — только благодарить будет.

И всем в итоге хорошо. Да и пятьсот баксов, что бабкина подружка пообещала, лишними не будут.

* * *

Имелось у Надежды Митрофановой одно хобби. Девушка скрывала его от всех, даже от Полуянова. Не потому, что занималась чем-то порочным, избави бог — просто люди у нас обидчивы. Добрая половина народа себя спасителями человечества мнит, еще многие — просто значительными фигурами. И очень удивляются, что со стороны выглядят совсем по-другому...

Надя всегда для себя решала — на кого из литературных героев похожи ее знакомые? И сравнение часто получалось нелестным. Тот же Полуянов — наверняка себя д'Артаньяном мнит. И не ведает, что на самом деле куда больше на Портоса похож — не внешностью, естественно, характером. А Магда — та, без сомнения, миссис Мид из «Унесенных ветром». Шумная, придирчивая и не очень умная. Ну, а Егор Егорович — тот барон Данглар из «Графа Монте-Кристо». Трусливый, расчетливый, беспринципный. Но при этом на открытое, глаза в глаза, злодеяние такому просто пороху не хватит. Его потолок — написать анонимный донос или сдать врагам гарнизон доверяющего ему человека. А по поводу их ночного разговора даже цитата у нее в памяти всплыла, из бессмертного произведения Александра Дюма: «Данглар защищался, как низкий, но уверенный в себе человек».

Егор Егорович — подлюга, конечно... Обобрал несчастную балерину до нитки. Но убивать?.. Во-первых, зачем, если и так все имущество ему отошло... А во-вторых, у него, кажется, просто рука бы не поднялась.

Хотя Надежда, конечно, не следователь. И не психолог. И вообще, как иногда вреднича называет ее Полуянов, прекраснодушная дурочка. Или просто всего не знает. Если, допустим, Крестовская в свои последние дни вдруг твердо решила лишить своего домоправителя наследства? Тут он, наверно, какой ни есть трус, а постарался бы этого не допустить. Любой ценой... К тому же, когда Надя прокручивала в уме их ночной разговор, ей все время казалось: «Что-то я упустила. О чем-то не спросила. Или прослушала. Что-то очень важное...»

В общем, совсем запуталась. Симпатяга Влад —

вдруг обернувшийся мошенником... Егор Егорович — очевидный и простой. И оттого подозрительный...

И главное, уже никак от всей этой истории не открестишься. Хоть бы Полуянов наконец вернулся, помог во всем разобраться...

Ну, а в самые сладкие утренние часы, когда Надя наконец уснула глубоко, без снов, ее разбудил телефон. Девушка, с трудом разлепив глаза, взглянула на дисплей мобильника: номер московский и незнакомый. И времени без десяти восемь. Совсем обнаглели!

— Да! — рявкнула она, нажав на «прием».

Всех послать, телефон выключить и снова на боковую.

И едва не застонала, когда в трубке задребезжал голосок Магды:

— Надя! Мне нужна ваша помощь! Это очень, слышите, очень срочно!

Надя чуть не задохнулась от гнева:

— Послушайте, Магда Францевна. Хватит меня доставать! Нужна помощь — просите *своих* друзей, ясно? И разбирайтесь со своими делами сами. Надоели уже...

Сейчас Магда, конечно, взорвется ответным приступом гнева. Сразу выключить телефон или послушать, что она скажет?.. Хоть Надя и решила, что к богу в рай их всех, а ведь интересно. Да и сон уже убежал, не вернешь...

А Магда неожиданно робко произнесла:

— Надя, я понимаю, что вам надоела. Но сейчас мне действительно больше не к кому обратиться... Не к кому, кроме вас. Дело в том, что у меня появилась исключительно важная информация. Которая меняет абсолютно все. Абсолютно все, понимаете?..

— Ну, что там еще... — буркнула Надя.

И укорила себя за то, что умирает от любопытства. Крепко же ее эта история зацепила!..

— Нет, нет, не по телефону, — испугалась Магда. — Пожалуйста, приезжайте ко мне. Прямо сейчас. И очень быстро, хватайте такси. Потому что я теперь ни в чем не уверена...

— Куда — к вам? Домой?

— Зачем же домой? В Дом искусств, я здесь. Но только обязательно приходите одна. И никому не говорите, что поехали ко мне... Вообще никому — поняли?..

— Да кому же я могу сказать... — начала Надя.

Но Магда ее не дослушала, быстро, понизив голос, произнесла:

— Все, больше не могу говорить.

И в трубке запищали короткие гудки.

А Надя, обхватив голову руками, села на постели. Ох, настоящее хмурое утро... В глазах щиплет, во рту, спасибо вчерашним коктейлям и джину, противный привкус. И еще почему-то подступает тревога. Хочется вскочить с кровати и бежать, бежать. Прочь из дома, куда угодно. Но с чего бы?

— Родя, — требовательно выкрикнула Надя. — Проверь. В доме чужой?

Таксик Родион, конечно, не защитник, но собака охотничья. Посторонних чует за милю. Однако пес лишь вскинул сонную башку, лениво повел носом и снова задремал. Значит, в квартире все чисто. Но отчего же на душе так нехорошо?..

И Надя даже кофе пить не стала. Быстро почистила зубы, оделась и выскочила на улицу, под теплый и явно недолгий летний дождик. Никакого такси, конечно, ловить не стала — самый час пик, в пробку встанешь часа на два. Поехала на метро. Добралась до Дома искусств быстро, за сорок минут. Ох, до чего же симпатичный особнячок! Сейчас, летним утром, он смотрелся особенно выигрышно — трехэтажный, со свежей штукатуркой, с фонтанчиком у входа, укутанный тенью лип...

Пожилой вахтер, которого она отвлекла от кроссворда, посмотрел на нее с удивлением, но тем не менее улыбнулся:

— К кому вы, ранняя пташка?

— К Магде Францевне.

— Думаете, зарплату даст? — подмигнул старик. — Сегодня не обещала.

— Да нет. Зарплату я получаю совсем в другом месте, — пробормотала Надя.

Тревога, подкравшаяся к ней еще дома, никак не отступала. Вдруг показалось: за спиной стоит Влад, и в руке его, кажется, нож...

Она резко обернулась. Никого, конечно. Вообще никого — люди искусства просыпаются куда позднее. По улице только торопливо шагают клерки, сигналят измученные утренним трафиком машины.

И опять привиделось: от Дома искусств, нарушая все правила, отворачивает и скрывается в переулке темно-синий «Ниссан Мурано». Точно такой же, на каком ее катал Влад...

Да что за наваждение! Но проверить не помешает.

— Скажите, пожалуйста, — обратилась она к вахтеру. — А к Магде Францевне сегодня кто-нибудь уже приходил?

— Почему вы спрашиваете? — насторожился старик.

— Да вроде машину увидела. Нашего общего знакомого, — не стала ничего придумывать Надя.

— А ваш знакомый — он ездит на таком огромном розовом «Линкольне»? — ухмыльнулся старик.

— С чего вы взяли?

— Да потому что в Москве «Линкольн» такой один, — авторитетно ответил тот. — А всех остальных машин — десятки, сотни и тысячи. Даже «Бентли», знаете ли, минимум штук двадцать. Показалось вам, милая. Машин я сегодня еще не пропускал. Они ведь сначала должны у меня пропуск взять, чтоб во двор въехать...

«Или не въезжать во двор, чтоб не светиться, — мелькнуло у Нади. — Господи, да чего я панику поднимаю? У Магды наверняка какая-то очередная бредовая идея...»

И она спросила вахтера:

— А куда мне идти?

— Второй этаж, седьмой кабинет, лестница здесь, — с готовностью показал старик.

И пока поднималась в кабинет Магды Францевны, Надя убеждала себя: все ее тревоги — полная чушь. ПМС, наверно, по времени похоже.

А когда распахнула тяжелую, по виду из дуба, дверь с солидной золотой табличкой «М.Ф. Трушевская, главный бухгалтер», то с ее губ сам собою сорвался крик. Потому что первое, что она увидела, войдя в кабинет, — откинувшаяся в кресле фигура и остановившийся, уставленный в потолок взгляд. Взгляд мертвой Магды.

* * *

...Что было дальше — и не воспроизведешь, не вспомнишь. Одни обрывки. Ускользающие. Как в детстве, когда она тщетно пыталась лепить из пластилина хоть фигурку, хоть домик, а получалось нечто расплывчатое и неопределенное.

И сейчас Надя запомнила только отдельные штрихи. Яркий свет, резкие звуки. Жесткие вопросы быстро подъехавших милицейских. Свои собственные испуганные ответы. Да, она была знакома с покойной. Нет, отношения не дружеские. И не деловые. И не враги... Снова пластилин. Не объяснить никак, не вылепить — что же их связывало с Магдой?.. Но Надя смогла взять себя в руки. Рассказала и про запрос в прокуратуру, который она подписала по просьбе умершей. И про Магдин утренний истеричный звонок... Дальше, конечно, последовали требовательные вопросы: «Почему вы согласились подписать этот документ? У вас были основания подозревать господина Баченко?»

И Надя, путаясь в липких, пластилиновых словах, кое-как объяснила, что никаких определенных фактов у нее нет. Подозрительно просто, когда старуха завещает все свое богатство совершенно постороннему человеку... И они ж этим документом Баченко не обвиняли — просто проверить его просили...

— А что потерпевшая хотела вам сказать сегодня? — наседали на нее.

Когда же Надя начала лепетать, что не знает, погибшая сказала, что разговор не телефонный, смотрели подозрительно, с сомнением... Но все-таки никаких серьезных претензий не предъявили. И, к счастью, даже не спрашивали — виделась ли она в последние дни с тем же Баченко или с Владом... Про Влада вообще ни единого вопроса не задали.

«А вахтер, наверно, расскажет, — колыхалось где-то совсем в глубине подсознания. — Что я будто бы видела у Дома искусств машину нашего с Магдой общего знакомого. Прицепятся: что за общий знакомый? И точно ли его машина? Что тогда отвечать?.. Влад — он, конечно, негодяй, но подставлять его тоже подло. Тем более что я ничего наверняка и не видела... Прав вахтер — «Ниссанов» в Москве много...»

Но, похоже, страж об их разговоре даже не вспомнил. А когда Надя уже уходила — подавленная, запуганная, со все нараставшей головной болью, — то услышала из-за неплотно прикрытой двери одного из кабинетов горячие уверения старика, похоже, обращенные к кому-то из милицейских:

— Он, он это был, Егор. Определенно он. В половине восьмого пришел, я еще спросил его, чего так рано... Мы же его теперь все тут знаем — с тех пор, как он Лидочкины дела взялся вести.

Надя, немедленно забыв про головную боль, остановилась.

А вахтер продолжал:

— И опознать могу, и в лицо ему сказать, если отпираться станет. В семь тридцать две явился. Важный такой, не подступись — на-аследник! Я поздоровался с ним, вопрос задал, а он даже головы кочан не повернул. И, знаете, что меня еще удивило? Пьяный Егорка был, сильно пьяный. Хотя прежде за ним никогда такого не замечал.

«Вот это да!» — замерла Митрофанова.

И тихонечко, чтоб не начали орать, что она следственному процессу мешает, пошла прочь.

* * *

Домой Надя вернулась около часа дня. Едва двери лифта на ее этаже распахнулись, увидела: под дверью квартиры ее дожидается букет. Огромный и очень необычный — целая россыпь тюльпанов. Белые, розовые, лиловые, желтые, черные со светлыми прожилками и не виданные прежде голубые. Пестрота необычайная, но по-своему красиво — будто фейерверк в унылом, крашенном серой краской подъезде вспыхнул...

И показалось, судя по размаху букета, по его купечеству (цветков сто, не меньше!), что тут Полуянов постарался. Однако, когда подошла ближе, увидела — подарок упрятан в одноразовую вазочку, да еще и перехвачен аккуратной, явно из цветочного магазина, лентой. И поняла: нет, не от Димусика. Журналист, хоть человек и небедный, на услуги флористов разоряться бы не стал. Принципиально.

Надя вздохнула. Подняла лежащую рядом с букетом карточку. Прочитала: «*Самой прекрасной девушке в мире. Влад*».

Приятно, конечно. Но только опоздал псевдоисторик со своими масштабными подарками. Это вчера на нее какое-то помрачение нашло. Коктейли, что ли, так подействовали? Вдруг показалось: он и есть тот самый, созданный специально для нее... Но сегодня дымка рассеялась. Она все знает. Влад просто использовал ее. И букет его ненастоящий, нарочитый. Слишком пестрый, словно деревенский тканый коврик. И слова, писанные на карточке, явно из списка штампов, совершенно необходимых для обольщения. Есть у них в библиотеке такая книжечка, еще позапрошлого века.

Но хотя и ворчала про себя, а подарок в мусоропровод, конечно, не выбросила — только карточку. Цветы же внесла в квартиру, подрезала стебли, разместила по вазам — пришлось использовать несколько, потому что ни в одну из имевшихся букет целиком не влезал. Дома сразу стало весело от ярких красок и свежо от еле уловимого цветочного аромата. Но на душе по-прежнему было гадко. И еще стойкое ощущение появилось: со смертью Магды ничего не закончилось. Что-то страшное лишь начинается, неумолимо, грозно нарастая, словно снежный ком. И запросто может смести и ее. Ни за что, ни про что...

Надя заварила себе кофе (в огромной кружке Полуянова). Достала из холодильника три конфеты — «Грильяж», «Огни Москвы» и «Белочку». Нарушение, конечно, всех диет, но будем считать, что она сегодня на диете шоколадной. И вообще: ей нужно взбодриться и понять наконец, что же ее беспокоит помимо Магдиной смерти. Может, попробовать, как советуют психологи, записать свои переживания? Не пытаясь систематизировать и упорядочивать. Просто, не обдумывая, выплеснуть на бумагу все, что у тебя на душе.

Хуже всяко не будет.

И Надя, под кофе и шоколад, стала быстро записывать.

Вот что у нее получилось:

1. Полуянов, гад, так и не звонит.

2. А Влад, как сказал Егорыч, меня просто использует.

3. И Егор Егорович... Что он за человек? Вчера я была уверена: он — не убийца. Но почему тогда его ви-

дел вахтер Дома искусств за полчаса до смерти Магды?

4. Я сама — черствая. Почему никаких эмоций?! Магду убили, а мне почти что наплевать. Только мороз по коже, как ее мертвые глаза вспоминаю...

М-да уж, ничего ценного — сплошная истерика на бумаге. Один лишь пятый параграф получился по делу:

5. Тот, кто убил Магду, наверняка убил и балерину.

А потом и следующий пункт нарисовался:

6. Значит, может убить и меня.

Да нет, бред. Вычеркнуть. Ее-то зачем убивать? Уж ей Крестовская точно никакого наследства не оставила.

«А наследство здесь ни при чем. Магда хотела сообщить мне что-то очень важное. И убийца запросто может решить, что она — *успела* это сделать».

Надя одним глотком покончила с кофе. Еще раз перечитала свой список. Тревога теперь не просто присутствовала — переполняла ее. Ну, ничего себе: выплеснула эмоции!

А тут еще и телефон зазвонил. Городской. И сразу стало еще страшнее. «Нет, не буду отвечать. Пусть с автоответчиком общаются...»

Это оказался Влад. Голос беззаботный, мягкий, бархатный:

— Надя, доброе утро — или ты уже не спишь? Ты еще не выходила из дома? Выгляни, пожалуйста, из квартиры! А я тебе минут через десять перезвоню...

Американский, блин, подход. Сделал подарок — и тут же благодарности ждет. Димка бы никогда не стал так делать. Принес бы цветы под дверь, а потом еще бы и дурачился, обличал: мол, завела себе богатого поклонника, а ну, признавайся: где подцепила?..

И вдруг дошло до нее: а ведь Влад может к ней и лично явиться! Не дозвонится — и приедет требовать, чтоб его похвалили!

Но только ей абсолютно, ну, совсем никак не хочется его видеть!..

И просто как человека да еще и потому, что сам собою седьмой пункт ее списка нарисовался:

7. Может, конечно, вахтер прав. И «Ниссанов Мурано» в Москве сотни. Но если я не ошиблась? И то была машина Влада? Зачем он приезжал в Дом искусств? Убить Магду?!

Надя ошарашенно уставилась на свой листок. Вдруг это и есть разгадка? И Влад ей не нравится вовсе не потому, что слишком американский, слишком показушный, слишком лощеный? Просто она инстинктивно чувствует, что этот человек — убийца?!

Но в таком случае, какого ж дьявола она сидит здесь, в пустой квартире, безо всякой защиты, толстяк Родион не в счет?! Ведь замок на двери совсем хлипкий, а Влад может явиться в любую минуту...

Бежать. Прочь отсюда. А куда — решим потом...

* * *

Идти ей оказалось некуда, хоть в Москве и десять миллионов народа, и тысячи три из них ей лично знакомы, если считать со всеми читателями зала всемирной истории... Только не принято в столице сваливаться как снег на голову. В мегаполисе давно не ходят в гости без приглашения. Да и вообще в гости почти не ходят — встретиться, поболтать предпочитают в кафе. И день рождения куда проще там отметить. Подороже, конечно, получится, чем дома, — зато ни беготни по магазинам, ни готовки, ни мытья посуды...

К тому же сейчас разгар рабочего дня. Подружки или в офисах, или детей выгуливают. Близких родственников у нее нет, из мужчин, кому поплакаться можно, — один Полуянов, да и тот сбежал в Питер... На работу в законный выходной идти просто глупо, к тому же Влад, если возьмется ее искать, первым делом в библиотеку направится.

Вот и получилось, что скрывалась Надя просто на московских улицах. Поехала на свои любимые Патриаршие, бродила по тихим переулкам, наплевав на бюджет и диету, захаживала в кафе. А ближе к вечеру добралась до Тверской. Не самое в столице любимое место — слишком шумно, много понтов и приезжих, — но все переулки в нее упираются...

Надя неспешно — будто сама не местная! — брела по Тверской. Разглядывала витрины. Словно провинциалка, ужасалась несуразным ценам. Джинсы за десять тысяч, подумать только! У них на выселках, в Медведкове, точно такие же (ну, или почти такие) можно купить за две... Зачем-то заглянула в булочную — ту самую, где Влад якобы познакомился с Крестовской. Выпила кофе и здесь, закусила венской ватрушкой — после сегодняшнего дня она пару килограммов точно прибавит...

Значит, именно тут свет наш Влад за хлебушком в кассу стоял? В очереди вслед за Крестовской, когда та свою булку уронила?.. Ну-ну. Булочная-то по старинке работает. Не по принципу свободного доступа, как в супермаркете, а через продавщицу. А Влад рассказывал, что они вместе именно в кассу стояли. И даже если допустить, что он оговорился... И балерина уронила свой батон уже после того, как ей его подали, Влад ведь совершенно определенно утверждал: «Я ей другой принес и сказал, что сам оплачу»... Каким, интересно, образом? Кто бы ему дал — принести хлеб из-за закрытого прилавка?..

Опять вранье, кругом вранье... И главное: совершенно непонятно, что делать дальше. Она ведь не может бродить по Москве до утра. И на работу завтра ей надо. А скрываться более серьезно, уезжать из столицы — не бред ли? И зал оставить не на кого, начальница как раз с завтрашнего дня в отпуск уходит. Может, только... Может, уехать с ночным поездом в Питер? И броситься Полуянову в ноги — пусть он придумывает, как ей выпутываться. Только обрадуется ли Дима?.. Вдруг посмотрит на нее этим своим, как он умеет, высокомерным взглядом и спросит: а чего это вы, девушка, приперлись? Моим съемкам мешать?!

В общем, совсем запуталась.

А когда брела в растрепанных чувствах мимо дома Крестовской, в голову вдруг пришла одна мысль. Может, не самая умная. Но это было хоть что-то — по контрасту с бесцельными прогулками по Москве и бесконечным самоедством.

Магда в своем запросе в прокуратуру, помнится, на соседку балерины ссылалась?

Надя напрягла память... Ну, да. Некая Елена Беликова из квартиры напротив. И та весьма резко Егора Егоровича припечатала: обращался с Крестовской грубо, кричал, что, не будь его, балерина по миру бы пошла...

А вдруг эта Беликова еще что-нибудь, проливающее свет на это дело расскажет? Что помогло бы ей, Наде, разобраться, кто враг, а кто, наоборот, друг... К тому же все равно больше заняться нечем. Вот и попробуем убить время. Как выйдет, так и выйдет. В конце концов, ее запросто могут в элитный подъезд не пустить, там консьерж, помнится, сидел строгий.

...И допрос ей действительно учинили по первое число.

— К Беликовой? А вам назначено? — нахмурился страж.

— Да, — уверенно улыбнулась Митрофанова.

— На какое время? — не отставал вахтер.

— На восемь, мы давно договаривались, — продолжила импровизировать Надежда.

«А вдруг сейчас позвонит ей? Проверит?»

Однако уточнять у жилицы хранитель подъезда не стал, смилостивился:

— Проходите.

И уже через минуту зеркальный лифт вознес девушку на пятый этаж.

Она опасливо покосилась на дверь балерины — интересно, дома ли Егор Егорович? Или, в свете последних событий, уже арестован?.. И позвонила в дверь напротив.

А когда та распахнулась, Надя едва не завизжала от ужаса.

Потому что открыла ей бабка, каких только в страшных снах можно увидеть. Очень старая, вся в черном, правый глаз затянут бельмом. А левый — желтый и цепкий, прожигает до глубины души... Да и обстановочка, уже в коридоре видно, пугающая:

темная драпировка стен, мерцание свечей в позеленелых медных подсвечниках, пучки трав, свисающие с потолка...

Старуха же неожиданно молодым голосом хмуро спросила:

— Почему без записи?..

— Я... Я не смогла дозвониться... — растерянно пролепетала Надя — она решительно не понимала, о какой записи идет речь.

Карга же милостиво кивнула:

— Ладно. Считай, повезло тебе. Я как раз свободна. Проходи. Приму. — Посторонилась, дала Наде пройти, захлопнула дверь. И лукаво добавила: — Что так смотришь?.. Думаешь, не знаю, что ты и не пыталась мне звонить? Только ноги сами собой все равно сюда привели... Так бывает, часто. Значит, это нужно тебе... Пойдем.

И, не оглядываясь, пошагала в глубь квартиры. Распахнула одну из дверей — тоже крашенную черным. Это оказалось что-то вроде кабинета: с массивным дубовым столом, книжными стеллажами, телефонным аппаратом — очень старым, дисковым. На хозяйском кресле возлежал огромный, медно-рыжий котяра, на столе в нарочитом беспорядке рассыпаны карты, пахнет полынью и еще чем-то терпким...

Надин первый шок миновал. Какие, к богу в рай, кошмары! Просто специальный антураж. Старушка Беликова-то, похоже, профессиональная ведунья! В Москве таких полно, все газеты объявлениями заполнены. И эта, с бельмом, явно колдует и привораживает удачно, раз принимает клиентов в элитной квартире на Тверской... Интересно, это собственное жилье или она снимает?

— Ну, говори, милая. — Бабка согнала кота, воцарилась за столом, указала ей на стульчик рядом. — Что у тебя на сердце?..

Надя не нашлась что ответить. Впрочем, старуха ответа и не ждала. Закатила глаза, откинулась на спинку кресла, забормотала:

— Парень у тебя молодой, красивый, ладный... Профессия... Как-то с людьми связана. Общаться ему приходится много. А сейчас он в командировке. Где-то недалеко, здесь, в России... Что сказать тебе... командировка, конечно, важная, но суженый твой и о себе не забывает. Вот одну рядом с ним вижу... высокая блондинка, постарше его... И вторая — этой лет восемнадцать, а коварства — будто жизнь уже прожила... С ними у твоего милого не любовь, конечно, просто похоть чешет, но голову он малость потерял... Мужики — они кобели, ничего не попишешь. Сама виновата, что красивого выбрала...

Вот это дела!

Надя потрясенно взглянула на старуху.

Допустим, про суженого можно догадаться. И что он в командировке сказать наудачу. Но откуда она знает про этих девиц — молодую и старую?..

«Спокойно, Надя, — оборвала себя Митрофанова. — Ничего бабка про девиц и *не знает*. Бормочет, что бог на душу положит. Лишь бы меня зацепить...»

Ведьма же вышла из своего транса. Цепко взглянула на девушку. Скорбно произнесла:

— *Привязку* надо делать, лапонька. А то совсем разгуляется твой милый или ребеночка одной из этих двоих сделает, да и женится, как честный человек, потом не вернешь...

— Ну, и пусть катится, — вырвалось у Надежды.

— Это пусть, пусть, конечно, как пожелаешь, — не стала спорить колдунья. — Тем более что рядом с тобой и еще один *король* есть. Этот какой-то не наш, из далеких краев, в Москву ненадолго приехал. Тоже красавчик и богач, и нравишься ты ему... Но только, — колдунья нахмурилась, — и с ним у тебя не все ладно... Обманывает он тебя... В чем — не вижу пока, но обманывает. Нужно карты бросить, посмотреть... Будешь?

«Вот забавная бабка! — вновь поразилась Надя. — Может, правда — пусть бросит карты? Вдруг вместе разберемся, что у Влада на уме? Ага, а потом она потребует долларов пятьсот... Нет уж. И вообще — сначала дело».

И Надя, с трудом уворачиваясь от цепкого взгляда старухи, твердо произнесла:

— Не надо карт. Я к вам по другому делу.

— Разбогатеть хочешь? — не растерялась ведунья. — Или болезнь тебя какая точит?.. Давай ауру посмотрю. Это недорого выйдет.

— Ничего меня не точит, — поморщилась Надя. — Я хотела про соседку вашу спросить. Про Лидию Крестовскую... И про Егора Егоровича.

Опасливо взглянула на колдунью: вдруг та сейчас взовьется, кто, мол, ты такая и почему в чужие дела лезешь? — однако старуха молчала. И девушка торопливо закончила:

— Я откуда о вас узнала? По тому запросу в прокуратуру, он еще в газетах был опубликован... Это ж вы говорили, что Егор Егорович обращался с Крестовской грубо, оскорблял ее? Там написано: Елена Беликова, из квартиры напротив...

— Ну, я говорила, — хмуро согласилась бабуленция. — И чего дальше?

И действительно как объяснишь, почему она, Надя, лезет в это дело?

И Митрофанова решила подольститься:

— Ну, вы ведь опытная колдунья. Значит, наверняка еще многое знаете. Помогите мне разобраться: Егор Егорович — он только кричал на Крестовскую? Или ее убил тоже он?

— А тебе что до того? — подозрительно спросила бабка. — Любопытство гложет? Расследуют дело — в газетах и прочитаешь.

Ну, вот. Еще колдуньей называется, а сама ничего не видит...

— Да я не просто любопытная. Я тоже этот запрос подписала, — опустила голову Надя. — Уговорили меня... А теперь вот мучаюсь: зачем, если ни в чем сама не уверена? Вдруг просто человека подставила?

Бабка же внимательно взглянула на нее и покровительственно произнесла:

— Подставила? Брось. Ты, прости, существо мелкое, судьбы людей не определяющее. Тут другой виноват.

— Кто? — обратилась в слух Надежда.

— Гадина эта. Магда, — поморщилась старуха. — И ей воздалось уже за подлость ее. По заслугам.

— Это вы о чем? — осторожно спросила Надя.

И колдунья торжественно произнесла:

— Нет больше Магды. Как прожила свою жизнь собакой, так собакой и померла.

— А... а вы откуда знаете? — опешила Митрофанова.

Бабка-то, похоже, современная, телевизор наверняка смотрит. Только вряд ли о смерти Магды Францевны уже успели сообщить в новостях. Да и будут ли сообщать? Подумаешь, какая-то бухгалтерша...

— Эх, милая! — покровительственно хмыкнула колдунья. — Я свои силы знаю. И если уж берусь изничтожить — работаю наверняка. С гарантией. От силы неделя проходит — и нет человека.

— Подождите... — пробормотала Надя. — Вам что, кто-то заказал уничтожить Магду?

— Когда на себя работаешь, получается не хуже, — демонически улыбнулась старуха. — А она уж очень меня разозлила...

— Разозлила? Чем?

— Двуличностью своею. И подлостью, — припечатала бабка. Бледные щеки ее разрозовелись, единственный желтый глаз мерцал в полумраке комнаты злым огоньком. — Явилась тут ко мне, вся — сплошной сахарок. И давай разливаться: Крестовская, мол, самый дорогой мне человек... А меня ж не обманешь, я клиента до донышка вижу. И поняла сразу: плевать ей на балерину. Что-то другое у нее на уме... А что, увидеть не могу: у нее, видно, защита стоит... Ладно, думаю, пусть болтает. Защита защитой, но ума негусто, вдруг она сама проговорится. И дальше слушаю. А Магда видит, что я со всем соглашаюсь, киваю, и давай меня потихоньку на мысль наводить. Что, мол, это Егор Егорович Крестовскую со свету сжил... Я и здесь не спорю, хотя Егора знаю, заходил он ко мне, нормальный мужик, чистый... Ну, а она тогда про этот ваш запрос прокурорский разговор завела. И вкрадчиво так, сущая кошечка, просит, чтоб я его тоже подписала... Ну, тут уж я не выдержала, прикрикнула на нее: ты что ж, говорю, дрянь такая, хорошего человека погубить хочешь? Егорка хоть и резок на язык, а о Крестовской пекся, как о родной! Будто я не видела, как он и с ней, и с Люськой ее носился! И наряды им покупал, и за лекарствами ездил, и в парикмахерскую, и по хозяйству вечно крутился, как иные бабы не бегают!.. А Магда — все о своем. Спрашивает: ну, он же кричал на нее? Угрожал? А я, дура наивная, и говорю: да, кричал. А как не кричать? Балерина — она ж блаженная. Ей ласковое слово скажи или вранье любое — всему поверит. А то не помню, как сама ее утешала... Когда она каких-то денег, очень много, мошеннице отдала. Та ей целую историю наплела про дочку свою, и как той операцию неудачно сделали в Институте мозга, и что ребенка теперь за границу на лечение надо вывозить, а платить нечем... Документы показывала, справки липовые... Ну, Крестовская и клюнула. А Егорка — тот в Институт мозга позвонил и выяснил: не было никакой неудачной операции. И дочки не было. А мошенница эта уже многих наивных да добрых обворовала... Так что без Егорушки балерина наша давно б по миру пошла! Так я Магде и сказала...

Колдунья насупилась. Умолкла.

— И запрос вы подписывать отказались, — тихо произнесла Надя.

— Отказаться-то отказалась... Но Магда — она ж хитрая, — вздохнула старуха. — По-другому меня подставила. Подписи моей хоть и нет, а получилось,

будто это я Егорку последними словами чернила...
Вот и ты прочитала, пришла ко мне. А я ж откуда
знала?.. Сама, как увидела в газете, звоню ей, кричу:
ты что, подлая, наделала? Зачем меня этакой тварью
выставила? А Магда смеется только. Не отопретесь,
говорит. У меня все схвачено. Спасибо, умный человек научил... Она мои слова-то, оказывается, на дик-
тофон писала. Где я Егора хвалила — те стерла. А где
рассказывала, как тот балерину приструнить пытается, оставила. И против записи не попрешь... Начнете, грозилась, права качать — я в прокуратуре кассе-
ту предъявлю. И от своего голоса не откажетесь... Но
я, — колдунья снова улыбнулась, — тоже не промах.
Магда в моей квартире и пару волос своих потеряла,
и шарфик свой в коридоре оставила... А этого мне
достаточно, чтобы порчу навести. Вот и поплатилась
она. Собаке — собачья смерть.

«Чушь какая-то, — пронеслось у Нади. — Это что
ж: если колдунье *мой* волос в руки попадет или моя
вещь какая-то — она и меня убить сможет?!»

— Тебя — не смогу, — произнесла старуха.

— Вы о чем? — удивилась Надя.

— Убить тебя не смогу, — покачала головой ведьма. — Ты хоть с виду и хлипкая, но у тебя энергети-
ка сильная. От природы. А у Магды, сколько ни
ставь она себе защит, аура вся пробита. Два сеанса
всего и понадобилось, чтоб ее на тот свет отправить.
Что с ней, кстати, случилось? Авария? Инфаркт?

— Да нет, — медленно произнесла Надя. — Заре-
зали ее. На работе. В собственном кабинете.

— Вот оно как... Значит, и правда: не я одна ей
смерти желала... — задумчиво проговорила стару-

ха. — Мое ведь колдовство еще опосредованно действует.

— Это что значит?

— Допустим, был у Магды враг. Ненавидел ее и погубить хотел, да никак не решался. И, не подключись к делу я, так бы и ненавидел ее по-тихому. А с моей помощью — не утерпел. Сделал, что давно собирался.

— А вы не можете определить... ну, кто он, этот враг? — заинтересовалась Надежда.

— Ох, девонька, — вздохнула старуха. — Экстрасенсы преступников лишь в телевизоре ищут. Только не нашли пока еще ни одного...

— А знаете, — доверительно сказала Надя, — в убийстве Магды ведь Егора Егоровича подозревают. Видели его у нее на работе. За полчаса до ее смерти.

— Егорку-то? — задумалась старуха. — Нет, точно не он. Егорка себе зарок дал, еще давно: на женщину он руку больше никогда... Как бы та его ни разозлила. А когда сам для себя решаешь, да твердо — ничто уже не сдвинет.

— Кто же Магду в таком случае убил?.. — спросила Митрофанова.

— Кто угодно мог, — авторитетно заявила старуха. — Хоть подчиненный какой-нибудь, хоть родственник. Магда — она такая... жертва. Не сравнить с подружкой ее...

— С какой подружкой?

— Да с Антониной, — поморщилась колдунья. — Вот та — кремень. У нее силы, может, даже побольше, чем у меня. Сама кого хочешь изничтожит. А пожелает — так и вылечить сможет, даже самого безнадежного. Поле у нее абсолютно черное, самый сильный цвет.

— Вы про Антонину Матвеевну? — удивилась Надя.

— Про кого ж еще! — вздохнула старуха. — Виделась с ней однажды — врагу не пожелаю! Потом неделю свою ауру чистила...

— У нее? Такая сила?.. — недоверчиво произнесла Надя.

— А почему, ты думаешь, Крестовская с Люськой ее на порог пускали? — усмехнулась старуха. — Она ж умеет, чего ни один врач не может! Головную боль снимает за две секунды. Слабость в теле — как не бывало! С бессонницей справляется... Только бесовские силы у нее. Раз примешь ее помощь — потом расплачиваться приходится ох как дорого!

— Никогда бы не подумала... Она тихая, серенькая. Никакая, — покачала головой Надя.

— А ты у Егорки спроси, — хмыкнула старуха. — Года четыре назад Лидка-то вообще при смерти была. Какие врачи ее только не пользовали! И академиков он сюда возил, и даже профессоров иностранных! Но те только плечами пожимали: организм, мол, изношен, ничего не попишешь... А потом Магда эту свою подружку привела. Народная, сказала, целительница, пусть попробует, раз от знаменитостей все равно никакого толку нет. Что Тонька помочь сможет, никто и думать не думал! А Антонина раз с Крестовской посидела, два, какие-то травки ей принесла попить — и ожила старуха...

— Она, что ли, врач?

— А бог ведает, диплома никто у нее не спрашивал, — отмахнулась колдунья. — Но может она многое. Если б практику имела, всех бы нас за пояс заткнула...

«Интере-есно, — подумала Надя. — А работает в Доме искусств, на какой-то смешной должности. Чуть не техничкой... Что ж мне-то никто об ее талантах не рассказал?.. Хотя, может, и нет никаких талантов. Придумывает ведунья. Болтает, чего не знает».

— Все я знаю, — вновь перехватила ее мысль прорицательница. — Мне на человека один раз посмотреть достаточно — сразу его вижу. Всего. До дна.

— И меня видите? — усмехнулась Надежда.

— А что на тебя смотреть? — презрительно произнесла старушенция. — Ты вообще вся как на ладони. Никаких амбиций. Ждешь не дождешься, пока кто-нибудь тебя замуж возьмет. Борщи варить.

— Вот спасибо, обрадовали! — вспыхнула Митрофанова.

— И на работе тихоня тихоней, — добавила бабка. — Тебя и на переработки всегда суют, и с повышениями обходят, а ты и не шевелишься... И в эту историю, со смертью балерининой, влезла зря. Пострадаешь ни за что ни про что.

— Да с чего это я пострадаю?

— А потому что на таких, как ты, безответных, всегда всех собак и вешают, — припечатала колдунья.

«А вот это — правда», — мелькнуло у Нади.

Бабка же тяжело поднялась из-за стола, буркнула:

— Все, иди. Утомила ты меня. Разговоров на час, а прибытку никакого.

А когда Надя уже вышла из странной квартиры, Беликова крикнула ей вслед:

— И береги себя, милая. Аура у тебя хоть и сильная, а пуля — она что угодно пробьет.

* * *

Надя, выбравшись из логова колдуньи, чувствовала себя, будто ее оглушили. Сначала во дворе растерянно постояла — голова кружилась, перед глазами летали мушки. Потом выползла на Тверскую, побрела к метро... Вид у нее, похоже, был совсем никуда. По крайней мере, милиционеры поглядывали внимательно, а москвичи — с презрением, явно за ошалевшую от столичной суеты провинциалку принимали. Да она и чувствовала себя абсолютной песчинкой, безжалостно втянутой в вихрь огромного города. Все кругом куда-то мчатся, пешеходы ловко лавируют в толпе, машины сигналят, даже птицы и те — торопливы и деловиты. У каждого свои цели и совершенно определенные планы, пусть не на всю жизнь, но хотя бы на грядущие вечер и ночь. Только она неприкаянная... Ни единой связной мысли, сплошная усталость.

И тут вдруг в голове вспыхнуло: Родион! Верный, безответный пес!.. Она ведь сегодня его даже не выгуляла ни разу! С утра помчалась по Магдиному звонку в Дом искусств. И днем из квартиры сорвалась внезапно. А пес, тактичный или, скорее, ленивый, о себе даже не напомнил. А сейчас уже девять вечера! Это ж как несчастная собака мучается! Надя когда-то пыталась его приучить к лотку — на случай таких вот непредвиденных ситуаций, — но Родион сей вариант с негодованием отверг. Хоть и домашний совсем, но не настолько, чтоб делать свои дела в квартире... И сидит небось у двери. Скулит, но терпит. А ей отсюда, от Пушкинской, до дома минимум час.

Именно мелочи часто и способны вывести из

стресса. Противная, давящая пелена сразу спала, мозг заработал в поисках наилучшего решения. Что предпринять? Мчаться со всех ног домой? Нет, хоть и жалко собаку, а возвращаться в квартиру по-прежнему страшно. Вдруг ее там Влад караулит? Куда разумнее будет побеспокоить соседку. Та, правда, ворчит, что гулять с Родей ей трудно, но ведь можно и пригрозить, что ей, Наде, тоже будет непросто бегать, когда гололед, за хлебом и работать на нее бесплатной медсестрой, делать уколы... Сегодня, извините, не время для реверансов.

И Надя поспешно вытащила телефон, набрала номер. Соседка ответила мгновенно.

— Полиночка Юрьевна? — проворковала девушка. — Это Надя. Я вас не отвлекаю?.. Как себя чувствуете? Что новенького?

Тетя Поля любит, когда к ней подлизываются. И поболтать обожает. Сейчас обязательно начнет рассказывать, какое давление было утром, и какое лекарство она выпила, и что за сериал идет по телевизору...

Однако соседка отреагировала неожиданно. Рявкнула в трубку:

— Надька! Ты что себе позволяешь?!

Ох, неужели бедный Родька так намучился, что подвывать за закрытой дверью стал?..

— Полиночка Юрьевна, у меня тут совершенно непредвиденные обстоятельства, — виновато начала Митрофанова.

Но та не дослушала, оборвала:

— Ты что ж кому попало ключи от своей квартиры раздаешь?!

— Я? Раздаю ключи?.. — растерялась Надежда.

В трубке последовало секундное замешательство. Затем соседка с удовлетворением произнесла:

— Не давала, что ль? Тогда, значит, правильно я... Вор это был. Больше некому.

— Да что случилось-то? — совсем уж разволновалась Надя.

— Ты только не волнуйся, но твою квартиру, кажется, ограбить пытались, — доложила бабка. — Минут двадцать назад. Я сидела, чай пила. Сначала услышала на площадке шаги, шорох какой-то... Ну, думаю, ты наконец явилась. На всякий случай в «глазок» глянула и вижу: под дверью твоей какой-то мужик возится. Явно замок пытается открыть.

— Мужик? — ахнула Надя.

— Не Дима, — уточнила Полина Юрьевна.

— А какой? Высокий такой, блондин?..

— Тот, что цветы тебе приносил? — Соседка демонстрировала поразительную осведомленность. — Нет, и не он. Я со спины особо не разглядела, правда, но этот низенький был. И волосы не светлые — седые.

Егор Егорович? Но с какой стати ему-то ломиться в ее квартиру?!

— И что, открыл он дверь? — внутренне холодея, спросила Надя.

— Да ты за кого ж меня принимаешь! — возмутилась соседка. — Это вы, новое поколение, ко всему на свете равнодушны, а я никогда себе не позволю просто мимо пройти, когда что не так. Сначала думала в милицию позвонить, потом решила: нет, не успеют приехать. Или не захотят. Сама разберусь. Вор — это не убийца, они все трусы.

— Неужели рискнули выйти? — ахнула Надя.

— А ты как думаешь! Но, едва дверь свою открыла — он зыркнул на меня и вниз. Только пятки засверкали... Ну, не гнаться же за ним! Подошла к твоей двери, проверила: заперто. Но замок расковырян.

— Подождите, — потребовала Митрофанова. — Вы сказали: невысокий седой мужчина, так? А глаза какие? Во что одет?

— Откуда я тебе знаю, какие глаза! — заворчала Полина Юрьевна. — У нас в подъезде, что ли, иллюминация есть? А он, как я выглянула, сразу вниз дунул!

— Значит, вы видели только, что невысокий и седой... — пробормотала Надежда. — Совсем невысокий? А седой — как, полностью?

Егор Егорович — тот ростом с нее. И волосы у него не то чтобы совсем белые, так, благородная проседь.

— Да говорю же тебе: темно было! — вздохнула соседка. — А он у твоей двери, скрючившись, стоял... И много ли в «глазок» разглядишь?..

— Но точно: не Дима. И не Вла... и не тот, который цветы принес, да?

— Не. Эти оба молодые. И красавцы, — с легкой завистью в голосе произнесла соседка. И лукаво спросила: — А который второй — он, наверно, Димочкин друг?

Ну, вот. Теперь она еще и Полуянову наябедничает.

— Это мой коллега, — неловко соврала Надя.

— Разве бывают такие симпатичные библиотекари? — не отставала бдительная соседушка. — И одет как изысканно...

— Он американский библиотекарь. Мы на международной конференции познакомились, — отчиталась Митрофанова.

— А Димочка про него знает?

У-у, полиция нравов!

И Надя спешно сменила тему:

— Полина Юрьевна, спасибо вам огромное, что вмешались! Все правильно подумали: грабитель это был! Вы ж меня знаете: я ключи от своей квартиры никому не даю... Димке только и вам. — И задумчиво добавила: — Может, надо было милицию вызвать?..

— А что ей скажешь, той милиции? — возразила соседка. — Им работать разве хочется? Настоящие кражи-то не расследуют, а тут ничего и не взяли, только пытались. Говорю ж: дверь твою подергала — заперто. Не успел он... Ворье проклятое.

— А если еще придет? — вздохнула Митрофанова.

— Я с твоей квартиры теперь глаз не спущу, — браво пообещала Полина Юрьевна. — А ты когда, кстати, вернешься?..

— Да не знаю я, когда... — промямлила Надя. — Как-то боязно мне после этого... Одной дома... Димка-то в Питере.

— Ну, позови второго, — посоветовала соседка. — Как его — Влад? Владислав?..

— Нет, нет, — поспешно откликнулась Надя. — С ним у меня совсем не те отношения...

— Ну, слава богу, — неожиданно обрадовалась Полина Юрьевна. — А я уж испугалась, что Димочка уехал, а ты гуляешь...

— Я б у подружки могла переночевать, — осторожно произнесла Митрофанова. — Но только что с Родионом делать?

— Да выведу я твоего Родиона, так и быть, — благородно пообещала соседка. — А то действительно страшно. Воры — они ж, если квартиру присмотрят, свое дело обязательно до конца доведут. Я б на твоем месте замки поменяла, просто на всякий случай. А может, на охрану квартиру поставить?..

— Вы у меня, Полиночка Юрьевна, самая лучшая охрана, — благодарно сказала Митрофанова.

— Сама знаешь, я — дневная охрана. А ночами сплю крепко, — возразила собеседница. — Но вообще: странный вор. Чего он твою-то квартиру выбрал? Дверца у тебя гаденькая, стеклопакетов на окнах нет...

— Да и возился долго... — задумчиво продолжила Надя. — Вы и шорох успели услышать, и выглянуть, а он даже замок за это время взломать не смог... Какой-то неопытный вор...

— А ты, что ли, профессионала предпочитаешь? — хмыкнула соседка. — Чтоб весь дом обчистил, а мы б и ахнуть не успели?..

«Я бы предпочла, чтобы это действительно оказался вор», — мелькнуло у Нади.

Но делиться своими опасениями с Полиной Юрьевной не стала.

* * *

Надя его избегала, и сей факт Влада чрезвычайно тревожил. Ни одна девица, если она в здравом уме, не станет от него прятаться. Особенно если она одинока, уже к тридцати и не блещет красотой...

Значит, его сдали. Но кто? Всех подозревающий Егор? Вездесущая Магда?.. Впрочем, какая теперь разница.

Надя даже не позвонила — поблагодарить его за букет. И на его звонки не отвечает. Хотя телефон у нее явно работает — Влад несколько раз нарывался на короткие гудки. Значит, с кем-то — кто ей близок! — болтает. Будь прокляты все эти телефонные определители! Впрочем, он несколько раз ей звонил и с городского, и даже из автомата, но Надя все равно трубку не сняла. Она отвечает лишь по знакомым номерам? Или с ней что-то случилось?.. Да нет, вряд ли. Слишком осторожна и вообще клуша. Такие, даже если влипают в истории, всегда из них выпутываются. Доживают лет до девяноста и помирают в собственной постели. Но, если цела, где тогда она?..

Влад позвонил в библиотеку — ему сообщили, что сегодня у Митрофановой выходной. Надька гуляет по магазинам? Борется с лишними килограммами в спортивном клубе? Отправилась на кофеек к подружке?.. Или просто заперлась в своей квартире, а телефонные звонки игнорирует?.. Может, отправиться к ней? Но смысл? Все равно, раз не хочет его видеть, не откроет...

Однако ближе к вечеру Влад не выдержал. Приехал в Медведково, машину на всякий случай припарковал в соседнем дворе. Небо потихоньку серело, то и дело срывался дождь. Вряд ли Надя — если она дома, конечно, — станет сидеть в темноте... Но свет в ее окнах так и не вспыхнул. А ближе к десяти Влад увидел: дверь подъезда распахнулась, и во двор с удивительной для своих солидных габаритов скоростью выскочил Надин пес. В два могучих, достойных какой-нибудь кавказской овчарки, прыжка соскочил с асфальта и (на морде читалось видимое облегчение) задрал лапу...

Влад, не сводя глаз с собаки, скользнул за дерево.

Но вслед за Родионом из подъезда появилась совсем не Надя. Пса выгуливала старушенция — очень российская, с несусветной укладкой и подозрительными глазками. Оглядела двор, задержала взгляд на каждой из припаркованных у дома машин. Это еще кто? Бдительная мамаша? Или соседка? Может, у нее спросить — где, черт возьми, шляется Надежда?..

Однако этот вариант Влад отверг. Слишком уж настороженной выглядела старуха. Озирается, высматривает... Указания, что ли, получила от Надьки — предупредить, коли он появится?..

Влад поневоле улыбнулся. Ох, библиотекарша Митрофанова... Ты, кажется, решила в конспирацию поиграть? Что ж. Попробуй.

Он отступил спиной, дальше, дальше и, совершенно не замеченный в дождливых сумерках, покинул двор. А назавтра ровно в девять, к открытию, уже подъехал в Надину «историчку».

Оформить сюда читательский билет оказалось не так просто: объявление перед окошком регистратуры гласило, что в святая святых допускаются лишь студенты-историки, причем только с третьего курса, кандидаты и доктора наук, а также граждане, получившие от своих организаций соответствующее письмо. Тратить время на поиск фальшивых бумажек Влад не стал. Вместо этого прогулялся до ближайшего магазина, приобрел огромную коробку конфет. Под целлофан, укрывавший презент, просунул тысячерублевую купюру. И, нацепив на лицо самую обольстительную из своих улыбок, приблизился к наиболее страшненькой из охранявших регистратуру девушек. Легенда про забытое дома кандидатское удостоверение прошла на ура. Девчонка еще и извинилась, что не может выдать ему читательский сразу в профессорский зал: «Там обязательно нужно номер удостоверения указывать. Вот если бы у вас хотя бы ксерокопия была...»

Пришлось наградить несчастную страшилку еще одной из своих фирменных улыбок и заверить, что он прекрасно проведет время и в обычном, для студентов, зале.

...Библиотека Владу понравилась. Старинный особняк, потолки высоченные, лестница внушительная, мраморная. И такой дух внутри приятный: немного пахнет пылью и старыми книгами, а из буфета доносится соблазнительный запах свежей выпечки. Сразу детство вспомнилось — когда он, в своей комнате, дрожал над дореволюционным еще изданием «Острова сокровищ», а мама на кухне гремела противнями, загружая в духовку его любимый малиновый пирог...

Эх, мама, мама... Такая заботливая, такая наивная, такая любимая. Ее никогда не волновало материальное богатство. Для нее всегда были куда важней они с отцом, и чтоб всем было сытно, а у сына — обязательно самые хорошие книги. Неужели она всю свою жизнь и проведет в квартире, где родилась? И отдыхать так и будет, упахиваясь на даче?.. Он, конечно, помогает им с отцом, еще как помогает, но все равно никогда не сможет вытянуть родителей на уровень выше среднего класса. Ну, путевка на заграничное море, санаторий в Швейцарии, хорошая стиралка... Так его благородные старички еще и отнекиваются! Что им ни купи, причитать начинают: не траться, мол, тебе и самому непросто... А получи мама свое — что причиталось ей по праву, — совсем бы по-другому жила. Может, и не счастливее, но куда богаче! И редиску с морковкой растили бы с отцом исключительно для собственного удовольствия, а вовсе не потому, что личные грядки помогают экономить бюджет.

Но, похоже, фамильная брошь канула окончательно... Если уж вездесущий Егор не ведает, куда она делась... Владу все же удалось его подкараулить, и он домоправителя, словно грушу, тряс, но тот упорно стоял на своем: он без понятия. «Самому, Владушка, выгодно брошь найти, мне ж завещана! Но не знаю, святой истинный крест, не знаю!» А еще хвастался: мол, Крестовская у него полностью под колпаком, про каждый ее чих он в курсе. Но бабка-то хитрее оказалась. Охотно посвящала домоправителя в мелочи, а с серьезным — обвела вокруг пальца...

Оставалась, правда, небольшая вероятность, что Егор просто хороший артист. Все его уверения не более чем блеф, кражу из сейфа организовал он сам, и драгоценность у него. Что ж, утешает одно: воспользоваться сокровищем домоправителю удастся не скоро. Под Егором после их запроса в прокуратуру и так земля горит. А теперь еще ему не повезло оказаться в Доме искусств в час, когда там убили Магду. Пусть сам Егор отпирается, и пусть никто не видел, как он входил в ее кабинет, и никаких отпечатков на ноже не нашли — зато мотив шикарнейший. Пьяная месть за то, что Магда Францевна своим письмом в прокуратуру попыталась его закопать... Да еще и судимость, тоже за убийство, в анамнезе. Неужели, имея такую кандидатуру, следствие возьмется искать настоящего преступника?..

...Влад неспешно прошелся по библиотечным этажам, изучил, какие здесь есть залы и где находится Надькин, всемирной истории. Поболтал с несколькими сотрудницами. Без труда выяснил, что обедают библиотекари вместе со всеми, в буфете, только к стойке подходят без очереди. Узнал, где находится хранилище и что читательские требования поступают туда каждые сорок минут. Никакой компьютеризации: запросы читатели пишут на листочках, а относят их — сотрудники залов. Обратил внимание также, что из холла на самом верху прекрасно просматриваются все подходы к библиотеке. Надюхе от него не скрыться. Если только работу не прогуляет... Хотя нет, она девушка ответственная. А на двери ее зала бумаженция висит: извините, в связи с наступлением сезона отпусков работает один сотрудник, возможны очереди. И неужели ж Надька, этот самый единственный библиотекарь, подведет своих читателей?.. Явится, явится к началу второй смены — как штык!

И он не ошибся.

Без пятнадцати два со своей позиции в холле верхнего этажа он увидел: со стороны метро к библиотеке движется Надя. Явно нервничает, поглядывает по сторонам... Вдруг присела, будто поправляя застежку у босоножек, украдкой оглянулась назад. Нет ли «хвоста», проверяет? Вот умора! Ладно, дадим девушке спокойно проследовать на рабочее место — и даже выпить чашечку чая. А когда закончится пересменка и Митрофанова останется на рабочем месте одна, просто зайдем в зал и предъявим ей читательское требование. Какую книжку, ради смеха, заказать? «Коварство и любовь» Шиллера? Или, может быть, «На всякого мудреца довольно простоты»?

* * *

Ночь Надя провела у подруги. Когда-то, еще в институте, они дружили крепко, но кончилась учеба — и отношения сами собой угасли. Не виделись, как в Москве часто бывает, уже пару лет и еще бы лет тысячу не встречались, если б Надя в гости не напросилась.

Митрофанова надеялась, как в старые времена, уютно попить вместе с подружкой чаю с коньячком, вволю наболтаться, а ночью нормально выспаться. Но она как-то совсем выпустила из головы, что у той уже двое детей, мальчишки-погодки. Да еще и оказалось, что муж тоже в командировке. Потому получилось не спокойное чаепитие, а натуральный дурдом. Вплоть до полуночи они вместе гонялись за малолетними бандитами. А мальчишки то играли на кастрюлях, похищенных из посудного шкафа, то с восторгом расшвыривали содержимое Надиной косметички. Или же просто нещадно колотили друг друга. А когда после трех длиннейших сказок, прочитанных на ночь, дети уснули и Надя заикнулась, чтоб выпить наконец чаю и поболтать, подруга взмолилась:

— Надьк, я с ног валюсь! Пойду рухну. А то ведь мальчишки еще и просыпаться будут, то к одному вскакивай, то к другому!

Пришлось, конечно, отправить несчастную спать

и заварить чай самой. Да еще и посуду, огромной горой наваленную в раковине, перемыть, а то когда подруге?..

Но хотя отдыха и не вышло, по пути на работу Надя улыбалась. Все вспоминала, как старший из мальчишек, пятилетний Василек, сказал ей так серьезно: «Вы, тетя Надя, только замуж не выходите ни под каким видом, ладно? Я подрасту и на вас сам женюсь, слово мужчины!»

Не выспалась, конечно, и подумать над сложившейся ситуацией спокойно не удалось, но все равно хорошо, что она не поехала ночевать в гостиницу, как собиралась вначале. И деньги целее, и мир к ней словно бы другой стороной обернулся, стал казаться более дружелюбным. Будто и нет в нем взрослых подлостей, интриг, забот... Да и наслаждалась Надя теперь совсем для нее непривычным: что спокойно идет к метро, и никто не дергает ее ни за одежду, ни за руку. Не требует купить мороженого, газировки, чипсов, кальмаров, чупа-чупс и «вот эту вот машинку». И не нужно в панике догонять пацанов, вдруг рванувших к проезжей части.

На подходе к библиотеке, правда, она немного заволновалась. Все оглядывалась по сторонам, боялась увидеть Владов «Ниссан». А когда вошла в свой зал, первым делом поинтересовалась у начальницы: не спрашивал ли ее кто?

— Нет, — отмахнулась та. И поспешно вышла из-за стойки: — Все, я побежала. А то мне улетать вечером, а чемоданы еще не собраны.

Торопливо расцеловала Надю и унеслась. А едва Митрофанова справилась с первым наплывом посетителей — дверь зала отворилась, и вошел он. Влад.

Как всегда, отлично одетый, по-американски улыбчивый и стопроцентно уверенный в себе.

Надя внутренне ахнула, но постаралась взять себя в руки.

В конце концов, чего ей бояться? Милый, интеллигентный человек. И ничего он ей не сделает — здесь-то, в библиотеке!

Как можно небрежнее улыбнулась. И произнесла непривычным для нее тоном абсолютнейшей стервы:

— Ты сегодня без цветов?

— Рад бы, но на вахте изъяли, — расплылся он в ответной улыбке. — Сказали, в помещении библиотеки никаких посторонних предметов...

— Слушай, Влад, — прищурилась Надя, — а чего ты такой настырный?..

— Влюбился... — развел он руками.

Очередное, конечно же, вранье.

— Влюбился? Что ж. Это, как говорят у вас в Америке, твоя проблема, — парировала Митрофанова. — Только преследовать меня, пожалуйста, прекрати.

— И не подумаю, — совершенно не смутился Влад. — А где ты, кстати, была? Дома ночью не появлялась, с собакой твоей какая-то бабка гуляла...

Надя внутренне напряглась — откуда он знает, кто гулял с Родионом? — но постаралась выдержать все тот же беспечный тон:

— Ты что, за мной следишь?

— Хуже, — ухмыльнулся Влад. — Я тебя домогаюсь. А что остается делать, если ты от меня прячешься? Тебе, кстати, мой букет понравился?

— Нет, — покачала головой Надя. Если выпендриваться — так уж до конца.

— Не любишь тюльпаны? — прищурился он.

— Не люблю букеты из цветочных салонов, — капризно протянула Надя. И, подражая всем в мире глупым блондинкам, мечтательно улыбнулась: — Вот если бы ты для меня эти цветы, рискуя жизнью, с клумбы состриг!..

— А как же облик родного города?

— Ах, ну да, ну да. Вы же, американцы, законопослушны, — закивала Надя.

Говорила — и удивлялась себе. Ведь Влад ей конкретно неприятен. Своей двуличностью, постоянным враньем. Но только зачем же она в таком случае с ним кокетничает?! Загадка женской души...

И Надя вдруг выпалила:

— Скажи, ты был вчера утром в Доме искусств?

— С чего ты взяла? — спокойно поинтересовался он.

— А я видела, как оттуда твой «Ниссан» отъезжал. Без десяти девять утра, — хладнокровно заявила Митрофанова.

И пристально уставилась на него. Не может он быть совершенно непроницаемым. Если начнет врать — хотя бы что-то в лице дрогнет.

Однако смутить Влада задачка не из простых. Она-то думала, сейчас тот отпираться начнет, а собеседник только кивнул:

— Да. Я там был.

И тут Надя совсем растерялась. Пролепетала:

— А что... что ты там делал?

— Мне позвонила Магда и велела срочно приехать, — ответствовал Влад.

— Она и тебе звонила? — удивилась Надя. — Когда?

— Рано утром. Еще восьми не было. Какая-то вся

вздрюченная. Сказала, что у нее новости сумасшедшие... Но что конкретно — не призналась. Приезжай, попросила, все расскажу.

— Но... но почему же тогда мы не встретились?

— Потому что я передвигаюсь несколько быстрее, чем ваше метро, даже в час пик, — с легким высокомерием заметил он. — И приехал в Дом искусств раньше тебя.

— А почему тогда мне вахтер сказал, что я первый посетитель? — настороженно поинтересовалась Надя.

— А он меня не заметил, — пожал плечами Влад. — Когда я приехал, старичок в дежурке сидел. Глушил чай с баранками. Ну, я и не стал его отвлекать... А уж когда в Магдин кабинет заглянул — возблагодарил бога, что не отвлек. Не видел меня вахтер — и замечательно, что не видел. А уйти незамеченным тоже не проблема. Первый этаж в Доме искусств совсем невысокий, и окно открыть — раз плюнуть.

Складно звучит. Но только действительно ли все было именно так? Или Влад, как всегда, ее обманывает?!

— И что же ты застал в Магдином кабинете? — осторожно спросила Надя.

— Думаю, то же, что и ты, — развел руками Влад. — Хладный труп...

— Поня-ятно, — протянула Митрофанова.

Хотя решительно ничего понятно ей не было. Раз Влад столь спокойно ей обо всем рассказывает — значит, он Магду не убивал? Или, наоборот, он — убийца, но абсолютно уверен в своей безнаказанности?.. И по-прежнему не ясно: зачем ему она? Почему этот полуамериканец, полурусский ее достает? Если отбросить, конечно, весь бред про любовь...

Влад же между тем продолжал:

— Жуткая история. И даже не потому, что Магду убили... Хуже другое — она нам рассказать ничего не успела...

Взглянул на Надю — явно ждал от нее какой-то реакции. Но Митрофанова промолчала. И тогда Влад задумчиво произнес:

— А я ведь знаю, о чем Магда хотела поведать.

— И о чем же? — хмыкнула Надя.

— Да очевидно, о чем! — горячо воскликнул он. — Магда и прежде не сомневалась, что Крестовскую убил Егор. Все силы прилагала, чтоб его закопать. А тут, раз такую панику подняла, может быть только два варианта. Или совсем уж неопровержимые улики против Егора раздобыла. Или узнала, что преступник — кто-то другой. Третьего не дано. Правильно я рассуждаю?

— Ну... может быть, — протянула Надя.

А Влад печально произнес:

— Эх, жаль мне Магду... Хорошая была тетка. Хоть и бестолковая...

Звучала фраза сочувственно. Но только Надя смотрела на Влада — и ни секунды не верила, что тот действительно переживает. Такие люди, как он, на жалость не способны. Особенно если *их собственная* цель не достигнута.

И Надя иронически протянула:

— А чего ты от меня-то хочешь? Чтобы я еще один запрос в прокуратуру подписала? Кого будем в этот раз валить?..

— Слушай, чего ты злишься?

— Да потому что! Ты на себя со стороны посмотри! Правдоискатель, блин! Только врешь постоянно. Голубей он вместе с балериной кормил, а я, дурочка наивная, верила... А ты, оказывается, родственник. Сынок лейтенанта Шмидта.

— Так я и знал, что тебе рассказали... — вздохнул Влад. — Кто постарался-то?

— Не важно, — поджала она губы.

— Егорка. Больше некому, — решил Влад. — Все простить не может, что столько бился за эту брошь, а она все равно от него уплыла...

— А ты не бился? — с презрением произнесла девушка.

Получилось у нее громко. Пара старух, корпевших в читальном зале, вскинула от своих талмудов седые головушки, с интересом уставилась на библиотекаршу и ее собеседника. Явно решили отвлечься от своих академических трудов. Насладиться зрелищем ссоры — желательно любовной.

Влад с укором взглянул на гранд-дам. Те дружно опустили глаза, но прислушиваться, конечно, не перестали. Одна из них даже колесико слухового аппарата подкрутила, чтоб ничего не упустить.

— Может, выйдем? — предложил Влад. — Пошли, хотя бы в твоем буфете пообщаемся...

— Чтобы меня потом, как Магду, с ножом в груди нашли? — с вызовом посмотрела на него Надя.

И (к восторгу докучливых старух) услышала:

— Достала ты уже меня своими глупостями! Давай иди! Ищи себе замену! Три минуты жду, потом ухожу.

Нет, Влад все-таки нарывается. Послать его, что

ли, на три буквы, к окончательному ужасу академической публики?..

Но, ведь если он уйдет, она так и не узнает, что у него на уме. И Надя покорно произнесла:

— Ладно. Подожди.

И ровно через три минуты вернулась вместе с Катюхой из каталожного зала. Коллега без проблем согласилась ее выручить. Каталоги — не читалка. Они и без библиотекаря существовать могут. Народ у них в «историчке» в большинстве своем грамотный, сам в карточках разбираться умеет.

Катюха, упоенно виляя под взглядом Влада тощими бедрами, проследовала за стойку, а Надя вместе со своим гостем отправилась в буфет. Не глядя, похватала со стойки какие-то булочки, попросила сварить им кофе. Влад порывался заплатить, но она отмахнулась:

— Оставь. У меня потом из зарплаты вычтут. Со скидкой пятьдесят процентов.

— О, почти коммунизм! — восхитился Влад. Уселся за столик. Задумчиво произнес: — Тебе, кстати, очень идет эта работа. Гармонично смотришься — и за стойкой, и здесь... Куда эффектнее, чем в своей квартирке.

— Давайте ближе к делу... господин Марков, — поморщилась Митрофанова.

— Не называй меня так, — покачал он головой.

— Почему же — раз ты внук знаменитого генерала? — с иронией произнесла девушка.

— Потому что я обещал своим родителям, что никогда не буду претендовать на эту фамилию, — серьезно ответил Влад.

— Ну да, — усмехнулась Надя. — Твое родство с

генералом — это ведь временно. А вот захапаешь брошь — и снова станешь этим, как тебя — Шиповым.

— Ты специально пытаешься меня вывести из равновесия?

— Да надоели просто твои байки — одна другой хлеще, — пожала она плечами. — То ты историк... потом вдруг превращаешься в благодетеля — старушку он пожалел, поехал вместе с ней голубей кормить. Теперь вот внуком генерала стал. Я тебе что? Сливной бачок для всякой лажи?

— О, хлестко сказано! — улыбнулся Влад. И серьезно добавил: — Надя, пожалуйста, извини. Мне самому было очень неприятно тебя обманывать.

— Извинения приняты, — холодно кивнула она. — Это все? Я могу идти?

— Нет, — покачал он головой.

— Только не надо мне больше о любви говорить, — печально произнесла она.

И Влад на удивление покорно кивнул:

— Хорошо. Не буду. Я вообще-то с тобой посоветоваться хотел...

— Как тебе, бедняжке, все-таки заполучить брошь? Не знаю и даже думать об этом не собираюсь.

Но он, не обращая внимания на ее резкость, задумчиво произнес:

— Видишь ли, Надя... В тот последний день, когда Крестовская умерла... я ведь у нее был. Утром. Часов, значит, получается за двенадцать до ее смерти.

— Я в курсе. Приходил вроде как попрощаться, а на самом деле продолжал драгоценность вымогать.

У умирающего человека, — презрительно усмехнулась она.

— Вот Егорыч трепло, — досадливо пробормотал Влад. И с вызовом взглянул девушке в глаза: — Да, Надя. Ты права. Но только ничего я не вымогал. Крестовская сама завела разговор про брошь. Сказала мне, что все проверила и убедилась, что я — действительно родственник Маркова и его завещание подлинное. И что я — точнее, моя мать имеет на драгоценность полное право. Более того, она, Крестовская, высоко ценит ее деликатность и что мама никогда ничего у нее не требовала...

— Но *свое* завещание балерина при этом не изменила, — влезла Надя. — Все Егору Егоровичу оставила, да?

— Не изменила. Но только потому, что броши у нее к тому времени уже не было.

— И куда она делась?..

— А тебе Егор Егорович разве не рассказал? Драгоценность исчезла. И обнаружили пропажу в день рождения Крестовской. Когда еще Люся погибла... Ты, помнится, сама при этом присутствовала.

— Ага. Только мне Егор Егорович сказал, что ты брошь и спер, — хмыкнула Надя. — Или в тот день. Или еще раньше.

— Он ошибается, — хладнокровно парировал Влад. — Для меня это стало таким же шоком, как и для всех. Но я не потерял надежду драгоценность отыскать. И знаешь, что мне показалось? Что Крестовская догадывалась, кто ее украл. Только почему-то не хотела об этом говорить...

— С чего ты решил?

— Да одну странную фразу она произнесла в свой

последний день... Может, уже бредила, конечно, а может, наоборот, разгадку подсказать пыталась. Бормотала что-то про лебедя. «Эту тайну знает лебедь. Самая мудрая, прекрасная и вездесущая птица. Найди ее, и она обо всем тебе расскажет».

Надя, пораженная, молчала. А ведь и ей балерина говорила нечто подобное... Но она не придала ее словам никакого значения...

Влад внимательно взглянул на Митрофанову и продолжил:

— Вот я и подумал: может, у Крестовской дома есть какой-то тайник? А на нем изображен лебедь?.. Но где он? В кабинете, в шкафу, какие-то птички, правда, стояли, но совсем маленькие, в них ничего не спрячешь...

— Не знаю, Влад... — медленно произнесла Надя. — Понятия не имею. Да и не в том возрасте Крестовская была и не в том состоянии, чтоб тайники создавать... Знала, кто вор, сказала бы. Зачем туман-то напускать?

— А сколько ей лет было?! Уже имела право на старческие причуды.

— Вот эта ее болтовня про лебедя и есть старческая причуда, — отрезала Надя. — Бред, короче, полный.

— И все-таки, — решительно предложил Влад, — составь мне компанию.

— Для чего?

— Давай в квартиру Крестовской вместе съездим. Все там внимательно осмотрим. Чем черт не шутит — вдруг найдем этого лебедя?

— А кто тебя пустит в ее квартиру?

— Егорка и пустит, — отмахнулся Влад, — если

его не арестовали, конечно. Поехали вдвоем, а? Ум — хорошо, а два куда эффективней.

— Нет, Влад, — твердо произнесла Надя. — Не поеду.

— Почему? — огорчился он. — Не бойся, мы ведь никаких законов не нарушаем. Будем действовать с официального разрешения душеприказчика...

— Да просто не нужно мне это, — произнесла Надя. — У тебя свои цели: надеешься фамильную драгоценность отыскать. Вот и ищи. А я ни на что не претендую. И помогать тебе не собираюсь.

— А за процент от прибыли? — Он внимательно посмотрел на нее.

Встретил возмущенный взгляд Митрофановой и поспешно добавил:

— А для того, чтобы разобраться наконец, в чем дело?.. Вдруг там, в тайнике, действительно разгадка всего?

— Знаешь что, дорогой?! Я бы охотно тебе помогла. Если бы верила, что тебя на самом деле волнует разгадка. Волнует, кто убил балерину. И кто зарезал Магду. Но тебе ведь на это наплевать, разве не так? Только одно тебя и интересует — как свою брошь вернуть...

— Надя. Ты ко мне несправедлива, — покачал он головой.

— Знаешь, сложно быть справедливой! — саркастически вымолвила Митрофанова. — После всего того вранья, что ты мне наговорил! Я тебе не девочка, чтобы мной манипулировать!

И с удивлением увидела, что Влад улыбается. И услышала его восхищенные слова:

— Ох, Надя! До чего ты мне нравишься! Вот ей-богу, забрал бы тебя с собой! Поехали вместе в Америку, а? У меня там свой дом, карьера на пике, машину тебе куплю, какую пожелаешь!. И заживем — лучше многих!

— Нет уж, спасибо, — буркнула она.

— Не хочешь — как хочешь, — вздохнул ее несостоявшийся любовник. — Что ж, тогда извини. Возвращайся к своим талмудам. И спасибо за пирожки.

Даже слова в ответ вымолвить ей не дал — двинул прочь из буфета.

А Надя остолбенело уставилась ему вслед.

Она многое бы дала, чтобы понять: что он за человек, Влад.

Но только ответа на этот вопрос у нее не было.

* * *

Читателям зала всемирной истории в тот день явно не повезло. Мало того, что за окном полыхает солнце и в помещении духота страшнейшая... Что в библиотеке сезон отпусков и ждать заказанных книг приходится вдвое дольше... Так еще и единственный оставшийся библиотекарь, Надежда Митрофанова, всегда милая и внимательная, сегодня своими обязанностями явно тяготилась. Требования заполнять не помогала, бесед с читателями, как те привыкли, о литературе, о погоде и куда катится мир — не вела. А на тех, кто смел заикаться, что уже два часа прошло, а заказанный талмуд до сих пор из хранилища не пришел, она к тому же и рявкала — в стиле своей невоспитанной коллеги Катюхи.

Что поделаешь, трудно держать себя в руках, когда настроение испорчено. И все этот Влад дурац-

кий... Оставил после себя неприятное, кислое по-
слевкусие. Как после вареной курицы из столовой —
вроде и не протухшей еще, но явно «задумавшейся».
Вот и Влад — как та курица. По всем статьям идеальный, и явно кокетничал с ней, и рассказ его про
последний разговор с балериной походил на правду,
и Катька совсем обзавидовалась, что у «старушки
Митрофановой» что ни мужчина, то красавец... А на
душе все равно муторно.

И работать никакого настроения нет.

Ну, нет — значит, и не будем. Все равно начальница в отпуск ушла, и она, Надя, теперь в зале пол-
ноправная хозяйка. Запросто можно служебным по-
ложением злоупотребить.

И Надя наспех нарисовала табличку: «ПЕРЕРЫВ
15 МИНУТ». Поставила ее на стойку и ушла в недра
зала, за стеллажи. Решила попробовать порассуждать
логически. А для того еще один список написать.
Очень простой. В левой колонке — друзья. В правой — враги.

С хорошими людьми получилось просто: *Люся,
Крестовская, Магда.* Все — мертвы. А вот в какую
колонку вписать Егора Егоровича? Влада? Соседку
балерины Елену Беликову?.. Да и еще одна кандидатура появилась — Магдина подружка Антонина Матвеевна. Прежде Надя о ней как о враге, друге и вообще серьезном участнике этой истории даже не думала. Так — техничка, бессловесная Магдина тень... Но
после встречи с колдуньей, после того, как та что-то
бормотала про сильнейшую энергетику этой женщины и что та якобы способна излечивать даже от самых страшных болезней... Беликова, конечно, просто
болтать могла. Да и характеристику ауры к уголовно-

му делу не пришьешь, засмеют... Но, прикидывала Надя, может, Антонина действительно не столь проста?
Всегда тихонькая, одета скромненько, лицо тупова-
тое... Однако, кажется, не такая она и дурочка. Речь
у нее грамотная. И в медицине, похоже, разбирается.
Что-то, помнится, говорила про посмертный анализ
крови — очень даже уверенно.

И, главное — Надю аж подбросило! — Антонина
неоднократно бывала у Крестовской в квартире.
И тоже работает в Доме искусств, то есть и там бывала на абсолютно законных основаниях... Так
вдруг она и убила? И Люсю, и Крестовскую, и Магду?

«Подожди, подожди, Митрофанова, — охолонила
себя Надежда. — То, что человек везде *бывал,* — это
еще далеко не доказательство. Я тоже имела доступ и
туда, и сюда, однако я никого не убивала. Чтобы подозревать, нужно определить мотив. А какой у Антонины мотив? На наследство она явно не претендова-
ла, и отношения у нее и с Крестовской, и с Магдой
были самые ровные... А про ее особую энергетику —
это все колдовской бред, который мне Беликова сли-
ла... Так, может, главный враг — вовсе не Антонина,
а эта самая соседка?.. И она специально подставляет
Антонину?! Но какой у колдуньи-то интерес?.. Тоже
непонятно... С одним Егором все ясно. Тот ни в коем случае не хочет потерять завещанные ему богатства балерины — квартиру, драгоценности, картины...
И, конечно, изо всех сил пытается избежать обвине-
ния в убийствах... Интересно, кстати: если Егора
признают преступником и посадят, кому все достанется? Государству? Дому искусств? Или имеются
еще какие-то наследники?..»

И ответила сама себе: «Ага. Имеются. Влад, например. Он — внук мужа Крестовской. Есть ли у него право претендовать хотя бы на что-то?.. Ох, с нотариусом бы поговорить. С тем, к кому в свое время Магда ходила...»

Но, как ни пыталась Надя, ни имя, ни номер нотариальной конторы вспомнить не смогла, хотя Влад, кажется, и говорил. Позвонить, что ли, ему, спросить? Нет, не хочется — ни звонить, ни вообще иметь с ним дела... Все-таки мутный он какой-то. А главное, после всего его вранья и не поймешь, в чем его интерес. Только ли мечтает заполучить брошь? А если драгоценность вдруг найдется — с чего Влад взял, что она ему достанется? Завещание ведь оформлено на Егора Егоровича. Неужели Влад оспаривать его будет?.. Или надеется, что Егора посадят, а тогда и оспаривать ничего не придется? Но Влад вроде бы сегодня говорил, что убийца не домоправитель. И задача у него лично — не драгоценность искать, а восстановить справедливость. Но зачем справедливость Владу? И что он под этим словом разумеет?!

Да еще и разговоры про лебедя, про тайник... Тоже ведь не с потолка взяты. Крестовская и ей об этом же говорила, в их последнюю встречу. Дословно не вспомнишь уже, конечно, но фразу «Лебедь знает» Надя помнила точно. Вдруг балерина действительно намекала на тайник? «Может, — мелькнула озорная мысль, — мне самой найти этого лебедя, вытащить из него брошь и забрать ее себе?!»

Но где его искать, этот схрон? Идти в квартиру, рыться в вещах под бдительным взором Егора Егоровича — если тот позволит, конечно, — безумие полное. Домоправитель с нее глаз не спустит. Даже если найдешь драгоценность — отберет мигом, и спасибо, если хотя бы поблагодарит.

...А читатели перед стойкой, пока ее не было, настоящее столпотворение устроили. Большинство стояли мирно, но особо нахальные уже выступать начали, что никаких пятнадцатиминутных перерывов в работе библиотеки не предусмотрено. Что надо идти директору жаловаться. Директор, правда, тоже в отпуске, но бунта все равно допускать нельзя.

Надя досадливо скомкала свой так и не написанный список и вернулась на рабочее место. Быстро и хмуро собрала читательские требования. А когда толпа, изрядно потрепав ей нервы, рассосалась, в голове вдруг вспыхнула одна идея. Очень простая. И проверить ее, главное, элементарно. Достаточно единственный раз позвонить.

Надя уже потянулась к телефону и отдернула руку. Опасно? Да нет — скорее глупо. Не станет этот человек с ней разговаривать. Тем более что она даже имени его не знает. И он тоже не в курсе, как ее зовут. Хорошенький телефонный разговор получится! Он ее спросит: «Вы кто?» А она начнет бормотать: «Я — ну, та девушка... Мы с вами здоровались... ну, в тот день...»

«Вот и не лезь не в свое дело, девушка», — скажет он ей. И будет совершенно прав.

Нет, звонить нельзя. А вот съездить... Непонятно, конечно, зачем ей это все нужно, только ближе к вечеру Надя не выдержала. Вновь призвала в свой зал Катюху из каталогов и попросила подменить ее совсем ненадолго, буквально на часок.

— Чего? Красавчик твой перепихнуться по-быстренькому зовет? — ухмыльнулась коллега.

Хотелось оборвать невоспитанную дуру, но Надя удержалась. Растянула лицо в мечтательной улыбке:

— Какой часик? Нам с ним и пяти часов мало... Нет, Катюх, мне по делу надо съездить. Справочку одну получить, пока все офисы не позакрывались.

— Неужели для прав? Машину дарит? — ахнула завистливая сослуживица.

— Если бы, — буркнула Надя.

И поспешно покинула библиотеку. Может, и получится обернуться за час — Дом искусств отсюда совсем недалеко.

* * *

Старичок-вахтер был на месте и приветствовал Надю, словно добрую знакомую:

— Опять к нам, милая девушка? К кому на этот раз?

«К *вам*», — едва не брякнула Надя. Но настолько уж в лоб действовать не стоило, и она с растерянной улыбкой проговорила:

— Да сюда теперь уж и идти страшно... Как я тогда... к Магде Францевне...

— Ох, сочувствую! — мгновенно откликнулся дедок. — Представляю, каково тебе было: открываешь дверь, а там такое!.. Меня, слава создателю, на место преступления не таскали. Только видел, как тело выносят.

— Вообще жуткая история! — пробормотала Надя. — Я вот все думаю: в тот день я троллейбуса долго ждала, а его не было почти полчаса. А если бы он сразу пришел?! Я бы тогда с преступником столкнулась — и что?!

— А какое у тебя до Магды-то дело было? — словно между прочим поинтересовался дедок.

Врать было опасно, а говорить правду — неразумно. Потому Надя ответила уклончиво:

— Она меня поговорить пригласила.

— О чем? По поводу работы? — не отставал страж.

— Ну, уж работать у вас я теперь точно не стану! — вновь ушла от прямого ответа Митрофанова. — Вообще кошмар, когда убивают прямо в собственном кабинете! Неужели это ограбление было?..

— Не знаю я, что было, следствие ведется, — буркнул старик. — И вообще у нас теперь строгости. Болтать с посторонними мне запрещено. Говори, к кому пришла, и паспорт свой будь добра на контроль. — Он протянул руку.

Надя притворилась, будто не заметила его жеста. Придвинулась поближе, облокотилась о стойку руками, произнесла доверительно:

— Вы знаете... я ведь все тот «Ниссан Мурано» из головы выкинуть не могу. Который в день убийства здесь видела... Помните, я еще вас спрашивала?.. А вы сказали, что никто не приезжал и что я первая пришла... Но, может, вы просто отлучались? Отходили, допустим, кофе попить?..

— Да думал я уже об этом, думал, — покаянно опустил голову старик. — Когда узнал об убийстве, конечно, стал вспоминать. Действительно, был грех. Отскочил буквально на три минуты, чаю очень хотелось, после ночи-то. А из дежурки мог и не заметить. Тогда мне казалось, конечно, что никто не заходил, а сейчас думаю: может, я не расслышал просто?.. А как он, этот ваш знакомый, выглядит?

— Молодой, высокий, кареглазый блондин, — отчиталась Надя. — Зовут Влад Шипов.

В конце концов, подставить Влада не грех, да он и сам не скрывает, что приходил в Дом искусств тем утром.

— Надо, наверно, в органы сообщить, — задумчиво произнес старик.

— Да и я думаю, что надо бы! — поспешно откликнулась Надя. — Только вдруг он не приходил, а мы его так подставим! Вы-то ладно, просто вахтер, а я! Его старая знакомая! Что Влад обо мне подумает, если узнает, что я его сдала? Особенно если не по делу?

— Так чем я-то тебе помочь могу? — развел руками старик.

— Ну, может, вы еще кого-нибудь видели? Я в тот день случайно слышала — вы про какого-то Егорку говорили... Он раньше меня пришел или позже?

— Не, тот раньше. На целый час. В начале восьмого утра. Я после ночи просыпался только, — сообщил старик.

— А мне говорили, что из посетителей первая я, — подловила Надя.

— А Егорка разве посетитель? — усмехнулся старик. — Он тут свой давно. Он знаешь кто? Домоправителем Крестовской, великой балерины, был. Как присосался к ней, к нам стал захаживать постоянно. И вместе с балериной, и сам — вроде как от ее лица.

— Значит, в начале восьмого пришел этот Егорка, — гнула свое Надя. — Потом, минут за десять до меня, мой знакомый, хотя в этом мы с вами не уверены. Потом, я. А еще кто-нибудь до меня приходил? Может быть, кто-то из сотрудников?

И, наверно, переборщила с заинтересованным тоном. Старик вновь уставился на нее подозрительно:

— Слушай, милая. Ты зачем в это дело лезешь, а? Про приятеля твоего я уже сказал: не знаю, помочь не могу! И вообще ты кто?.. Паспорт свой покажи!

— Нормальный у меня паспорт, — заверила Надя. — Российский. И прописка московская. Но все-таки скажите: кто еще в Доме искусств в то утро был? Антонина Матвеевна, например, была?..

— Это кто ж такая Антонина Матвеевна? — нахмурился дед.

— Ну, подруга Магды Францевны. Она у вас, кажется, техничкой работает...

— Не было ее тут, — сказал, как отрезал, старик. — Она только к десяти примчалась... Как ей позвонили, сообщили, что беда случилась... — Он хмуро взглянул на Надю, добавил: — И вообще, хватит тут вынюхивать. Друга она проверяет, как же, поверил! Давай иди прочь. А если к кому в Дом искусств явилась, тогда паспорт доставай.

— Да ни к кому я не иду, — вздохнула Надя. — Я специально к вам приходила.

— А я тебе что — справочное бюро? — проворчал вахтер.

— Значит, Антонины Матвеевны здесь не было, — вздохнув, подытожила Надя. — А еще одной женщины не видели?.. Знаете, такая странная? На колдунью похожа, правого глаза нет. Елена Беликова зовут.

— О господи, да не было, не было тут никаких

колдуний! — окончательно осерчал дедок. — Давай дуй отсюда! Только работать мешаешь!

Пришлось повиноваться.

Да уж: толку от ее вылазки оказалось чуть. Одно только и выяснила: Влад, кажется, не врал. И действительно вошел в Дом искусств в тот момент, когда вахтер отлучился в дежурку. Антонину же Матвеевну из списка подозреваемых, наверно, можно вычеркивать. Как и колдунью Беликову...

...Но только Надя не видела, что сразу после ее ухода вахтер переменился в лице. Схватил телефонную трубку, набрал номер и доложил: «Про вас спрашивали!»

А когда выслушал ответ, мрачно усмехнулся.

* * *

Было у Нади искушение снова провести ночь вне дома. Просто на всякий случай. Но куда податься? Вновь к подружке и ее пацанам-бандитам? Опять не выспишься. В гостиницу, куда она собиралась еще вчера? Но денег было жалко по-прежнему. Тем более что сегодня на работе она покопалась в Интернете и выяснила: самый паршивенький одноместный номер стоит не меньше двух тысяч. А она не в такой опасности, чтоб швырять на ветер столь серьезные деньги. Да и переодеться бы надо. И голову вымыть своим шампунем, а не гостиничной ерундой. К тому же и Родион наверняка соскучился. Соседка его не обижает, конечно, честно выгуливает по два раза на дню но собака-то страдает. Родя — он как ребенок. Покормить, вывести на улицу для него недостаточно, он еще и ласки требует. Соседушка же — дама жесткая. «Сидеть», «лежать», «фу» употребляет охотно, а чесать брюхо навязанному ей псу, конечно, не станет...

Да и чего ей, Наде, бояться? Влад, похоже, не опасен. Тот мужик, что пытался вскрыть ее квартиру? Да права, наверно, соседка — это всего лишь вор-неудачник. С первого раза замок не сломал, значит, больше и не появится. Сбросить его со счетов и забыть. Зато она сможет поваляться в собственной ванне — без риска подцепить какую-нибудь заразу. И кофе выпьет не из гостиничного граненого стакана, а из любимой Димкиной чашки.

Эх, Димка, Димка... Так и не звонит ей. И только совсем уж несусветная дурочка может поверить, что съемки отнимают все его время. Даже звезды, занятые в главных ролях (как свидетельствовали любимые Надей романы Джеки Коллинз), всегда успевают крутить хвостом налево-направо. А уж Полуянов-то, со своим эпизодом, и вовсе свободен, как воздух. Наслаждается, значит, белыми ночами. И замечательными питерскими пышками (по-московски — пончиками). И смакует разливное пиво со вкуснейшей местной корюшкой. И ладно бы отдыхает просто без нее, но ведь с кем-то же проводит время! Как колдунья заверяла, даже с двумя. Одна пассия матерая, вторая — соплячка. И обе красотки, конечно. А она — спасибо Крестовской и ее проблемам! — даже не нашла времени ответить ветреному другу тем же.

Хотя что на балерину пенять... Дела, не дела — это все отмазка. Просто Димочка в ее подсознании настолько крепко засел, что никак не получается его предать. И позволить в его отсутствие себе вольность. Она-то его почти мужем считает. А он ее — всего лишь сожительницей.

«Вот вообще сменю к черту замки! — сердито думала Надя, шагая от метро домой. — Тем более что и повод есть: мою квартиру ограбить пытались. А Полуянов, когда вернется, пусть под закрытой дверью стоит! Впущу, конечно, его на часок, чтоб вещи свои собрал, и до свидания!»

...Вторая смена в библиотеке заканчивалась в девять. Надя еще задержалась, разгребала скопившийся за день завал, сбрасывала в хранилище возвращенные читателями книги. Потому, когда подходила к дому, уже почти стемнело. Народу, правда, на улицах было немало — вечер чудесный, сирень цветет, даже чудом залетевший в мегаполис соловей напевает. Но все равно немного страшно. Вдруг показалось, что за нею, метрах в десяти, какой-то мужик уже давно бредет. Невысокого роста и седой — точно, как описывала соседка...

Надя несколько раз оглянулась, ускорила шаг — мужик, к счастью, отстал. Показалось, наверно. Да и прямо у ее подъезда фонарь, не рискнет он напасть. «Хотя все равно надо было позвонить, чтобы Полина Юрьевна вместе с Родионом меня у дома встретили, — мелькнула запоздалая мысль. — Может быть, так и сделать? Но пока соседушка, как положено, поворчит... Пока соберется, за Родькой зайдет... Мне, что ли, во дворе болтаться? Ерунда. Проскочу».

И Надя, еще раз убедившись, что никто ее не преследует, быстрым шагом приблизилась к двери в подъезд. Только бы домофон не заело, как с ним часто бывает... Она на ходу вытащила из сумочки ключи, и в этот момент за ее спиной загрохотали шаги. Обернулась: седой! Откуда он взялся?.. Митрофанова в ярком свете фонаря успела разглядеть его какое-то мятое, невыразительное лицо, и в следующий миг в ее спину уперся нож. А в ухо зашелестел приказ:

— Открывай дверь. Живо!

Девушка ахнула и тут же почувствовала, как острие прорывает ткань платья, царапает кожу, а седой шипит:

— Я сказал: быстро!..

А ключи-то — уже у нее в руках...

Сейчас он затащит ее в подъезд, а на площадке первого этажа квартир нет, одни офисы, и вход в них с улицы, и никого там, по позднему времени, уже не будет...

— Помо... — попыталась выкрикнуть Надя.

Но седой коротышка сильным броском, почти оглушив, впечатал ее лицом в дверь подъезда. Вырвал из рук ключи...

И в этот момент за их спинами раздался визг тормозов. А спустя еще секунду Надя услышала крик: «Ни с места!» — и напиравшего на нее седого оттащили.

«Димочка...» — мелькнула благодарная мысль.

Она закрыла лицо руками. Губы, кажется, были разбиты, в голове шумело...

— Эй, ты жива? — услышала она незнакомый голос.

Отняла от лица руки и увидела: седого волокут в милицейскую машину. А рядом с ней стоит совсем молоденький милиционер, тревожно ловит ее взгляд.

— Спа... спасибо, — пробормотала Надя. И даже нашла в себе силы улыбнуться: — Вы... очень вовремя.

— Цела? — продолжал пытать страж порядка. — Деньги на месте?

— Да... — пробормотала Митрофанова. — Но он... денег не просил. Хотел в подъезд меня затащить...

— Разберемся, — заверил молоденький. И протянул ей носовой платок: — Вытрись. И поехали с нами. Заявление напишешь.

— Я...

Милиционер обнял ее за плечи, встряхнул, заглянул в лицо. Пахло от него, что удивительно, очень приятно — мятной жвачкой и хорошей туалетной водой.

— Как тебя звать-то?

— Я... — вновь пробормотала Надежда и пошатнулась.

Пережитое потрясение наконец навалилось на нее, накрыло, лишило остатков сил. Девушку стало трясти.

— Эй, что там с ней? — донеслось от милицейской машины.

— Поплыла!.. — откликнулся молодой. — «Скорую» надо!

— Не хочу «Скорую»! — взмолилась Надя. — Я... не сильно ударилась. Просто испугалась...

— Это пусть врачи разбираются — сильно или не сильно, — строго произнес милиционер. — Езжай в больницу, тебе надо. Заодно и побои снимешь.

«Прямо кино какое-то, — мелькнуло у Нади. — Времен соцреализма. Милиция — и приехала вовремя, и не хамит даже...»

И Надя жалобно взглянула на своего спасителя:

— А можно, я лучше домой? Я правда в порядке. Просто поплакать надо... В себя прийти.

— Звонить в «Скорую»? — вновь донеслось из милицейской машины.

— Да она цела вроде. Домой просится! — крикнул в ответ молодой.

— Ну, пусть идет пока, сейчас не до нее! Позже сами заедем!

...А едва Митрофанова вышла из лифта на своем этаже, дверь соседки распахнулась.

— Надюшка! — кинулась к ней Полина Юрьевна. — Ох, боже мой! Это был он? Он?!

— Кто — он?.. — растерянно пролепетала Надя.

— Это седой, да?!

— Откуда вы знаете?

— Да на тебе лица нет! Проходи скорей!

Надя, на ватных ногах, ввалилась в соседкину квартиру. Рухнула на пуфик в коридоре. Полина Юрьевна примчалась из кухни с мокрым полотенцем, начала бережно протирать ее лицо, смывать кровь — ту, с которой не справился милицейский платок...

— Голова не кружится? В ушах не шумит? Надя, не молчи, скажи что-нибудь! — приставала соседка.

Но Митрофанову будто ступор обуял. Слова с языка не шли, зато в голове крутилось насмешливое: «Не вышло из меня героини...» А еще недавно, помнится, она не сомневалась: напади на нее не толпа, конечно, а единственный человек, пусть и маньяк, она справится. Кое-что ведь запомнила из приемчиков Полуянова. Ничего себе справилась: только пискнуть и успела. Не подоспей милиция вовремя — сейчас лежала бы трупом, а в лучшем случае — в больнице.

Но почему, кстати, ей столь быстро пришли на

помощь? В самый нужный момент, будто в кинофильме застойных времен?.. Да вот об этом Полина Юрьевна, кажется, и говорит:

— Надя, Надя, ты ж мне теперь памятник должна поставить. Ох, что я говорю, памятник — это на могиле ставят, а живым — монумент. Хотя нет, конечно, монумента мне не надо. Но теперь ты моя вечная медсестра. И за хлебом буду посылать, а то раньше все стеснялась. Даже подумать страшно, что б было, кабы не я!

— Да расскажите же, что вы квохчете! — вырвалось у Нади.

— О, вижу, вижу, в себя приходишь! — обрадовалась старуха. — Расскажу все. Только признай прежде, что ты у меня в долгу. Любые уколы, и в институт Бурденко на обследование меня свозишь, и...

— Ладно, обещаю так что?

— А то, — торжественно произнесла Полина Юрьевна, — что я этого вора седого никак из головы не могла выкинуть. Всю ночь промучилась и весь день, все думала... Я, конечно, в своей жизни с ворами не часто встречалась, но психологию ихнюю знаю, газеты читаю, телевизор смотрю. Они, во-первых, группами работают. Во-вторых, почти всегда приезжие и молодые, а этот, хотя я его мельком увидела, в Москве явно давно. И пожилой уже, лет за сорок ему точно. В-третьих, воры по первым этажам в основном работают, через окна, так легче. А если уж выше квартиры вскрывают, то только богатые. Когда с улицы кондиционер увидят да стеклопакеты или люстру там какую дорогую... У тебя же не квартира, прости, а берлога. Вот и задумалась я: почему этот седой твое жилище выбрал?

— Ну, мало ли дураков, — слабо улыбнулась Надя.

— Да я вот так и решила, — триумфально произнесла Полина Юрьевна. Выдержала драматическую паузу и продолжила: — Но только сегодня утром, когда я Родиона твоего выгуливала, того же седого во дворе увидела, представляешь? Сидит как ни в чем не бывало на лавочке, на детской площадке. По сторонам глазеет. И даже одежда та же, что и вчера. Я так и ахнула. Хотела сначала сама его хватать — слава богу, одумалась. Родиона твоего в охапку и домой, стала в милицию звонить. Рассказываю: так, мол, и так, вчера пытался квартиру соседкину ограбить, а сегодня опять под ее окнами болтается. А мне отвечают: «Ну, он же сейчас не грабит — какие к нам претензии? И вообще, заявлять должна сама потерпевшая, а не вы». Представляешь?.. Я их и стыжу, и убеждаю, что, мол, преступник им сам в руки идет, а они только усмехаются: «А как доказать, что этот ваш седой — преступник? Сидит человек во дворе и сидит, а что он чужую квартиру вчера вскрывал — это, может, ваше воображение. Официальных сигналов-то никаких не поступало!»

Ну да, от меня так просто не отвяжешься. Положила я трубку — и давай дальше звонить. Сначала в управление внутренних дел районное, потом дежурному по городу, а к обеду и до управления собственной безопасности добралась. И допекла-таки: выслали в наш двор патруль. Но только седого уже и след простыл, а мне рапортуют: сигнал проверили, подозреваемого на указанном вами месте нет. Представляешь, разгильдяйство какое! Я им кричу: так устройте засаду, может, он позже появится. А мне отвечают, что у них за наркопритонами наблюдать и то людей не хватает! Я им опять грозить, что буду президенту писать, на их халатность жаловаться, а они на своем стоят: мы, мол, все меры приняли. Я уж хотела тебе на работу звонить, чтобы ты подключилась, написала бы заявление, может, тогда бы они зашевелились. Но тут звонок мне от чина какого-то важного. Не зря я, видно, в их собственную безопасность жаловалась! Сказал чин, что убедительно просит меня не горячиться и шума не поднимать. А за двором обещал присмотреть. Патрульную машину приставить... Я говорю: ладно, хоть так. Но если с головы соседки моей, Надечки Митрофановой, хотя бы единственный волосок упадет — добьюсь, чтоб всю вашу милицию вообще к чертям разогнали! И видишь: сработало! Вот как с ними надо! Но этот мужик-то седой... ты не узнала его?

— Нет, — пробормотала Надежда. — Первый раз вижу.

— А что он хотел?

— Нож приставил, — поморщилась Надя. — Пытался вместе со мной в подъезд войти...

— Господи, зачем?

— Не знаю... Менты сказали, сначала допросят его. А потом ко мне приедут, показания брать...

— Слушай, Надь, — встревожилась соседка. — А ты часом... ни с какими нехорошими людьми не связалась?..

— Да не связывалась я ни с кем! — взмолилась Митрофанова. — Сама ничего не понимаю!

— Ну, ладно, ладно. Успокойся. Не плачь, — вновь захлопотала Полина Юрьевна. — Пойдем, я тебе чаю сделаю. И царапины твои надо йодом помазать.

В Надиной груди вновь взметнулась волна паники.

— Но домой я не пойду! — твердо заявила она.

— Конечно, конечно, оставайся у меня, — захлопотала соседка. — Я тебя на диванчике уложу. А в квартиру твою могу сама сходить, принести, что тебе нужно. Хочешь, и Родиона твоего приведу, он пес вроде бы воспитанный, авось не нагадит!

— А милиция?.. — вспомнила Надя. — Они заехать обещали, попозже...

— И в милицию позвоню, — отрезала совсем уж расхрабрившаяся соседка. — Велю им, чтоб не тревожили тебя сегодня. Скажу, что ты сама завтра, как проснешься, к ним подъедешь...

И Надя, конечно же, с благодарностью приняла соседушкину заботу. Дала напоить себя чаем, приняла душ в пусть чужой, но чистенькой ванной и почти мгновенно провалилась в сон.

И снились ей лебеди. Птицы просто величаво плыли по глади ослепительно синего озера. Потом (во сне) вдруг задул пронзительный холодный ветер, закружились снежинки, и водоем начал стремительно покрываться ледяной коркой. Бедные лебеди засуетились, прекратили свое плавное скольжение, стали сбиваться к центру озера, где еще оставалась небольшая полынья... Но лед подступал, птицы все теснее прижимались друг к другу, издавали жалобные крики... А Наде стало казаться, что они и не птицы вовсе, а прекрасные, одетые в белое, женщины. Лед смыкается, сдавливает их, им становится все теснее, на белых оперениях-платьях проступают капельки крови, худые руки судорожно стискивают ледяную корку, пытаются отсрочить гибель... «Выходите же! Выбирайтесь на лед!» — пытается крикнуть им Надя. Но голос, как всегда бывает во сне, не слушается, а лебеди, казалось, уже готовы были распрощаться с земною жизнью и навсегда уйти под воду. В прекрасных, широко раскрытых от ужаса глазах читалась неизбежность смерти. И вновь Наде показалось, что она уже видела эти лица — именно лица, женские. Вот это, с горделиво вздернутым подбородком, удивительно похоже на прекрасный лик Улановой... А другая женщина-птица — Галина Стручкова... Они протягивают к Наде руки и о чем-то скорбным хором молят. О чем? «Спаси»? Нет, совсем другие слова. Она мучительно, сквозь свист ветра, прислушивается и наконец разбирает: «Посмотри на нас!» Словно молят ее не отворачиваться, не просыпаться, не отводить взгляда — от их красивой гибели... А метель все усиливается, и вот уже плотный поток снежинок скрывает от нее и озеро, и лебедей, и что-то еще, очень важное...

Остаток ночи прошел без сновидений.

А утром, едва Надя проснулась, она вдруг вспомнила.

Лебеди. «Умирающий лебедь». Знаменитые балерины — каждая в образе, созданном великим Сен-Сансом. Гениальный фотоколлаж, занимающий всю стену в холле Главного театра страны. Все эти женщины когда-то танцевали на его сцене. Уланова, Лепешинская, Стручкова... И Лидия Михайловна Крестовская тоже. «Умирающий лебедь» Сен-Санса. Одна из самых выигрышных ее ролей.

* * *

Надя почему-то не сомневалась: соседка разбудит ее с первыми петухами. Во-первых, потому что сама в несусветную рань встает, вечно, как шесть утра, мусоропроводом грохает. А во-вторых, столько же событий! Полину Юрьевну наверняка распирает все их хорошенько обсудить. И похвалы в свой адрес в очередной раз послушать. Еще бы: она пробила множество бюрократических заслонов! Предотвратила целых два преступления! Утерла нос родной милиции!

И потому Надя немало удивилась, когда проснулась сама. Аж в половине десятого. Вот это совсем странно! Соседка-то ладно, могла и пожалеть ее, дать отдохнуть после всего пережитого, но милиционеры-то что? Почему на допрос ее не тащат по поводу вчерашнего происшествия? Неужели Полина Юрьевна стражей закона так приструнила, что те деликатничают? Дают потерпевшей хорошенько отоспаться?.. Не может быть. Влияние соседки на правоохранительные органы, конечно, огромно, но не настолько же!

И Надя, как была, в ночной рубашке, пошлепала на кухню — узнавать у Полины Юрьевны последние новости.

— Ой, Надечка! — просияла та. — Вовремя ты проснулась! У меня как раз оладушки готовы!

«Да уж, после такого приема придется мне всю жизнь за хлебом ей бегать и уколы делать», — мелькнуло у Митрофановой.

И она смущенно пробормотала:

— Мне неудобно прямо... И приютили, и спасли меня, можно сказать, да еще и оладьи...

— И с Родионом я уже погуляла, — охотно закончила перечень своих достижений соседка. — Но ты садись, садись! Сейчас я тебе жаловаться буду!

— На Родиона? — улыбнулась Надя.

— Родион твой, конечно, шельма. И лентяй несусветный, — припечатала Полина Юрьевна. — Но не в нем дело. Я тут с утра уже переговоры веду. С милицией нашей доблестной...

— А что они? — навострила уши Митрофанова. — Хотят, чтобы я сама к ним приехала? Куда? В УВД?

— Хотеть-то они хотят, — саркастически молвила собеседница, — да только смысла тебе никакого нет к ним ехать.

— Почему? — удивилась Надя. — Разве не надо заявление на этого козла написать? Они ж вчера сами говорили...

— Вот и я подумала, что надо, — кивнула соседка. — Но ты все спишь, спишь, будить тебя жалко, а мне ж любопытно... Я и решила: позвоню-ка им сама. Разведаю, как и что. Звоню. Делаю вид вроде, что ты мне поручила узнать, к которому часу приезжать и куда. А они что-то мнутся, жмутся... Сейчас, говорят, пока не надо, мы, мол, сами с гражданкой Митрофановой свяжемся. А когда свяжетесь-то, спрашиваю. А они отвечают: когда возникнет такая необходимость. Ну, мне это сразу странным показалось. Что значит: когда возникнет необходимость?! Тут преступление совершено, тебя убить могли, а они чушь какую-то несут! Я на них и насела: вы, говорю, это дело замять и не пытайтесь! Считаете, раз преступление предотвратили — можно и уголовного дела не заводить? Чтоб статистику не портить?! Не выйдет! Я давеча до самого высокого начальства дошла — и сейчас дойду!

— А может, и не нужно уголовного дела? — вклинилась в ее монолог Надя. — Просто бы узнать: кто он, этот мужик. И почему меня преследует...

— Ага, узнать! С нашей милицией, пожалуй, узнаешь! — торжествующе выкрикнула соседка. — Не уследили они! Сбежал твой обидчик.

— Как сбежал? — ахнула Надя.

— Да очень просто! Как мальчиков, ментов вокруг пальца обвел! Короче, слушай. Привезли его в отделение, а он за сердце вдруг стал хвататься. Вроде как плохо ему. Задыхается, синеть начал! Они поверили! И нет бы в тюремную больницу его — просто «Скорую» вызвали! Представляешь, какая халатность? Или законы говенные. Пока постановления о задержании нет, в лазарет тюремный нельзя. Отправили с ним, правда, какого-то сержантика. Ну, а тот, пока в приемном покое туда-сюда, беготня, покурить вышел. Тем более что мужик этот будто бы совсем помирать собрался, его в реанимацию хотели определять... А возвращается с перекура — нет умирающего. С каталки слез да через приемное отделение и утек!

— Вот это да... — пробормотала Надя.

— Менты, правда, клянутся, что его найдут. Паспорт-то изъять успели, по всем базам пробили и ориентировки уже разослали, из города ему не выехать, в метро не показаться. Но только Москва — она большая, — саркастически молвила соседка. — Хоть год можно *на хазе* отсиживаться. — И триумфально закончила: — Так что не зря я на *ментов* бочку катила. Не умеют они работать. И не хотят.

— Или преступник очень опытный попался, — буркнула Надя.

— Не похож он на опытного, — припечатала соседка. — Я ж его вчера во дворе хорошенько разглядела. Обычный дядька. Одет скромненько. И к тому же глаза у него, знаешь, такие... затравленные. У профессионалов таких не бывает.

— Можно подумать, вы часто с профессионалами общались, — усмехнулась Надя.

— Общаться не общалась, но телевизор-то смотрю! — с достоинством парировала соседушка. — Знаю, какие у них рожи!

Убийственный, конечно, аргумент.

— Кто же он все-таки такой? — вздохнула Надя. — Я поняла: менты его даже допросить не успели?

— Какой там! — отмахнулась соседка. И с любопытством уставилась на Митрофанову: — Но у тебя-то самой мысли есть? За что тебе могут мстить? Кому ты дорогу перешла?

— Да никому я ничего не переходила! — отмахнулась Надя. — Случайность это, и ничего больше.

Не Егор же этого мужика подослал! И не Влад! Теоретически могли, конечно, но зачем?.. За что?

И на самом деле очень даже хорошо, что ей ни в какую милицию сейчас тащиться не нужно. Потому что возникла у Нади одна идея... навеянная сегодняшним сновидением... Совсем бредовая, конечно. От силы полпроцента, что сработает... Но тем не менее... Как там Крестовская говорила? «Лебедь — он все знает...»?

В любом случае проверить надо. А не получится — она хотя бы время интересно проведет.

И Надя, не притронувшись к оладьям, заявила соседке:

— Мне надо позвонить.

— Куда? В милицию? — оживилась та.

— Нет, — улыбнулась Надя.

Увидела на лице Полины Юрьевны неприкрытое любопытство и сжалилась:

— В Главный театр.

— Зачем? — опешила та.

— Узнать, есть ли сегодня утренний спектакль, — проворковала Митрофанова. — У меня как раз выходной, хочу сходить. Душой развеяться. После всех этих милицейских историй...

* * *

Утренний спектакль сегодня был. По счастью, ничего модного, не премьера, куда рвется весь столичный бомонд, — всего лишь выпускной концерт хореографического училища. Интересен, наверно, только родителям учеников, зато билеты дешевые. Надя прежде, если ходила сюда, могла себе только галерку позволить. А тут всего-то за четыреста рублей приобрела билет аж в седьмой ряд партера. И, что важно, место номер один, с самого края.

Думала, зал окажется полупуст, однако, на удивление, почти все кресла были заняты. Неужели это все родители и друзья? И шумно как, совсем не по-театральному. Зрители, пока концерт не начался, активно общались, перекликались, громко беседовали. Попытались и Надю в разговор втянуть — соседка по креслу с любопытством спросила:

— А у вас кто сегодня танцует?

— В смысле? — не поняла Митрофанова.

— Ну, дочка, сын? В каком отделении?

И Наде сразу стало грустно. Неужели она выглядит настолько старой, что ее в наличии детей можно заподозрить? Тем более взрослых, выступающих на сцене?..

— Никто у меня не танцует, — буркнула Надя. — Я просто так пришла.

Но тетку ее ледяной тон не смутил — она понимающе хмыкнула:

— Да ладно: просто так! Наверняка выбирать пришли!

— Выбирать? — опешила девушка. — Кого?

— Да детей наших, — поморщилась тетка. — Куда обычно вы их тащите... Хорошо еще, если в шоу какое-нибудь, в ресторан...

О, как тут у них все интересно! Надя против воли даже заинтересовалась. Спросила:

— А куда еще тащат?

— Даже говорить не хочу, — отмахнулась соседка. — Сейчас спектакль начнется — сами увидите...

Тут как раз и занавес поднялся, и первый номер объявили: па-де-де из балета «Золушка». Партия, насколько Митрофанова помнила, не из простых. Неужели школьники справятся? Хотя какие там школьники — балерина, вышедшая в роли несчастной сиротки, выглядела вполне сформировавшейся девицей, с немалой грудью, не очень-то уместной для балета. («Полная бездарь, — прокомментировала Надина соседка. — Но дочка попечителя нашего. Потому на главные партии и ставят».)

И Митрофанова склонна была с ней согласиться — на приму танцовщица явно не тянула. Не спотыкалась, конечно, но в танце никакой магии. Будто урок отвечает и очень при этом волнуется. И еще явно чувствовалось, что оркестр медленнее обычного играет, чтоб исполнительница успевала в такт музыке попадать.

Зато принц, на Надин вкус, танцевал очень прилично. Кудрявый, обаятельный. Прыгал мощно, двигался уверенно. В зале даже сразу начали «браво» кричать. Странно только, что голоса раздавались исключительно мужские. А Надина консультантша по балетному миру прошипела: «Оживились, гады!»

Митрофанова сначала и не поняла, в чем тут дело. Дошло до нее, лишь когда один из зрителей выкрикнул: «Люблю тебя, котик!», — а принц, выходя на промежуточные поклоны, стал посылать в зал кокетливые, совершенно девчоночьи улыбки. Хотя и молодой, а сексуальная ориентация, оказывается, уже сформировалась. Надины симпатии к парню мигом испарились. Ничего себе клоака!

Митрофанова переждала еще парочку номеров — крепких, но каких-то холодных, без души. И фуэте, и поддержки вроде бы выглядят правильно, но, как сейчас говорят, не цепляет. То ли танцоры молодые просто не научились зажигать зал, а может, не то поколение растет. Не чета великой Крестовской...

Четвертый номер оказался поинтересней. Перед его началом свет в зале погас, а задник сцены вспыхнул мертвенным дневным светом.

«Авангард сейчас будет», — недовольным голосом просветила Надина соседка.

На сцену выбежали танцор с танцовщицей, одетые в облегающие трико, обняли друг друга... На фоне огромного белого экрана — будто графика. Если не талантливо, то по крайней мере необычно. Публика сразу оживилась. А Митрофанова, пользуясь тем, что взгляды всего зала прикованы к сцене, тихонько выскользнула в фойе. Будем надеяться, что сейчас там никого нет.

В фойе действительно никого не оказалось — все служительницы перебрались в зал, наблюдать за молодыми талантами. Лишь великие балерины прошлого грустно взирали с огромного коллажа.

Надя подошла вплотную к картине. Да. Все, как и в ее сне. Уланова, Стручкова, Лепешинская... а вот, с самого бока, Крестовская. И коллаж не прикреплен к стене, а просто стоит к ней вплотную.

Митрофанова оглянулась (не видит ли ее кто?) и осторожно просунула руку в щель между стеной и коллажем. Зашарила по его изнанке. Ерунда, конечно. Не стала бы Крестовская прятать что-нибудь здесь. Хотя... Надя вспомнила: она ведь читала в Интернете, что великая балерина за несколько дней до своей смерти вроде бы посещала театр. Чествовали ее в преддверии дня рождения... Может, она и оставила за картиной какое-то послание?!

«Но не проще ли было просто сказать? Мне, Владу, кому угодно! Нет, действительно старческий бред. Не найду я здесь ничего. Глупый был сон. Пустой...»

Но вдруг ее рука наткнулась на что-то шуршащее. Надя вздрогнула. Вцепилась в предмет. Едва не уронила огромную картину... Щель между коллажем и стеной совсем небольшая, рука, того и гляди, застрянет. А нащупала она, кажется, бумагу. Плотную, вроде конверта. Закреплен, похоже, скотчем. Не порвать бы!

— Эй, что вы там делаете?! — донеслось до нее.

Надя шарахнулась прочь от коллажа, обернулась: к ней поспешала служительница. Ох, некстати...

Надя виновато улыбнулась:

— Да зрение у меня плохое, никак разглядеть не могу. Уланову узнала, Стручкову тоже. А это, сбоку, кто?

— Зрение плохое — носите очки, — отрезала женщина. — А отираться тут нечего.

Что ж, с ней не поспоришь.

Надя сделала вид, что возвращается в зал. Служительница внимательно наблюдала за ней. Неужели придется ждать антракта? Но в антракте к картине точно не приблизишься...

По счастью, прямо у входа в зал расположился мини-буфет, и официантка скучающая сидела. Митрофанова решительно приблизилась к стойке, потребовала:

— Шампанского.

— Триста рублей, — мгновенно подскочила подавальщица.

Ну, и цены у них! В магазине за такие деньги можно пару бутылок купить! А то и три...

Надя безропотно расплатилась. Одним махом осушила бокал.

— Икорочки? Закусить? — любезно предложила официантка.

— Нет уж, спасибо, — едва не поперхнулась Надежда.

Через плечо успела увидеть: служительница, наградив нерадивую зрительницу суровым взглядом, покинула фойе.

Надя бросилась обратно к коллажу. Снова сунула руку в крошечную щель и, едва не порвав бумагу, дернула. Действительно, это был конверт. Запечатанный, но неподписанный. Митрофанова швырнула его в сумочку и поспешила прочь.

Открыла послание уже на улице. И едва не ахнула. Потому что начиналось письмо так:

Если я в ближайшее время умру, знайте: это сделала она. Антонина Матвеевна Пирогова. Женщина, которую я считала своей спасительницей.

Антонина Матвеевна? Та самая безликая скромняга?!

А дальше следовало:

Я жестоко ошиблась по поводу Антонины. Поверила ей. Но она, как и все остальные, помогала мне только ради моих денег. А когда узнала, что я изменила свое завещание и ей ничего не достанется, решила меня убить. А убивать она умеет. Медленно, но верно. Я чувствую себя все хуже, тело слабеет, сознание мутится. Антонина Пирогова — страшный человек. Ей подвластны все средства. Она может вознести человека из небытия, поднять на ноги практически умирающего, но может и погубить. Она пойдет до конца, она меня уничтожит. И я прошу — не ради себя, ради других, кто может встретиться на ее пути: пусть моя смерть не останется безнаказанной.

И подпись:

Л.М. Крестовская.

«Вот это дела...» — потрясенно пробормотала Надежда.

И вытащила из сумочки телефон. Звук, как и положено в театре, она отключала и потому увидела только сейчас: ей пришли два SMS-сообщения.

Первое было от Влада: «*Надя, мне срочно нужно с тобой поговорить. Где бы ты ни была — позвони*».

Второе, почему-то писанное большими буквами и без единой запятой, оказалось от соседки: «*МИЛИЦИЯ БЕСИТСЯ ГДЕ ТЫ ОБЪЯВИСЬ*».

«...А ведь мне теперь есть что сказать в милиции», — просветленно подумала Митрофанова.

И, слава богу, обвинять ей придется не Влада.

Хоть тот и лживый, и разочаровалась она в нем, но все-таки хорошо, что он не убийца.

* * *

Антонина Матвеевна Пирогова

Мою бабку считали первой в округе травницей. Ездили к ней со всех окрестных деревень и даже из областного городка жаловали. Вспоминаю детство, и сразу всплывают запахи: полынь, отвар из папоротника, репешок, спорыш... Мне терпкие ароматы даже нравились, а мама всегда возмущалась. Она, в отличие от бабки, правильная была, все у нее, как положено, все, как у других... Чтоб в доме и телевизор, и стенка, и ковры, и хрусталь на парадные случаи... А когда в доме ребенок, говорила, должно молоком пахнуть. И конфетами. А девочку (меня) чуть не с пеленок ядами окуривают... Хотя мама сама потом признавалась: когда уложить меня не могла, к бабке бежала — за мешочком, набитым валерьяной и хмелем. Кладешь такой под голову — и никаких капризов, никаких колик. Дите безмятежно спит до утра...

А я, когда маленькой была, бабулю настоящей колдуньей считала. Тем более что сказок читали мне много (тоже, как принято в приличных семьях), а в них всегда были картинки. Страшные такие старухи, с крючковатыми носами... У бабушки тоже был крючковатый нос, словно у ведьмы, только мне это не мешало ее больше всех любить. С мамой-то мы не особенно ладили. Слишком она сухой была. И воспитывала меня без души, зато по правилам. Режим, детский сад (хотя до него автобусом полчаса ехать, а дома бабушка есть), книжки по возрасту, ласки — дозированно, по Споку. И по Споку же: если я плакала, мать просто отворачивалась и не обращала внимания... Говорила, что я сама, когда вырасту, ее благодарить буду — за то, что вырастила меня стойкой... А бабушкино воспитание — сплошные слюни.

Ну и, конечно, получилось точно наоборот: мамы я побаивалась, а бабушку свою — обожала. И ее ремесло — тоже. Несмотря на все мамины заверения, что травы — это мракобесие и шарлатанство. Но только какое шарлатанство, если болела я в детстве единственный раз, когда маман взялась мою ангину по науке антибиотиками лечить. Бабушкины отвары пить мне запретила категорически — только свои таблетки. Вот и долечила... Температура спала, зато от любого крошечного сквознячка у меня сразу в горле першить начинало. И так пару месяцев. Я сперва жаловалась, потом перестала внимание обращать. Горло в конце концов прошло. Но голос из-за той давней ангины навсегда остался тихим. В школе потом все время смеялись, что я у доски еле бормочу...

Конечно, я бабулино искусство пыталась перенимать. С раннего детства лечила своих кукол не уколами и таблетками, как остальные девчонки, а отвары для них варила. Сначала бездумно, из любых попавшихся под руку полевых цветов, а потом запоминать стала, что для густых волос совершенно необходима крапива, ранки мгновенно затягиваются, если приложить к ним листок подорожника, а володушка — она для нервов полезна...

Бабушка, ясное дело, очень радовалась, что мне ее дело по душе. Все говорила о том, как замечательно будет, когда я наконец вырасту и ее на посту деревенской знахарки сменю... Но только мне не одни бабушкины таланты — еще и мамино честолюбие передалось. Нереализованное, ей-то за город зацепиться не удалось, институт закончила и обратно в деревню вернулась с ребенком на руках и без мужа. А у меня, я верила, все будет по-другому. И я рецепты настоев-то запоминала, но для себя очень рано, еще лет в десять, решила: никакого мне интереса нет на всю жизнь оставаться в нашей глуши. Мороки много, больных бабуля иногда принимала человек по пятнадцать за день. Но жили мы все равно бедно, потому что якобы настоящая травница денег за свою помощь не берет. Только если кто от души принесет яичек там десяток или курочку. Но народ ведь у нас известно какой: быстро смекнул — раз не требуют, можно и не давать. Жалились бабушке на бедность и что пенсию опять задержали — и часто не оставляли за лечение вообще ничего. А ведь травы не все на окрестных лугах собрать можно. Иные приходилось и покупать. Да еще спирт для настоек всегда необходим, а его в аптеках не продавали, добывать нужно было в районной больничке за немалые деньги...

Ну, а когда я доросла класса до девятого и переняла почти все бабушкины знания, то смекнула кое-что еще. Травы — вещь, конечно, великая. Но есть болезни, против которых они бессильны. Гипертонию, например, одними отварами не возьмешь. И рак, не всякий излечишь. И алкоголизм. Бабуля, кстати, за него и не бралась. Выпивох деревенских лишь рвотным поила, чтоб из запоя вышли. Те после лечения ее дня по три клялись, что больше водки в рот не возьмут, а потом действие бабушкиных снадобий проходило, и начинали мужики кирять по новой...

Потому я решила: травки травками, но надо в медицинский институт поступать. А когда образование получу плюс к бабушкиным знаниям, цены мне не будет. Мама эту мою идею всячески поддерживала, а бабуля — наоборот, меня отговаривала. Убеждала, что я — деревенская и без лесов наших, тиши, одиночества в городском шуме просто зачахну. Никакой институт не спасет.

Но когда юные девушки, преисполненные самых смелых надежд, слушались каких-то старух?.. Конечно же, я закончила школу и отправилась в Москву. Ох, давно это было — в восьмидесятом году... Насчет того, что в институт возьмут, я даже не сомневалась. Как иначе? Любая моя ровесница вывих от перелома не отличит и вообще, увидев кровь, будет не помогать, а орать от страха. А я — легко и головную боль снимать умела, и с артрозами все деревенские бабки давно шли не в амбулаторию нашу, но ко мне...

Только, увы, умения мои в Москве никого из приемной комиссии не заинтересовали. Сдавайте экзамены, сказали, на общих основаниях, и весь разговор. А биологию с химией я знала, как и все в нашей школе, постольку-поскольку. Их у нас вообще один учитель преподавал — и тот каждые две недели к бабуле моей вытрезвляться бегал. Потому провалилась я в институт с треском, но вернуться с позором в деревню мне и в голову не пришло. Торкнулась в медучилище, а туда только москвичей, оказалось, принимают. И устроилась я тогда в больницу, нянечкой. И комнату поблизости сняла. Все бы хорошо, конечно, только за комнатуху попросили сорок тогдашних рубчиков в месяц. То есть больше половины моей зарплаты.

Но я все равно не растерялась. Бабуля, конечно, вольна страждущих бесплатно лечить, а я помогать за десяток яиц уж точно не буду. Сначала, конечно, трудно мне пришлось — кто ж поверит, что деревенская соплячка-нянечка получше многих терапевтов может лечить?! Но я события не торопила, никому свои услуги не навязывала... И с тяжелыми больными тоже не связывалась, только с теми, кто, видела, стопроцентно на поправку пойдет. Одной пациентке с мигренями дикими отварчик свой подсунула — ничем, говорю, не рискуете, только попробуйте! Другой, с сердцебиениями, иное лекарство, настойку желтушника. Третьей, у которой голова все кружилась, тоже травок. Никаких денег поначалу не брала, конечно. Только просила, чтоб ни врачам, ни родным, их навещавшим, — ни слова.

И оклемались мои больные, что одна, что другая, что третья! А слух «о волшебнице из второй терапии, которая на ноги за неделю ставит» по больнице мгновенно разлетелся... И очень скоро я уже вела самый настоящий прием — вечерами, когда почти никого из врачей не было (я-то сама по суткам дежурила). Кому помочь, видела, не смогу — отказывала сразу. Меня еще и уважали за это: мол, врачи — те всегда брешут, что вылечат, даже если случай безнадежный. А девчоночка, считали, честная...

Но излеченных у меня было гораздо больше, чем безнадежных. В Москве-то еще легче, чем у нас в деревне, оказалось. Тут половина болезней от нервов. Потому что шум постоянный и все бегут куда-то... А успокоишь нервы простейшим отваром, который я еще лет в десять варить научилась, — проходят и мигрени, и давление нормальным становится...

Правда, в больнице мне недолго удалось поработать. Народ — он ведь болтливый. Как я ни просила язык за зубами держать, а многие больные не смогли. Пеняли врачам: вы своими уколами весь организм источили, только толку никакого. А санитарочка нас всего-то травками на ноги поставила... Но кто ж допустит — особенно в советские, строгие времена, чтоб в государственной больнице какие-то подпольные шарлатанки практиковали? Вызвали меня к главному врачу, наорали и выгнали с треском. Еще и пообещали, что меня теперь ни к одному лечебному учреждению и на пушечный выстрел не подпустят. Будь я постарше, поопытнее, может, и догадалась бы. Предложила бы тому главному врачу сотрудничество и половину от своих доходов. Но что я тогда — девчонка, восемнадцать лет! Решила: сниму квартиру отдельную и буду там принимать. За пару месяцев-то, что в больнице продержаться удалось, успела себе репутацию создать. Уже не только пациенты, а их друзья, знакомые, родственники ко мне ходили...

Ох, и наивная я была... юная, деревенская! Но до чего же уверенная в себе и в своей правоте: мол, ничего плохого я не делаю! Людям помогаю! И очень гордилась еще, что в отличие от врачей никому не навредила... В нынешние времена, может, и сошло бы мне. Сейчас, куда ни плюнь, попадешь в знахаря. Получают себе лицензии, платят копеечные налоги и живут себе спокойно, людей дурят. Но тогда-то был социализм! Официальная медицина! Шаг влево — сразу в колонию! А у меня ж еще, помимо незаконного врачевания, и предпринимательство получалось, деньги за свою помощь брала!

Слава богу, что в тюрьме не оказалась. Нашлись добрые люди, предупредили, что никак в нашей стране, особенно в столице, светиться нельзя. А если уж и помогать своими травами, то потихонечку, осторожно, только своим...

Ну, я хотя и неопытная тогда была, но не из тех, кто прет напролом, разбивает лоб о бетонную стену. Быстренько свою клинику частную прикрыла, с квартиры съехала. И затаилась. Устроилась на завод, по лимиту. И первый год там вообще сидела тише воды, ниже травы. Иногда сердце кровью обливалось, когда видела, как иные девчонки мучаются. Перед месячными, например, или с похмелья. Но про травы молчала, себя не выдавала. Я к тому времени и еще одно поняла: если помогать подобным мне, маленьким людям, так и останешься на всю жизнь беднотой. А вот если бы найти человека большого, влиятельного — как, например, директор наш — и помогать лично и только ему... Он озолотит! И никакого риска.

А подлечить директора нашего действительно надо бы. Тучный, рожа красная — переедает, и пьет много, и оттого мучается... То на диетах, девчонки болтают, сидит, то от пьянки кодируется. И не ведает, бедняга: он страдает ни за что. Всего-то ему и нужно: арники горной попить, уровень холестерина понизить. И еще моего отвара нового, который я сама недавно придумала. Коли предстоит вечер с выпивкой — принимаешь перед его началом пару ложек. И дальше — милости просим, хоть коньяк, хоть водку, хоть все вместе. А к третьей рюмке чувствуешь — все, не могу. Не идет спиртное. Делаешь глоток — сразу мутить начинает... И останавливаешься. Обидно, конечно, что все вокруг пьяные, а ты трезвый, зато на следующий день голова не болит.

Ох, долго я подбиралась к директору... Он-то, хотя по цехам и расхаживал регулярно, на меня — ноль внимания. Что я ему — стою себе на конвейере, не красотка, глаза всегда долу, голос тихий... Но однажды я все же осмелилась. Как-то, когда шеф совсем уж с дикого бодуна, в понедельник, производство обходил, подошла я к нему. Наплела что-то про свою бабушку-знахарку и про настои ее волшебные... А директору, я видела, очень уж плохо в тот день было — он и рыкнул: «Да давай хоть что. Хотя бы яду!»

И выпил. А через час прибегает снова. Лицом посветлел, глаза прояснились. Быстро, велит мне, в кабинет иди, рассказывай, откуда ты такая взялась... Ну, я рассказала все без утайки. И стала при нем кем-то вроде личной медсестры. Директор и похудел у меня, и выпивать начал разумно, и цвет лица — словно у молодого. А мне соответственно и квартиру выделили от завода, и из цеха шумного перевели в чудесное место — перебирать бумажки в архиве. Ох, и гордилась я своими успехами! Что поделаешь — молодая была, неразумная. Не ведала, что, когда все слишком уж легко дается и гладко идет, жди подвоха. Да и знаний, опыта, конечно, не хватало. Если и читала какие специальные книги, то не по медицине совсем. В институт-то, решила, мне поступать незачем — и так все кудесницей считают. Вот и просматривала только справочники по травам... Откуда мне знать было, что директор наш такой тучный не только потому, что метет все без разбору. И краснолицый — не из-за того, что выпить охотник. У него, оказалось, диабет скрытый. А при диабете если и назначают травы, то очень осторожно и не в таких количествах, как я ему давала...

Вот гром и грянул. Умер директор — внезапно, в одночасье. Разумеется, было вскрытие. Посмертный анализ крови расширенный... И сделало следствие вывод: что виновата в его смерти я... Залечила.

Слава богу, у меня хотя бы ума хватило взять с моего начальника расписку, что принимает он настои по своей воле и, случись что, никаких претензий ко мне иметь не будет. Но все равно — скандал был страшнейший. Завели уголовное дело, мотали нервы, из квартиры заводской, конечно, поперли... Но злого умысла доказать не смогли. Я ж не насильно его поила, сам просил. И ни единого отравляющего вещества в моих травах, конечно, не обнаружили. Арника — не яд...

А когда подписку о невыезде наконец аннулировали, из Москвы я быстрее лани бежала. Затаилась в своей деревне... И хотя бабуля моя к тому времени умерла, а ко мне, по старой памяти, пытались на лечение ходить, я всем отказывала. Хватит уже. В третий раз господь не смилостивится.

Устроилась у нас в колхозе в правление на машинке стучать. И как ни теребила меня мамаша, ни взывала к моему честолюбию, ни гнала в Москву —

с места сдвинуть не смогла. Сломалось во мне что-то. Хотя знания и остались, а уже веры в себя не было. Вроде и знаю, как лечить, а все равно где-то в подсознании червячок точит: а вдруг опять ошибусь? Возьму на себя слишком важную миссию — и не справлюсь?..

Даже когда десять лет минуло, и вся эта перестройка началась, и знахарки стали в столице абсолютно легальные офисы открывать, и я знала, что они, эти шарлатанки, вообще ничего не умеют, только деньги почем зря с людей тянут, все равно в Москву не поехала. Не судьба, значит, не судьба. Только единственного пациента за все эти годы и вылечила, уже при капитализме. Нога у него сохла, и все врачи его лечить отказались — говорили, только резать надо. Левкой мужика звали... Вроде взрослый, отец семейства, а глаза — как у ребенка, испуганные. И лечила я его не за деньги, а потому что пожалела просто. Да еще смешно стало, какими словами он меня о помощи молил: озолотить, мол, не смогу, но, если потребуешь, любое желание твое исполню. У меня-то желаний никаких уже тогда не было, но все равно забавно — такую вроде как волшебную палочку заиметь... Кто знает: вдруг когда пригодится?

А лет пять назад в нашу деревню приехала Магда. Домик себе купила по соседству с моим. Приезжала на лето свежим воздухом дышать. Мы с ней полегоньку общались, конечно. Она ж городская, ничего в нашей жизни не понимает. Я ей и по огороду советы давала, и грибные места показывала. Но никакой дружбы, естественно, не было. Магда — столичная штучка, вращается, как говорила, в высоких кругах, ботиночки кожаные, руки с маникюром, кремы французские. А я — деревенская курица. Снисходила она до меня, да и только.

Все в один день изменилось, когда однажды мы вместе за малиной отправились. Магда-то к лесам непривычная. Когда сквозь бурелом идешь, нужно осторожно двигаться, по шажочку. А она — словно конь, перла, советов моих не слушалась. Ну, и провалилась со своей поступью королевской в волчью яму. Что тут началось: оханье, крик, слезы! Я вытаскиваю ее — она вся исцарапана, и до ноги, кричит, даже дотронуться невозможно, явно сломала! И прямо в истерике бьется, мочи, плачет, нет, а «Скорую» же в лес не вызовешь.

Ну, тут уж не до принципов было. Я, когда далеко от дома ухожу, особый настой всегда сую в карман — для поддержания сил, если, не дай бог, с пути собьешься. Заставила ее выпить. А потом говорю: дай, на ногу гляну. Она вопит: нет, даже не прикасайся! Оставляй меня тут, за подмогой беги! Но выглядит уже получше, говорит потише — лекарство мое подействовало... А за помощью идти — это ж километров пять, да сквозь чащу! Пока найдешь кого, пока обратно вернешься — часа четыре пройдет. Тебя, пугаю, за это время волки съедят! Ну, и уговорила ее. Дала она на свою ногу взглянуть — обычный вывих. Я легонько, осторожно так гляжу, гляжу... А потом дернула. Магда заорала дико и смолкла. Вправила я ей ногу. С первого раза.

И с тех пор отношения наши, конечно, стали уже не соседскими, а вроде бы в дружбу переросли. Магда — женщина въедливая, настырная. Выведала у меня, кто я и что умею. Я ей даже свою коллекцию трав-настоек продемонстрировала... Ну, она восхищалась ужасно, но сначала ничего не предложила.

Сказала, подумать ей надо. А на следующие выходные приезжает и говорит: «Собирайся. В Москву со мной поедешь». Зачем? Как? Ну, она и рассказала. Про подругу свою, великую балерину Крестовскую, которая сейчас старенькая совсем. Еле ходит — артрит замучил. И почки застужены. И с головой уже не очень — забывается... И что ни один из самых академиков известных ей помочь не может.

Я смеюсь: «Так если академики не могут — от меня какой толк?»

А Магда только отмахивается. Я, говорит, тебя раскусила. Ты со своей медициной народной десяток академиков заменишь... Нет, стою на своем, не поеду. А она на меня наседает: «Да ты хотя бы посмотри на нее. Поговори с ней! Увидишь, что помочь нельзя, — развернешься и уедешь».

Ну, и уболтала меня. Встретилась я с балериной. Несчастная, одинокая, больная женщина. Пахала в своем балете, не щадя сил, и, конечно, организм не выдержал. Полностью на ноги ее не поставишь, но лет десять-пятнадцать скинуть можно. И боль в коленках облегчить можно, и от почечных колик у меня отвар есть. И для тонуса жизненного — этот я на своей мамашке, изрядно к тому времени постаревшей, давно опробовала...

В общем, я взялась. И опять, как с тем директором, пошло у меня дело, еще как пошло! Аж страшно было, насколько легко... Балерина моя и спину распрямила, и сама ходить стала — сначала с палочкой, а потом и своими ногами... Головные боли прошли, поясницу ломить перестало. На меня чуть не молится, доченькой называет. И Магда на меня не нарадуется — взяла к себе, в Дом искусств, техничкой, выбила жилплощадь.

Но я все равно боялась, что зарвусь, не справлюсь с балерининами болезнями. Все настои тысячу раз и на себе проверяла, и Крестовской давала осторожно, сначала по ложечке, наблюдала и только потом дозу увеличивала...

Однако престарелая прима уверенно шла на поправку. Единственная беда: платила она мне сущие копейки. Еще, правда, зарплата технички была, но тоже известно, что там за деньги. Я в деревне со своего огорода и то куда богаче жила. К тому же там — дом, леса мои любимые, тишина. А тут — столица, шум, гомон, и квартира у меня была с окнами на Третье кольцо. Восемь полос машин круглые сутки. Впору самой настой от мигрени принимать...

И однажды я не выдержала. Говорю своей балерине: так, мол, и так, Лидия Михайловна, вам уже куда лучше, а настои я и дальше слать буду. Но сама, извините, домой поеду. Невмоготу мне. Думала, она согласится, отпустит. А Крестовская, как всполошится! Нет, умоляет, Тонечка, не бросай меня! Ты мне так помогаешь! Ну, я и брякнула в ответ: «Я-то вам помогаю. А вы мне сколько платите — на хлеб даже не хватает, не то что на нормальное жилье, хотя бы где-нибудь возле парка». Тогда она резво, я уже ее поставила ведь на ноги, в кабинет бросается... И выносит оттуда неслыханной красоты брошь. Ветка изящнейшего плетения, а в центре орел, весь драгоценными камнями усыпанный. А в клюве он держит огромный бриллиант... Я аж ахнула от такого дива. А Крестовская серьезно так говорит: «Вот, Тонечка. Отдать ее сейчас не отдам, слишком дорога она мне. Но завтра же мы с тобой отправимся к нотариусу, и я тебе эту брошь отпишу. Жить мне по-всякому, даже с твоей помощью, не десятилетия — несколько лет осталось. А цена броши миллионы. Будешь мне помогать и дальше до моей смерти, она твоей будет. Уйдешь — тут же завещание изменю. Как и было, на Егорку, домоправителя своего...»

И действительно, отправились мы назавтра к нотариусу, а копию завещания Крестовская мне вручила. И осталась я при ней... Но только странная вещь — пока я почти бескорыстно ей помогала, балерина каждому нашему общему крошечному успеху радовалась. Без палочки стала ходить — праздник. Голова с утра не болит — счастье. Спину не ломит — ты, Тонечка, моя спасительница... А как отписала мне брошь, почему-то сразу придираться начала. И настои мои горчат, и толку от них все меньше, и коленки у нее снова разболелись... Я, конечно, занервничала. Никак понять не могла — то ли она издевается, то ли меня пугает. А то вдруг я, как с тем директором, неправильно ее лечу? И ей на самом деле хуже становится?.. Села я за книги, про балеринины болезни читаю, целыми днями голову ломаю, как свои настои усовершенствовать... Но Крестовская все равно ворчит, изводит меня постоянно, грозится. А Магда утешает: ничего она не сделает, не изменит завещания. Просто характер дурной, как у всех звезд, пусть и давно закатившихся.

Но, оказывается, плохо Магда знала свою подругу. А Люся, домработница, мне призналась. Как-то, когда я в свою деревню уезжала новых трав собрать, Крестовская совсем уж с левой ноги встала. И голова у нее раскалывается, и спина не разгибается. Погода еще плохая, небо серое, дождь, а когда хмарь, все болезни ведь обостряются. Ну, балерина и психанула. Велит Егорке своему: вези меня к нотариусу! Не справляется, мол, Тонька со своими обязанностями!

Никакого толку нет от ее лечения! Ну, а тот — рад стараться. И переменила, подлая, завещание. Все обратно ему отписала. А мне ничего не сказала. Если б Люська, душа добрая, меня не просветила, так бы и не знала я, продолжала стараться да надеяться на сказочное богатство...

И, конечно, меня такая злость разобрала! Ах, ты, думаю, дрянь! Звезда погасшая! Четыре года с тобой вожусь, нервы свои в Москве ненавистной ради тебя порчу, а ты со мной так!

И родился у меня план. Брошь забрать себе. Безо всякого завещания, просто из сейфа благо код мне давно уже удалось подсмотреть. Крестовская, знала, туда не лазит — куда ей сокровища-то такие надевать, стара уже. А саму балерину тоже извести... Аккуратненько. Я ведь ее уже давно как облупленную знаю. Еще два года назад выяснила, что она обычный хмель не переносит — сразу от него слабеет. А от ромашки у нее сердце начинает колотиться. А если цветки ноготков подавать — забывается, чушь всякую несет... Вот и буду ей подсовывать эти все неподходящие травки помаленьку. Месяца не протянет — умрет. И все чистенько, ни одно вскрытие не придерется.

И рука у меня не дрогнула. Брошь вытащила, спрятала в банковской ячейке. И начала потихоньку-полегоньку Крестовскую на тот свет отправлять... Совершенно для себя безопасно. Я ж теперь не убойными дозами действовала, как тогда с директором, когда ему настой арники стаканами давала, а помаленьку. И травы-то — всего лишь ромашка и хмель, они в состав любого успокоительного сбора входят. Из тех, что продаются в аптеках без рецепта. И главное, никто, кроме меня, не знает, что балерина ромашку, хмель да цветки ноготков не переносит. Только время надо, чтоб травы мои подействовали.

Я не сомневалась: доведу свое дело тихо-мирно до конца. Но тут мне не повезло. Припало старухе на своем дне рождения показать брошь этой Наде, невесть откуда взявшейся девице. Полезла она в сейф и обнаружила пропажу. И тут же Люську к себе требует, долго беседует с ней в кабинете... А когда они вышли оттуда — сразу на меня зыркает, подозрительно так... Но ничего не сказала Крестовская в тот вечер. Хотя я, конечно, поняла: угадала она, кто вор... И запаниковала я тогда дико. С одной стороны, доказательств-то никаких нет, никто не видел, как я в сейф лазила. И в квартире у Крестовской народу полно бывало, кто угодно ее ограбить мог, хоть та же Надя, хоть Влад... Но по тому, с каким видом Лидка с Люськой шептались, я поняла: обе они на меня думают.

И пришлось тогда идти ва-банк. Благо я метод знала, давний еще, проверенный. Аконит называется. Мало кто о нем слышал, а ведь он еще со времен Древней Греции известен. Такая легенда есть, будто появился аконит на свет благодаря двенадцатому подвигу Геракла. Когда вошел тот в ад, усмирил злобного пса Цербера и привел его с собой. И везде, где капала ядовитая слюна адова охранителя, вырастал удивительный цветок аконит.

Про растеньице это мне еще бабка моя рассказала. Что у нас в России все считают его ядом смертоносным, но на самом деле у цветка полезных свойств не счесть. В Тибете его даже королем медицины называют. Если употреблять его без разбора — то и правда можно погибнуть. А коли с умом — он от многих болезней вернейшее средство. И от артрита помогает, и от ревматизма, и от сердечных хворей. А уж раны, особенно гнойные, залечивает совсем волшебно. Сначала боль адская, но, коли ее перетерпишь, не смоешь его, любой фурункул прорывается, любая болячка в тот же миг подживать начинает.

Сама бабка, правда, аконитом не лечила. Говорила, и достать его трудно, только где-то в дальних краях он растет, и опасно — пациент умереть может, если дозировку неправильно вычислишь. Но я, когда травами серьезно занялась, аконит в своей коллекции заимела. Аж на речку Амур за ним ездила... И это средство мое помогало. И Левушке. И Крестовской — тоже. От артрита компрессы с ним делала, и для повышения жизненных сил настойку давала специальную: первый день по капельке, на следующий две, и так — до сорока. А потом, тоже в течение сорока дней, уменьшала дозировку — опять до одной капли... Не будь аконита — может, и не исцелила бы я балерину.

Но для себя я всегда помнила одну вещь... Правилом Арндта — Шульца называется. Что в низких дозах ядовитое вещество стимулирует жизненную функцию. По мере увеличения дозировки наступает ее угнетение. А дальнейшее наращивание приводит к смерти.

А у аконита моего любимого еще одно свойство есть, очень ценное. Я надеялась, конечно, что мне оно не пригодится но на всякий случай всегда имела его в виду. Если человек умирает от аконита — этого ни одно вскрытие не вычислит. Не остается он в крови. Только косвенные признаки присутствуют — прилив крови к сердцу, само сердце увеличено, зрачки у трупа сужены. Но только если это человек старый, все однозначно на сердечный приступ и спишут. Есть, конечно, риск, что проведут какое-нибудь очень точное исследование вроде спектрального анализа трупных тканей, но только что мне делать оставалось? Люська на пару с Крестовской ведь явно не сомневались, кто брошь взял... Мне оставалось только рисковать.

И тем же злосчастным вечером я домработнице аконитовой настойки в чай накапала. И все мне удалось: ее смерть списали на обширный инфаркт. И даже вскрытия, вот уж повезло, делать не стали.

Но оставалась еще балерина. До той пришлось подольше добираться. Она как чувствовала — никого не принимала... Но все же мне удалось на пару с Магдой к ней в комнату просочиться. У Магды-то был собственный интерес, она все пыталась у Крестовской на свой музей завещание выбить... Ну, а про мой интерес никто и не знал. Посидели мы вместе у постели нашей престарелой красотки, а потом я Магду на кухню за водой услала, а Крестовской, мне терять уж нечего, челюсть разжала и настойку в рот влила. У меня руки сильные, считай, всю жизнь в деревне прожила. Балерина даже пискнуть не успела.

И подействовал мой аконит точно так же, как и должен был. Крестовскую сразу в жар бросило, задышала часто, глаза кровью налились... А в этот момент Магда с кухни возвращается. Спрашивает испуганно: «Что это с ней?» Старушонка рот раскрывает, что-то сказать силится — только уже ничего не выходит. Аконит — он сначала возбуждает, а потом очень быстро парализует нервную систему и сердечные узлы. И речь пропадает. Раскрывает рыба рот — и не слышно, что поет...

Ну, я Магде и говорю: «Да ничего страшного, просто устала она. Наверняка уснет сейчас...» Крестовская и правда глаза закрывает и на подушки откидывается. Вроде как задремала. Магда — она ж не профессионал, не определит, что балерина, как врачи говорят, в терминальную стадию вошла... Может, еще и сумеет что-нибудь квакнуть перед смертью, но уже явно бессвязное. Мозг поврежден безнадежно.

...Но вскрытия в этот-то раз я ох как боялась. Хотя и написано во всей литературе, что смерть от аконита можно определить, только если есть указание на то, что погибший этот препарат выпил, — а все равно было страшно... Но только опять все мне с рук сошло. У меня как гора с плеч упала, когда я узнала, что тело покойной Егору Егоровичу выдали, и он его, выполняя волю Крестовской, быстренько огню предал. Все, концы в воду! А что Магда всю эту возню вокруг убийства развела — это мне даже на руку было. Подозревала-то она одного человека, и исключительно домоправителя! Ну, и пусть он в тюрьму отправляется, мне не жаль!

Не ожидала я, что Магда настолько настырной окажется. Вроде бы ясно все: убийца — Егор. Погубил балерину ради роскошной квартиры. Прокуратура начала проверку. А Магда все никак не успокоится, продолжает копать. Да еще и молодняк этот, Надьку и Влада, в свои игры втянула. А они-то поумнее ее будут. Могут и догадаться, что к чему...

Только не такие уж они оба оказались и умные. Надечка, библиотекарша наша, хотя и защищала Егорыча, а документ против него все равно подписала. Ну, а у Влада другая забота. Он ведь на брошь — мою! — тоже нацелился. Сначала у балерины ее пытался выцыганить, потом — разыскивал... Да и Магда вроде бы потихоньку успокаиваться стала... А в то утро злосчастное, когда я полы, как положено, в Доме искусств мыла — вожу тряпкой около Магдиного кабинета и вдруг слышу, как она по телефону с кем-то разговаривает. Возбужденно так, в своей манере: «Да вы что? Неужели правда?.. В ее крови обнаружили аконит?!»

Я, конечно, остановилась, замерла. Слушаю дальше. К косяку дверному ухом прижалась — Магда тон сбавила. И повторяет тихонько за своим собеседником: «Да-да, я понимаю... Улики косвенные... Но вы точно уверены, что это аконит, а не что-то другое?.. Не белладонна, например?»

Ну, тут у меня сразу душа в пятки. Потому что Магда — та ведь знала как раз, что я Крестовскую аконитом лечу... И вдруг кто-то ей говорит, что аконит, возможно, причиной смерти стал...

Терять мне было нечего. Я тут же в подсобку, там у меня, среди прочего инвентаря, нож имелся. И в кабинет к своей, так сказать, подруге... А она с кем-то опять по телефону беседует. Увидела меня — побледнела, быстренько разговор свернула. Смотрит так затравленно — нож в руке моей увидела. Но говорит презрительно, будто и не боится: «Я-то думала — ты ее лечишь. А ты ее травами своими, оказывается, убивала...»

Ну, я как заору: «Да что бы ты понимала! Не убивала я ее и не убила бы никогда! Крестовская сама виновата!» И требую: «С кем ты сейчас говорила?» А Магда бесстрашно так отвечает: «С медицинским экспертом я говорила. И он мне сказал, что трава твоя, аконит, Лидочку и погубила. Все теперь я знаю. Как ты могла?! Я тебя человеком считала. А ты, оказывается, тварь».

Ну, не объясняться же с ней! Я и ударила. С первого раза — в сердце. Магда только прохрипеть успела: «Зря...» А потом, когда глаза уже закатываться стали, еще добавила: «Надя... знает...»

Я едва не застонала. Неужели Магда успела сдать меня проклятой библиотекарше?! Тогда, получается, напрасно я старалась...

Силы совсем меня покинули. Даже думала с повинной идти... Но удержалась.

Помчалась к Митричу, вахтеру нашему. И говорю ему: меня в Доме искусств сегодня не было, ясно?!

А Митрич — он на меня молится после того, как я его от подагры избавила. И знает прекрасно, что без моих настоев он и дня спокойно не проживет, снова начнет адскими болями мучиться...

Ну, старик испугался, конечно. Но меня не выдал. Еще и додумался Егорку подставить. Будто видел его в то утро в Доме искусств... Митрич Егорку-то крепко не любил — его многие не любили за то, как грубо он с Крестовской обращался. И главное, что все свои богатства она ему завещала...

Ну, а я — быстренько вон. И второй раз приехала в Дом искусств только в десять.

Видела, кстати, как Надька с допроса вышла — подавленная, бледная... Но за мной менты почему-то не поспешили. А потом я еще и услышала обрывок фразы, один мент другому сказал: «Егора этого, похоже, закрывать надо...»

Получается, не выдала меня Надька? Или Магда наврала? Не успела библиотекарше ничего рассказать?

Но рисковать я никак не могла. Оставишь Надьку живой — вечно потом будешь дрожать: знает она, не знает? А вдруг знает — и, когда я расслаблюсь, шантажировать меня начнет?!

Но убивать ее я сама не решилась. Я ведь в душе не убийца, просто обстоятельства так сложились...

Тут и вспомнила я про своего Левушку. Которому ногу когда-то спасла... И про обещание, что тот мне дал. Давно небось забыл о нем, лет семь уже минуло, но человек он, я его сразу раскусила, обязательный. Объявлюсь, скажу, что надо — конечно, он начнет ужасаться и ахать. Но то, что я попрошу, исполнит.

Вот и поручила ему: убрать с моей дороги эту девицу. Кто ж знал, что исполнитель мой таким козликом окажется. Пошел к Надьке первый раз — так дверь квартирную вскрыть не смог, соседка его, видите ли, спугнула... А тут мне как раз и Митрич, вахтер наш из Дома искусств, звонит. И говорит: та девица, мол, приходила... Про вас спрашивала — была ли на работе в то утро?!

Митрич, конечно, меня и в этот раз не выдал, ему собственное здоровье куда милее, чем справедливость. Но я совсем испугалась. Звоню своему Левушке, ору: «Давай действуй!»

Ну, он еще раз попробовал. И опять, как дурак — у подъезда Надьку подкараулил, напал на нее и сразу ментам попался... Да потом еще и затеял всю эту историю с побегом... Убегать бы убегал, это правильно, но не к родному же брату!

Конечно, на следующий же день его взяли. И сдал он меня, разумеется, сразу... Вот тебе — и сдержал слово... Что ж, не зря говорят, что волшебные палочки только в сказках бывают.

И в кабинете Магды я, конечно же, наследила... Хотя нож и не нашли, но теперь ведь ворсинку с одежды достаточно оставить, чтоб прижали...

Не повезло.

Но только я как считаю: с одной стороны, я напортачила, конечно. А с другой — это Крестовская, дрянь, меня вынудила. Я ведь с ней по-хорошему, и ради нее в город переехала, и на ноги ее поставила, и возилась по-всякому... А она, звезда проклятая, как себя повела?! Вот и наказала ее — не я, а судьба. А держала бы танцорка свое слово, оставила б мне драгоценность, как обещала, до сих пор бы жила. Лет бы до ста доскрипела, с моими-то настоями...

За Магду наказывайте. Виновата, нервы не выдержали, вспылила... Но что Крестовскую я на тот свет отправила — никто не докажет. А я признаваться не дура. Потому что есть в этом высшая справедливость. Балерина свою смерть заслужила.

* * *

Антонина Пирогова в убийстве Крестовской так и не призналась. Брошь генерала Маркова тоже не нашли. Антонина Матвеевна упорно стояла на своем: не видела, не брала. Она вообще защищалась отчаянно: письмо балерины назвала клеветой и старческим бредом, показания своего бывшего пациента Льва Турчина — инсинуацией. Стояла на своем: не поручала я ему ничего, он эту девчонку по собственной инициативе убить пытался! А почему — откуда я знаю... И даже результаты посмертного анализа крови балерины, показавшие наличие аконита, Антонину Матвеевну не смутили. Пирогова охотно призналась, что давала Крестовской препарат. Но уверяла, что исключительно в лечебных целях и в минимальной дозировке. Прекрасно, видимо, знала, что доказать отравление аконитом очень сложно. Посмертный анализ может только его присутствие в организме показать, но не определить концентрацию. Возможно, помогли б эксгумация и более тщательное исследование всех тканей, но тело Крестовской, увы, было предано огню.

Потому, как сообщил Наде все и всегда знающий Влад, судить Антонину Матвеевну будут только за убийство Магды. Тут уж она спешила, в кабинете улик оставила достаточно... Но единственное убийство, да еще в состоянии аффекта, — это не больше семи лет. И главное, брошь все равно останется при ней.

...И Влад по этому поводу, конечно, страшно переживал.

А еще его явно задевало, что Надя по-прежнему оставалась безразличной к его ухаживаниям. Хотя сейчас, когда она твердо знала, что Влад — не убийца, он нравился ей гораздо больше, чем раньше. Галантный, умный, богатый... Но только злосчастная брошь словно расколола их отношения. Надя постоянно ловила себя на мысли: пусть Шипов чист перед законом, она все равно ему не верит. Как ни старается Влад красиво ухаживать, дарить цветы и приглашать ее в рестораны... Но... Надя ничего не могла с собой поделать. Ей все время казалось: обманывает ее Влад. Говорит одно, а на самом деле на уме у него совсем другое. А когда тот улетал в свою Америку и спросил, не хочет ли она с ним поехать, Надя без раздумий ответила: «Нет. И не звони мне больше, и не пиши».

И, прогнав Влада, весь вечер смотрела в одинокой своей квартире старые балеты с блистательными партиями в исполнении Крестовской... И, хоть знала, что балерина мертва и какую страшную смерть она приняла, все равно ей завидовала. Безупречно красивой, счастливой и молодой...

И по-прежнему ждала, что ее настоящая любовь, Дима, вернется.

Чужая тайна фаворита

рассказ

Даже у гения бывают ошибки. И у президента. И у благотворителя. Давно известно: богачи раздают свои миллионы с единственной целью — замолить грехи.

Конечно, ошибки бывали и у меня — не гения, не правителя, не мецената. Обычного человека. Я не стану оправдываться. Просто задам вам вопрос. А вы сами были молодыми? И неужели никогда не теряли голову — от любви ли, от ненависти или потому, что элементарно перебрали со спиртным? И вас никогда не охватывало желание перевернуть этот мир, взорвать его скучные, мещанские устои? А возможно, вас предали, и вы мстили. Или, не выбирая средств, завоевывали чью-то любовь. Еще ведь бывают роковые случайности. Когда, допустим, вы за рулем, за окном темный вечер, и дождь со снегом, и на дороге слякоть, а вы устали и, конечно, даже не подумали протереть перед поездкой фары... И, скорее всего, вам повезет. А если нет? Если на ваше небрежение наложится еще одна случайность, роковая — какой-нибудь шустрый ребенок, которому лень дойти до пешеходного перехода? И все, готово. Да что рассказывать! Прокатитесь, ради интереса, до ближайшей к вашему дому колонии и увидите сами, сколько там обычных людей. Которым просто не повезло. Неудачливых водителей. Или врачей, кто поставил — не со зла! — неправильный диагноз. Или, скажем, бухгалтеров, чья единственная ошибка лишь в том, что они слишком доверяли начальникам...

Да и живем мы с вами отнюдь не в тихой, респектабельной Европе. Это у западников все незыблемо и стабильно. Люди по тридцать лет честно выплачивают кредит за дом и традиционно заканчивают жизнь в чистеньких, пахнущих розами приютах. В тех же самых, где когда-то доживали свой век их собственные родители. А у нас — то коммунизм, то перестройка. То путч, то кризис. И боги меняются кардинально: только что был Ленин, и все равны. А потом вдруг сразу: золотой телец, и если ты без денег, то подыхай, никого не волнует.

Случись сейчас Страшный суд, безгрешным не признают никого. Причем те, кто отбывает наказание по закону, окажутся не самыми страшными преступниками. В тюрьме сидят неудачники. Или глупцы. А грешившие расчетливо и обдуманно как раз преуспевают. И более всего успешны те, кто шел к своим целям напролом. Кто не оставлял свидетелей и не брал пленных.

Потому и я не собираюсь всю жизнь каяться из-за своего единственного, по глупости случившегося, проступка. Да, получилось подло. Да, пострадали люди. Но что наша жизнь, как не череда ошибок?..

* * *

Я предан своему хозяину безусловно.

Я принимаю, что шеф жесток, часто груб. Может вскипеть, накричать. Даже убить. Имеет право. Невозможно иначе — коли управляешь огромной империей, то в ней, как в любом государстве, достаточно и врагов, и вредителей, и просто лентяев.

Но даже у столь сильного, неординарного человека есть своя ахиллесова пята. Его сынок. Матвей. Вот уж кто полная противоположность отцу! Нерешительный, трусливый, подленький. Даже и выглядит, будто неродной: хлипкий, сутулый, близорукий. Только если шеф, несмотря на всю свою занятость, два раза в неделю обязательно качает мышцы в спортзале, то Матвейке подобного и в голову не приходит. Зачем? И без того вокруг вьется полно девчонок — из тех, кто наслышан о папочкиных богатствах и только и мечтает наложить на них свои цепкие лапки.

Я не вправе осуждать своего начальника, хотя, возможно, ему и следовало в свое время уделять сыну больше внимания. Заниматься с ребенком, пока тот рос, читать ему книжки, брать на футбол. Но когда твой день расписан по минутам с семи утра и вплоть до полуночи, трудно возиться еще и с ребенком. Да и Матвея, я думаю, никакие занятия с папой не спасли бы. Он порочный от самого рождения. Природная отбраковка, генетический сбой. Я начал вытаскивать его из разных передряг уже в школе. Прогулы, драки, мелкие кражи... А со старших классов — еще и выпивка, «травка», проблемы с девчонками... С ними у Матвейки никогда не получалось. Постоянно откупался от каких-то беременностей, менял номера мобильников, прятался по друзьям. А иногда и вовсе просил, чтобы его очередную соплюшку выгнал я. Начальник охраны отца...

Шеф, умный человек, конечно, понимал, что за ничтожество на самом деле его сын. Но никогда не отступался от Матвея. Даже когда тот, залив глаза, сбил на отцовской машине пешехода. Или, тоже спьяну, перебил витрины в роскошном бутике. Скольких моему боссу это стоило нервов, и седых волос, и денег, конечно... Но что поделаешь: голос крови. Родной сын. Не наплюешь, на зону не сбагришь.

И даже последним — самым последним! — желанием шефа было не сохранить и приумножить империю, но отомстить за сына. За никчемного, не сделавшего за всю свою жизнь ни единого доброго дела Матвейку.

А воля шефа, даже если я с ней не согласен, для меня закон.

* * *

Сидеть бы Полине всю жизнь в серых мышках, да случай помог. Или не случай, а то, что она с людьми умела ладить? Всегда и выслушает, и посочувствует человеку искренне, от души. И никогда ничьих секретов не выдавала.

Чужая тайна в итоге ее и вывела — из полной безвестности в круг влиятельных и богатых. Даже не пришлось никого предавать или подсиживать, все как-то само собой сложилось и завертелось, быстро, словно снежный ком...

Началось все с того, что на своей прежней скучной работе Полина подружилась с Анастасией. Хотя Настя по всем статьям в подруги ей не годилась. На десять лет старше, из богатой семьи в отличие от самой Поли, замужняя, да еще и заместитель директора. То есть — непосредственная начальница. Дружить с шефиней — путь скользкий, в жизни полно примеров, когда недавних фаворитов выгоняют с волчьим билетом. Но то ли Полине начальница попалась порядочная, то ли она сама вела себя безупречно. Несмотря на приятельские отношения, приказы Анастасии Евгеньевны исполняла беспрекословно, ни разу с работы не отпросилась, больничного не взяла. А главное, всегда держала при себе секреты, что порой поведывала ей леди-босс.

Не какие-то особо страшные, конечно. Ну, муж — самодур и ревнивец... Родители — зануды... Сестра — выпивоха... Главная же беда начальницы заключалась в том, что у нее никак не получалось завести ребенка. Вроде и никаких особых диагнозов, и врачи ее наблюдали самые лучшие, но только уже тридцать семь, а результата никакого, и с каждым месяцем шансов все меньше.

И хотя сама Полина о детях совершенно не мечтала (да и глупо о них мечтать, когда еще молода, а мужа нет и не предвидится), шефиню всегда выслушивала внимательно. Сочувствовала. Подсказывала. Пусть не особо в теме, но голова-то на плечах есть! И особенно поддерживала начальницу в те моменты, когда та совсем уже готова была сдаться и с надрывом в голосе убеждала Полину (а главное, саму себя) в том, что обойдется она и без ребенка, раз всевышний не дает...

А Полина Анастасии Евгеньевне всегда возражала. Ладно бы та какой-то совсем больной или неспособной к зачатию была. Но зачем опускать руки, если еще не все пути испробованы и медицина развивается с каждым днем? Хочешь дитя — так борись за него!

Полина и натолкнула начальницу на идею: коли не выходит родить самой — нанять суррогатную мать.

— А что такого, Анастасия Евгеньевна? Денег у вас с мужем, к счастью, хватает. Ребенок генетически будет ваш. К тому же удобно: не надо живот огромный таскать и всякую полезную пищу есть. Да и курить можно не бросать, и рожать не придется... Были б у меня возможности, как у вас, я бы и безо всякого диагноза себе суррогатную мать взяла. Просто так. Чтобы самой не мучиться.

Сначала шефиня от нее просто отмахивалась, продолжала стараться сама. Потом начала прислушиваться, собирать информацию в Интернете, а еще спустя пару месяцев позвала Полину в ресторан для серьезного разговора. Заказала дорогущий коньяк, а когда махнули по первой, торжественно и тихо произнесла:

— Поздравь меня, Полечка. Я беременна. — Осушила еще одну рюмку, грустно усмехнулась и добавила: — То есть не совсем я, конечно...

Далее последовал рассказ о множестве анализов, манипуляций и процедур (Полина выслушала единым духом, хотя почти ничего не поняла.) Многократно повторяемые просьбы, чтоб никому, ни при каких обстоятельствах ни слова. А потом шефиня вдруг произнесла, строго, словно они не в ресторане, а в офисе:

— И еще. Мне твоя помощь нужна. Не по твоей специальности, конечно, но больше мне обратиться не к кому.

Полина обратилась в слух, а начальница продолжила:

— Ты, я давно убедилась, человек надежный. И располагать к себе умеешь, как никто. Познакомься, пожалуйста, с моей, — начальница слегка запнулась, — так сказать, мамашей. Подружись с ней, если получится, а у тебя получится, я уверена. И последи. А потом мне все расскажешь.

— Расскажу? О чем? — не поняла Полина.

— Да как ведет она себя. Не выпивает ли? Не курит? А то ведь девица молодая, ветер в голове, и ребенок чужой — что его беречь?..

— Я попробую, конечно... — растерялась Полина. — Но что делать, если она, та женщина, не захочет?

И тут уж начальница показала, кто здесь главный. Брови слетелись к переносице, голос окончательно заледенел:

— А ты сделай так, чтоб захотела. Считай это командировкой. Очень ответственной.

И поведала Полине свой план: она ее вроде как своей домработницей нанимает, на два раза в неделю. Но только задача будет — не убирать, а беременную девчонку пасти, благо та в квартире у начальницы живет, в гостевой комнате. Выслушивать все ее жалобы и докладывать обо всех прегрешениях.

Задание начальницы Полину, разумеется, огорошило. Хотя, если посмотреть: новая работа никак не скучнее, чем ее офисные обязанности. А зарплату Анастасия даже и прибавить пообещала. Вдобавок приятно, что во всей фирме никто ни о чем даже не догадывается, а ей такое доверие...

И девушка внимательно взглянула на светящуюся от радости шефиню:

— А вы не боитесь, Анастасия Евгеньевна, что я вас подведу?..

— Боюсь, — не стала отрицать та. — Но других кандидатов все равно нет. Любой — кроме тебя — может выдать. Сама представляешь, какие могут начаться сплетни, при моем-то статусе... А так — родила и родила.

— А как же... ну, животик, роддом и все такое? — заинтересовалась Поля.

— Не проблема, — отмахнулась начальница. — Буду имитировать беременность, это несложно. Месяцев с трех — свободная одежда, а потом — в специальное ателье. Есть в Москве такое, где накладные животы делают — от совсем маленьких до огромных.

— Но я... я ведь совсем ничего не понимаю в беременности... — прошептала Полина.

— Дело нехитрое. И вообще: сама меня на эту идею натолкнула — вот теперь и расхлебывай, — улыбнулась Анастасия Евгеньевна. — Вопрос все равно уже решен. Завтра с утра вместо работы поедешь ко мне домой.

Вот так жизнь и столкнула с молодой украиночкой, веселушкой и хохотушкой Аллочкой.

...Сначала девчонка с новой якобы домработницей держала себя напряженно. Когда столкнулись в первый раз в кухне, отпрянула испуганно, пролепетала:

— Я... я сейчас уйду. Я только водички попить.

А Поля (одетая, как и положено домработнице, в старые джинсы и линялую футболку) лишь фыркнула:

— Да делай что хочешь! Только под ногами не путайся, я сейчас пол мыть буду...

Хотя и говорила шефиня, что на самом деле убирать не надо — Полина по-своему решила. Глупо сложа руки сидеть — хохлушка ведь что-то заподозрить может, если она просто бездельничать будет! Да и к домашней работе Полина привычная. Давно для себя открыла: если пол месяц не моется — потом его и не ототрешь, грязь намертво въестся. Поэтому в собственной квартире порядок наводила регулярно. Не сломается, если и у начальницы уберет — за офисную-то зарплату!

...В первый день особо не пообщались — украиночка схватила бутылку с минералкой и заперлась в своей комнате. Даже пообедать не вышла. Поля отметила, что не самое умное поведение: сидеть целый день в духоте, перед телевизором, да еще и голодной. Но начальнице пока что ничего не сказала. Наоборот, похвалила Аллочку: «Молодец девчонка. Такая серьезная, аккуратная, ответственная...»

И уже в следующий Полинин приход беременная хохлушка предложила ей кофе: «Хозяйка не разрешает, говорит, нельзя, но я без кофеина не могу. Пришлось за свои деньги покупать. И прятать в чемодане...»

— Подожди, я не поняла, — прикинулась дурочкой Полина. — А почему тебе кофе-то нельзя?

— Да я ж для Анастасии Евгеньевны ребенка ношу, — мгновенно раскололась девчонка.

Сболтнула и только потом испуганно залепетала:

— Ой, только ты не выдавай хозяйке, что я тебе сказала... Она вообще-то просила, чтоб я — ни слова...

— Да не скажу я! — хмыкнула Полина. — Я ж, как и ты, наемный работник. Тоже на Настю пашу. Зачем нам друг друга подводить? — И прикинулась дурочкой: — Но я не поняла, объясни. Ты, в смысле, своего ребенка родишь и потом Анастасии отдашь?..

— Вот темнота! — всплеснула руками хохлушка. — Зачем ей мой-то ребенок нужен? Нет. Я у них с мужем вроде как живой инкубатор. Ребенка в пробирке зачали, а подсадили мне. А чего — деньги есть, почему бы не заплатить, чтоб за тебя с брюхом потаскались? Я Настену прекрасно понимаю. Думаешь, приятно, когда тошнит, и ноги отекают, и все лицо в пятнах?.. Да еще и рожать, бр-рр... Я после первых родов неделю в реанимации провалялась.

— Чудеса... — вздохнула Полина. — Никогда не слышала, что можно нанять кого-то, чтоб тебе ребенка выносили...

— Да откуда тебе слышать? — снисходительно хмыкнула Аллочка. — Ты, как и я, уборщица, черная кость. Это только буржуи с жира бесятся.

— Слушай, а много за такое платят? — заинтересовалась Полина. — Может, мне тоже наняться?..

— Да гроши платят, — отмахнулась украиночка. — Даже квартиры нормальной не купишь. Причем не в Москве — на Украине. А гонору, придирок всяких — выше крыши. Вон, последняя фенька: Настька требует, чтоб я каждый день по два часа гуляла! Типа чтобы ребенку кислород поступал. Больно надо мне! По этой вашей Москве бродить, да еще и без копейки в кармане!..

— Ну, и не гуляй, — пожала плечами Полина. — Хозяйка ведь все равно не узнает.

— А если консьержка заложит, что я дома весь день сижу? — вздохнула Аллочка.

Полина задумалась. А потом предложила:

— А ты знаешь, что сделай? Я тут в газете вычитала: в Америке сейчас теория, что ребенок еще в пузе должен к прекрасному привыкать. Ну там классику слушать, на картины смотреть. Вот и скажи своей хозяйке: пусть она тебе денег выделит, на музеи там, на консерваторию. Ты вроде как будешь это ее отродье... одухотворять, вот. А на самом деле никто ж на симфонии ходить не заставляет. Программки читай или журнал «Досуг», чтоб не попасться, если спросит. А деньги себе оставляй.

— Слушай, отличная идея! — загорелась хохлушка. — Только, может, лучше попроситься, чтоб в Египет отправила? Морские ванны разве не полезно?..

— Не согласится, — покачала головой Полина. — Лучше не рискуй.

— А чего? — упорствовала Аллочка. — Чем морской пейзаж хуже консерватории?

— Ну, во-первых, перелет, — начала загибать пальцы Полина. — Новая еда непривычная. Врачей опять же нет поблизости... Да и к тому же попросишь консерваторию — тут уж начальница точно поверит, что ты о ребенке ее печешься. А скажешь, что на море хочешь — решит, что лично ты оборзела...

— Да, правда, — вздохнула девица. И с интересом взглянула на Полину: — А ты молодец, башка варит, что надо! И чего в домработницах паришься?..

— Образования нет, квартиры нет, родители болеют, — быстренько соврала Полина.

...А начальнице по-прежнему продолжала говорить, что суррогатная мать ведет себя правильно, ребенка бережет и никаких нареканий не возникает. Но выгораживала Аллочку не по доброте душевной, конечно. Просто считала: если уж обвинять — то с серьезными к тому основаниями. А пока что Аллу можно было упрекнуть лишь в том, что та не слишком умна. Но ведь суррогатной матери и необязательно быть Бисмарком — ее гены ребенку не передаются...

И Полина продолжала два раза в неделю прибираться в квартире шефини — и обязательно при этом болтала с беременной. Она теперь уже сама к Полине бежала, едва та на пороге появлялась. Скучно ей было в пустой квартире сидеть, да и права начальница — Поля действительно умела располагать к себе людей.

За месяц почти подружились — и выпивали вместе (Полина потом обязательно напоминала Алле, что нужно зажевать «антиполицаем»), и покуривали на балконе (всегда присев за перилами, чтобы не приметили соседи), и косточки начальнице перемывали, причем говорила, разумеется, Алла, а верная себе Поля лишь слушала да кивала...

И в какой-то момент Аллочка стала доверять ей до такой степени, что поделилась своими планами. Якобы она точно знает: никакого права на ребенка, который родится, у начальницы нет. И в роддоме можно не писать, как договорились, отказную, а заявить, что она оставляет новорожденного себе. Но на самом деле не оставлять, конечно («Зачем мне лишний рот, да еще и чужой?»), а просто выбить под это дело солидную прибавку к гонорару...

— Идея неплохая, — осторожно произнесла Полина. — А Настена точно заплатит?..

— Куда денется? — хмыкнула в ответ нахалка. — Уже всем о беременности, вроде как собственной, раструбила, штаны на резинке носит. Заплатит, да еще и рада будет, что легко отделалась! А я хотя бы квартиру куплю человеческую!

...Но Полина даже и после этого откровения начальнице доносить не спешила. Неделю целыми ночами сидела в Интернете, читала законы, общалась на форумах... И поняла, что хохлушка абсолютно в своем праве. В России кто родил — тот и мать, даже экспертиза ДНК делу помочь не может. Потому что никто не заставит Аллочку на эту экспертизу идти, если она сама не захочет.

И нельзя сказать, что Полина в сложившейся ситуации сочувствовала исключительно Анастасии. Наемную мамашу тоже можно было понять: платила той шефиня и правда копейки, да еще и придирками изводила... А нагрузка на организм серьезная. Да и морально тяжело. Как ни бахвалится хохлушка, что ей на чужого ребенка плевать, но ведь привыкаешь, когда тот долгими месяцами в животе толкается. А когда родится — даже обнять не дадут. Забирай свои несколько тысяч долларов — и пошла вон.

В общем, и Настя, и Алла — обе по-своему правы. Только каждая считает, что ее прав больше. И отношения никак не урегулировать.

Тогда Полина, вспомнив краткий курс юриспруденции, что давали в ее институте, и на полную катушку включив здравый смысл, составила проект контракта. Я, такая-то (именуемая в дальнейшем заказчик), обязуюсь сделать то-то и то-то. Заплатить — сначала аванс, потом гарантированный ежемесячный платеж, а основную сумму — лишь по факту не родов, но отказной на ребенка. Я, исполнитель, гарантирую се-то и се-то... Не употреблять спиртные напитки, не курить, не препятствовать оформлению свидетельства о рождении на чужое имя, не разглашать тайны. Каждый доказанный факт нарушения того или иного обязательства влечет наложение штрафа.

А потом предъявила договор своей начальнице.

Та прочитала и схватилась за голову:

— Алка что, курит?.. И пьет? С моим ребенком в животе?..

— Ничего этого она не делает, — твердо произнесла Полина. — Но если захочет — будет. И вы на нее только накричать и вправе, а это не поможет. И вообще, я удивляюсь: вы — цивилизованный человек и специалист блестящий, а в своем личном — и очень важном деле! — идете наобум...

— Да, Полина, — вскинула на нее просветленный взор шефиня. — Не ошиблась я в тебе. Ты действительно не глупа... Хочешь, я заплачу тебе за этот контракт? По ставке наших юристов из консалтинга?

— Не откажусь, — улыбнулась в ответ девушка. Она знала, что юристы из консалтингового агентства драли с их фирмы три шкуры.

Поля пока что не стала говорить начальнице о своих планах. Дождаться, пока наследник (или наследница) Анастасии Евгеньевны появится на свет, а потом уволиться и зарегистрировать собственную фирму. И станет ее фирма оказывать услуги по суррогатному материнству. Сопровождать весь процесс — от подбора суррогатной матери до оформления свидетельства о рождении. Ничего подобного в стране — на данный момент — и близко нет. И большого начального капитала не требуется — только офис снять, да и все. Даже лицензию получать не надо.

А в том, что клиентов у нее будет немало, Полина не сомневалась.

Бесплодных пар в России десятки тысяч. А помочь им и некому.

* * *

Начинала Полина с комнатухи в полуподвале. А теперь, пять лет спустя, принимала клиентов в солидном офисе. Все, как положено: несколько комнат, самый центр города, евроремонт, компьютеры, умиротворяющие золотые рыбки в аквариуме. В штате состоят и бухгалтер, и секретари, и менеджеры. А еще врачи, юристы, даже психолог.

Для того чтобы появились первые клиенты, Полине хватило нескольких отзывов в Интернете. Их по собственной инициативе оставила ее первая клиентка, Анастасия Евгеньевна. Анонимно поведала на детских сайтах свою историю и дала Полине самые лестные аттестации: *честная, исполнительная, ответственная и берет совсем недорого...*

И уже на следующий день в ее фирму начали звонить. В основном, конечно, беспокоили любопытные, сумасшедшие, воинствующие православные и обычные хамы. Но последовало и несколько запросов от потенциальных родителей. А уж кандидаток в суррогатные матери оказалось столько, что впору конкурс объявлять.

Полина его и объявила. Девчонок, желавших вынашивать чужую беременность, сначала расспрашивала по телефону, а на собеседование вызывала едва ли одну из пяти. Неадекватных, откровенно глупых, тех, кто старше тридцати пяти или прежде никогда не рожал, отсеивала сразу. Да и в дальнейшем проводила отбор куда как тщательно: требовала принести справки о несудимости, заставляла сдавать анализы... И даже тех, кто по всем статьям вроде бы подходил, иногда отбраковывала. Без объяснения причин. Лишь потому, что интуиция подсказывала: ненадежный человек. Пока все хорошо — сладкий. А пойди что не так — подведет и предаст. Собственному шестому чувству Полина доверяла абсолютно. Лучше уж перестраховаться, чем потом, когда пути назад уже не будет, подставить и биологических родителей, и себя.

Она и с заказчиками (хотя тех на первых порах не так много было) вела себя придирчиво. Хотя, казалось бы, зачем отказывать, если люди хотят ребенка и при этом у них имеются деньги?.. Но только среди бездетных пар (или одиноких женщин) тоже всякие попадались. И откровенные истерички, и обманщики, а иногда просто чудаки. Пришла однажды семейка: парню лет двадцать пять, девице и того меньше. Оба абсолютно здоровы, но туда же — суррогатную маму им подавай. Потому что девчонке, видите ли, фигуру жаль портить. Ну, а мальчику не хочется, чтоб у супруги характер изменился: беременные — они ведь такие капризные!.. Да и в ночные клубы с животом не походишь, и «травки» не курнешь. Вот и решили: ребеночка в пробирке зачать, пересадить другой женщине, чтобы выносила, а потом получить готового... И очень обиделись на Полину, когда она им отказала. Девица все возмущалась: «Не понимаю, в чем проблема? Мы — заказчики, платим деньги. А вы исполнитель, вот и работайте!»

Но Поля была твердо уверена: суррогатное материнство — слишком тонкая материя. Стандартные отношения «заказчик — исполнитель» тут не сработают. Ведь вся их команда — бездетная пара, наемная мать и она, Полина, — не просто какой-то товар совместно производят вроде машины или чипсов. А говоря красиво, новую жизнь на планету приносят. И перед этим новым человеком в ответе.

...Тем более что царил в области суррогатного материнства полный хаос. Никаких законов, никаких толковых консультантов — обманщики и шарлатаны не в счет. Поиск и все взаимоотношения с суррогатной матерью — исключительно проблема родителей. Те и решали ее в меру собственного разумения. Чаще всего на роль живого инкубатора выбирали тех, кто подешевле. В клинику, ребенка подсаживать, например, приводили совсем юных цыганок — те клятвенно обещали выносить чужого младенца всего-то за пятьсот баксов. Одна пара вообще немую едва не наняла — та и просила дешево, и болтать уж точно не будет. А девиц с психическими отклонениями еще чаще притаскивали. Биологические родители как рассуждали: ну и подумаешь, что у суррогатной матери с головой не все в порядке! Зато выносит им ребенка, а сама и не поймет толком ничего...

Девчонки же, кто соглашался на подобную работу, тоже совсем дремучими оказывались. Почти все, например, о зачатии в пробирке даже представления не имели. Считали, что для начала им придется переспать с чужим мужем. И еще все поголовно боялись, что их не только ребенка заставят выносить, но «на органы» разберут. А одна мадам вообще несусветную сумму гонорара заломила. Когда же Полина очень спокойно поинтересовалась, почему женщина столь высоко себя ценит, та возмущенно ответила:

— Плата за риск! Откуда я знаю, кого вы мне там подсадите? Может, какое-нибудь чудище о трех головах родится... Родители откажутся, а мне потом корми.

И приходилось, прежде чем начать работать с очередной *командой,* всегда проводить подробный ликбез. Рассказывать, что ничего чудовищного в суррогатном материнстве нет, что на Западе это давно опробованная и самая обычная практика. И обязательно внушать паре-заказчику: женщина, носящая их дитя, — не просто наемный работник. Если ее дергать, унижать, постоянно «ставить на место» — это и на ребенке скажется. Появится на свет в лучшем случае нервным, а то и с каким-нибудь более серьезным диагнозом.

Полина не менее плотно и с «инкубаторами» работала. Те ведь тоже иногда заносились, строили из себя вершителей судеб: мол, без меня бы остаться заказчикам на всю жизнь бездетными, а я — их спасительница... И капризничали частенько, как обычным беременным и не снилось: то им ананасы в сливках подавай, то «Бентли Континенталь». Чего б не разжиться: раз деньги у людей есть, а ребенок их пока что в чужой власти...

И Полина все подобные и десятки других разногласий успешно разруливала. Прилагала все силы, чтобы ни на одном из этапов не случилось никаких закавык. Прикармливала персонал в роддомах. Чтобы в справке о рождении обязательно указали: биологическими родителями ребенка являются другие люди. Договаривалась с загсами — чтобы заказчики без проблем могли оформить ребенка на себя...

Сотрудники медицинских клиник, где делали оплодотворение в пробирке, со временем поняли, что упустили золотую жилу. Начали сами предлагать клиентам суррогатных мамашек... Выбор, конечно, не сравнить с тем, что у Полины, и женщины часто не образцовые, но заработать-то всем хотелось! Так что еще и в клиниках приходилось приплачивать, чтоб те не навязывали биородителям собственную кандидатуру...

Но, несмотря на все траты, бизнес оставался выгодным. Правда, Полина особо не зарывалась. Считала, что несколько тысяч долларов чистой прибыли с пары — достаточно разумный гонорар за ее услуги.

И еще — она никогда не тратилась на рекламу.

Причин на то было несколько. Во-первых, Полина свято верила: качественная услуга себя продаст сама. Во-вторых, не хотелось, чтоб ее бизнесом заинтересовались бандиты. Да и еще один момент существовал... Полине категорически, ни под каким видом, нельзя было *светиться*. К тому у нее были весьма серьезные основания. И она всегда твердо говорила осаждавшим ее журналистам: писать о ней не нужно, человек она не публичный, предпочитает тихо себе работать, и точка.

Не то что совсем в подполье ушла, конечно. Иногда делала исключения для серьезных изданий или когда видела, что журналист не просто за жареными фактами охотится, а хотя бы немного разбирается в теме. И от всевозможных выставок, конференций и тусовок полностью устраниться не получалось. И с докладами выступала. Потому что, если откажется она, профессионал, позовут другого. И про юридические и психологические аспекты суррогатного материнства с высокой трибуны будет рассуждать дилетант. А ведь на эту тему и так разных слухов и домыслов существует вагон и маленькая тележка...

Хотя чего особенного или страшного в ее бизнесе? Кто не может нарисовать портрет сам — заказывает его художнику, кто не в состоянии зачать ребенка — нанимает суррогатную мать.

Но однажды... Ей позвонили с Центрального телевидения. И буквально умолили выступить экспертом в популярнейшем ток-шоу... «Вы — единственная, кто разбирается в теме! Пожалуйста, умоляем, просим!..»

Да еще и клялись: после передачи — которая выйдет в прайм-тайм! — клиенты к ней валом повалят, со всей страны. А клиент для любого бизнесмена — это святое.

И Полина сдалась.

Первый в ее жизни телеэфир прошел блестяще. Как ни пытался противный ведущий свернуть разговор на детей-мутантов и суррогатных матерей — похитительниц, Полина твердо держалась своей линии. Что в любом бизнесе, конечно, есть свои подводные камни, но ее работа столь же естественна, как любая другая. А со стороны журналистов преступно и глупо кормить людей фантастическими историями, которые не имеют ничего общего с реальностью...

Едва передача вышла в эфир, телефоны в ее офисе просто взорвались. Не наврали редакторы: народ повалил валом. Работу получили даже те кандидатки в сурмамы, которых Полина всегда предлагала в последнюю очередь... А девушка, измученная бесконечным потоком клиентов, поняла, что ей обязательно надо расширять штат и искать себе толкового заместителя... И даже немного загордилась: такой успех всего-то за пять лет, у человека без опыта, без связей, начинавшего абсолютно с нуля!.. Надо будет себя, любимую, хоть как-то вознаградить. Допустим, поездкой куда-нибудь на Карибы. Вот чуть-чуть завал на работе разгребет — и сразу отправится в теплые края.

...Однако катастрофа разразилась прежде, чем Полина успела выбрать себе тур.

* * *

Эта девочка была безупречной.

Он понял это еще тогда, четырнадцать лет назад. Хотя на первый взгляд в ней совершенно не было ничего особенного. В меру симпатичная, достаточно стройная, как и положено слабому полу, неумолчно чирикает, хихикает и млеет от комплиментов. Такие всегда учатся в институтах, причем поступают, где конкурс пониже или куда посоветует мама. На каждом углу кричат, что ненавидят кухонное рабство, но при этом только и ждут, чтобы поскорее выскочить замуж и варить кормильцу борщи. И, конечно, постоянно мечтают — кто о чем, но всегда о нереальном. Встретить принца, научиться водить машину не хуже Шумахера, обрести обязательные девяносто-шестьдесят-девяносто, прикупить необитаемый островок на Мальдивском архипелаге...

И все со временем успокаиваются. Превращаются

в скучающих жен. Или в неплохой, старательный офисный планктон.

Эта девушка на первый взгляд была одной из многих. Только иногда проглядывало в ней что-то, открывалось взгляду на доли секунды, словно проблеск солнца в ненастный день... Недюжинная сила, острый ум, железная хватка. Случись война — такая не станет отсиживаться в тылу. Напала смертельная болезнь — испробует абсолютно все методы и, может быть, даже поправится. Ну, а если все будет течь тихо-мирно — то так и останется обычной, одной из миллионов, цыпочкой. Которые в молодости чудят, после института начинают неумолимо толстеть, а в сорок лет не сомневаются, что лучшие годы уже позади...

...Они познакомились, как и положено студентам, в кафе. Девчонки — *она* и ее подружка — попивали кофе, ели одно на двоих мороженое и изо всех делали вид, что заняты исключительно беседой между собой. Сами же то и дело окидывали помещение нарочито рассеянным взглядом. И, конечно, сразу приметили их с братом. Ничего удивительного, девушки всегда обращали на них, стильно одетых, с накачанными мышцами, высоких и статных, внимание. И главное, братья похожи были друг на друга как две капли воды. Денис и Георгий. Или, если угодно, Дэн и Жорж. Мама звала их «мои варвары-разрушители». В детстве мальчишки постоянно дрались и при этом обожали друг друга. В юности — раз, наверно, сто — «порывали отношения раз и навсегда». Но хотя и воевали, а девушек клеили только вместе. Потому что гораздо успешнее получалось, чем в одиночку. И малышки довольны — можно не завидовать, что подружке более симпатичный достался. И они с братом тоже никогда не спорили, кому с какой ворковать. Брат, Жорик, всегда выбирал худосочных блондинок. Чтобы ноги от ушей и обязательно огромные голубые глазки. А ему, Денису, больше нравились девчонки обычные. Без особых, как говорится, примет — единственное требование, чтобы уж не совсем крокодил. Но обязательно с изюминкой.

И в этой он изюминку разглядел сразу. В ее взгляде — одновременно и ищущем, и презрительном. И шепнул брату:

— Столик в углу. Берем?..

Уже через четверть часа молодые люди болтали, словно добрые друзья. Обычное на первый взгляд дело. Молодые люди кадрят девчонок. Москвичек. Студенток. Симпатяг. Весна, вечер, музыка, пиво... И жизнь запросто могла повернуться так, что у кого-то из них вспыхнул бы серьезный роман. А может быть, и у обоих сразу. И дело даже дошло бы до свадьбы, и пожениться, к всеобщему умилению, они с Жоркой могли бы в один день.

Но жизнь — к сожалению или к счастью — пошла совсем по иной колее. И он навсегда оборвал все отношения с этой девушкой. И никогда уже не сможет вот так, запросто, ходить с ней в кафе. Перебрасываться шутками. Ловить на себе ее взгляд, брошенный украдкой...

В этом нет ничего ни плохого, ни хорошего. Получилось ровно так, как получилось, и глупо теперь, спустя годы, жалеть об упущенных возможностях. С ней покончено. Навсегда. Единственное право, которое оставил себе Денис: следить за ее судьбой.

Осторожно. Никак не давая о себе знать. С его возможностями — особенно нынешними — это оказалось совсем не сложно.

...Очень долго ему казалось, что он в ней просто ошибся. Или же изюминка, что мерещилась в этом юном создании, навсегда осталась глубоко скрытой.

Полина, как и следовало ожидать, закончила институт — диплом оказался без троек. Устроилась на работу — обычным менеджером. Карьеры не делала. Замуж не вышла. А потом вдруг: фирма Полины Брагиной!.. Эксклюзивные услуги!.. Исполнение вашей мечты!..

Когда Денису доложили, что тихая Полечка вдруг полезла в суррогатное материнство, он едва не расхохотался. У него, конечно, много было знакомых девчонок с чуднинкой, но Полина, пожалуй, переплюнула всех. А оригинальнее занятия не нашлось? Еще бы страусиные яйца продавать взялась. Интересно, за какое время ее сожрут?

Однако девочка на удивление упорно и тихо делала свое дело. Начинала с жалкой комнатухи в полуподвале и невнятных объявлений в Интернете, а за пять лет стала практически монополистом. По крайней мере, когда его знакомые — очень богатые и очень требовательные люди — искали в помощь бесплодной дочери суррогатную мать, они обратились именно к его старинной знакомой!

И ведь мало того, что эта умница абсолютно из ничего построила прибыльный бизнес! Еще и понимала, что высовываться ей нельзя. Интервью давала редко, на телевидении не бывала, фотографии в прессе не появлялись. Даже доклады если и делала, то лишь на закрытых конференциях.

И только совсем недавно не удержалась. Полезла зачем-то в это дурацкое ток-шоу... Неужели расслабилась? Поверила, что, раз прошло столько лет, ей уже ничего не грозит?..

Он даже не удержался, послал ей эсэмэску с одноразового номера. Одно только слово: «ЗРЯ».

Мальчишество, конечно, и глупость. А главное, поздно уже упрекать. И бесполезно. Знай Денис о ее планах раньше — приложил бы все силы, чтобы передачу сняли с эфира. Сейчас же оставалось только надеяться, что пронесет. Хотя, когда играешь со столь серьезным противником, повезти не может по определению.

И он, конечно, оказался прав: Полина проиграла.

* * *

За пять лет работы Поля много раз убеждалась: суррогатная мать ни в коем случае не должна жить вместе со своими работодателями. Слишком тесный возникает контакт между чужими, в общем-то, людьми. Слишком много поводов для взаимного недовольства. Посторонняя женщина в доме, со своими устоявшимися привычками, да еще и с причудами, свойственными беременности, быстро начинает раздражать хозяев. Наемной мамашке тоже несладко. Биородителям только дай волю. Так, одни заставляют все время лежать, другие, наоборот, где-то вычитают, что будущая мама должна ежедневно проходить по пять километров...

И куда селить женщин?

Гостиницы, разумеется, не подходили — дорого, да и соблазны в виде симпатичных командированных и ресторанов. Отдельная квартира — тоже палка о двух концах. Сколько ни прописывай в контракте, а девицы постоянно норовили наприглашать полный дом гостей. То подружки, которым негде остановиться в Москве, то их собственные дети, которым обязательно нужно показать столицу. Против детей, может, возражать грех, но ведь мамашки-то постоянно их тискают, на руки берут. Получается, поднимают тяжести — прямая угроза беременности.

В итоге Полина пришла к тому, что всего выгоднее и безопаснее снимать для своих подопечных большие квартиры. На четыре-пять комнат, с просторной кухней. У каждой — собственная территория, но в то же время все друг у друга на глазах. И если двое мамашек еще могут сговориться и покрывать грешки друг друга, но когда женщин больше трех — заговора не получится. И если от кого-то из суррогатных мамочек вчера попахивало пивком, на следующий день Полине об этом обязательно докладывали соседки-доброжелательницы.

Даже когда никаких тревожных звонков не поступало, она все равно постоянно проверяла женщин. Почти ежедневно. Беседовала с каждой, выслушивала жалобы. Всегда знала, когда и кого нужно подбодрить, а кого, наоборот, припугнуть.

Вот и в тот день решила с самого утра навестить одну из таких квартир. То была просторная «четырешка» в Перове. Светлая, чистая, только что после ремонта, рядом с парком. Жили в квартире четверо дам. Одна уже была беременной, вторая готовилась принять в свое лоно чужого младенца, еще две только познакомились с потенциальными родителями и ждали их окончательного решения. Вот ради этих, начинающих, Полина в основном и ехала. Потому что это самый проблемный контингент. Живут девицы в хороших условиях, на всем готовом, Москва со всеми ее мифическими возможностями вот она, рядом. Такие часто в последний момент с крючка срывались. Вдруг заявляли, что передумали, и шли — кто в продавщицы, а кто в содержанки. И пусть работа уже проведена, деньги потрачены — насильно ведь чужой эмбрион не подсадишь... Оставалось лишь ежедневно беседовать с женщинами, мягко и настойчиво убеждать их, что жить в хорошей квартире, нормально питаться, да еще и получить в итоге хорошие деньги можно только под ее, Полины, началом. А истории про провинциалок, без образования и без связей, которые вдруг преуспели в столице, — не более чем красивые сказки.

...Но сегодня, едва Полина въехала на своем «мини» во двор, она сразу поняла: что-то случилось. У дома припаркованы несколько карет «Скорой помощи» и милицейских машин. Колышется взволнованная толпа. Дрожат в воздухе обрывки фраз: «Убили!.. Всех!..»

Хотя в подъезде сталинской пятиэтажки располагалось пятнадцать квартир, Полина сразу почувствовала: беда случилась именно в той, куда спешила она.

А разговор с мрачным милицейским майором лишь подтвердил самые худшие опасения.

Ранним утром, пока двор еще спал, в квартиру, где жили женщины, позвонили. Одна из соседок слышала, как щелкнул дверной замок, распахнулась дверь, а через секунду прогремели выстрелы. Их, в общей сложности, было двенадцать, две обоймы...

Соседушка, конечно, страшно перепугалась и растерялась. Не то что помочь — даже немедленно позвонить в милицию не собралась. Все четыре женщины погибли на месте. Любопытная соседка успела увидеть, как из подъезда выбежал человек, прыгнул в машину... и черный «Фольксваген» с заляпанными номерами мгновенно сорвался с места.

А уже в дневных выпусках новостей жестокое и на первый взгляд абсолютно бессмысленное убийство стало темой номер один.

* * *

«У вас были враги».

Следователи даже не спрашивали — они утверждали. Не может не быть врагов, когда у тебя собственный бизнес, да еще и столь щекотливый — суррогатное материнство.

«Вы наверняка кому-то перешли дорогу. Мешали. Отбивали клиентов...»

Полина не спорила: конечно, мешала. Немалому количеству шустрых людей, которые были готовы сами разрабатывать золотую жилу. Не имея ни малейшего понятия о специфике, брались за поиски суррогатной матери и требовали при этом совершенно несуразные суммы. «Сто тысяч долларов — и мы найдем вам идеальную женщину, которая гарантированно родит вашего ребенка!» Эффектное обещание, только на деле — глупость и обман. Потому что даже самая идеальная, абсолютно здоровая наемная мать может не зачать. Или не выносить. Или родить больного. Или в любой момент взбрыкнуть. И стопроцентной гарантии успеха дать невозможно, сколько ни заплати — об этом Полина всегда своих клиентов предупреждала...

Да, конкуренты действительно могли желать ей зла. Только Полина все равно была убеждена: соперники по бизнесу вредили бы лично ей. Покушались бы на нее саму. Но убивать ни в чем не повинных женщин? Жестоко, бессмысленно?.. Лишь для того, чтобы скомпрометировать ее фирму?.. Она просто поверить не могла, что кто-то способен на подобное.

Тогда, может быть, — подсказывали следователи — ей мстил кто-то из несостоявшихся родителей? Такое ведь тоже бывает. До сих пор на слуху громкое дело, когда едва не погиб главный врач известной клиники. Одна из пациенток родила там мертвого ребенка. А отец обвинил в гибели младенца главного врача, принимавшего роды. И заказал убийство доктора, тому лишь чудом удалось спастись. Может, и вы, наседали сотрудники милиции на Полину, тоже кого-то разочаровали? Лишили надежды? Вынудили мстить?..

Полина и этого не скрывала: неудачи у нее бывали. Буквально недавно пришлось прерывать беременность у одной из суррогатных мам. Потому что стало доподлинно известно: ребенок, которого та вынашивает, совершенно нежизнеспособен. И куда гуманнее его просто не рожать, чем питать бессмысленные иллюзии и все равно потерять сразу после рождения... Для родителей эта новость стала шоком, они во всем обвинили Полину: якобы та не предусмотрела, подсунула им «бракованный эмбрион и больную мамашу». И хотя все врачи в голос твердили, что обвинять здесь можно только самих заказчиков (поздновато делать детей в возрасте за сорок, слишком высока вероятность генетических отклонений), убедить в этом разочарованную чету оказалось невозможно. Безутешный отец объявил в ее офисе:

— Вы лишили нас последней надежды, и мы этого вам никогда не простим.

Этот человек мог бы ей мстить: настучать в налоговую, наслать на ее фирму бандитов, даже убить — но лично ее. Что ему до совершенно посторонних женщин? Для этого надо быть абсолютно сумасшедшим. А мужчина был нормальным.

Потому Полина продолжала повторять назойливым следователям, что знать не знает, даже предположить не может, кто мог пойти на такое...

Правда, было еще кое-что, о чем Полина милиционерам рассказывать не стала.

За неделю до убийства она получила эсэмэску с незнакомого номера. Текст был коротким, всего одно слово: «ЗРЯ». Полина не поленилась пробить телефон, с которого пришло послание, по всем возможным базам. И выяснила: принадлежал номер некоему Иванову Петру Кирилловичу, сорок второго года рождения. Причем Петр Кириллович скончался еще в прошлом году. А последний звонок со своего телефона сделал за день до смерти. С тех пор аппарат был выключен. Как оставался выключенным и сейчас... Воскрес лишь на миг — чтобы отправить странное послание. В чьих руках телефон сейчас? Этого Полина узнать не смогла.

...А через пару дней после убийства ей пришло еще одно письмо. На этот раз по почте. В обычном конверте, напечатано на принтере, на стандартном листке бумаги. Текст очень короткий: «ЭТО ТЕБЕ ЗА МАТВЕЯ». Без подписи.

И тут уж она поняла все окончательно.

Конечно, никакой это не конкурент, никакой не разочарованный отец...

Это — прошлое, которое Полина изо всех сил пыталась забыть, но которое все равно всплыло из небытия и мертвой хваткой вцепилось в горло.

* * *

Четырнадцать лет назад

Полина и Ольга познакомились на вступительных экзаменах. Технологический институт, конечно, не МГУ, конкурс ниже в разы, но обстановочка все равно была нервной. Самые испуганные даже группы поддержки с собой привели. Иных девчонок сопровождали молодые люди, а кое-кто, по виду ботаники, вообще с мамочками явились. Хотя смысл? Профильный, самый важный экзамен, математика — он все равно письменный. И в аудиторию пускают лишь по паспорту с экзаменационным билетом. А туалет (где бы можно было перемолвиться словцом с помощником) охраняет кордон бдительных старшекурсников.

Хотя одной, конечно, страшновато. И неуютно. Ведь уже август, большинство вузов прием закончили. Срежешься сейчас — весь год будешь считаться неудачницей. Мама, правда, вчера утешила, что без проблем найдет ей работу, но лучше ведь хоть в каком институте учиться, чем драить полы в подъездах или отвечать в чахлом офисе на телефонные звонки...

Полина смолила на крыльце последнюю — перед экзаменом! — сигарету и изо всех сил пыталась сосредоточиться. В математике она, конечно, не ас.

Утешало одно: соперники, нервно дымящие вокруг, тоже не производили впечатления Лобачевских. А конкурс — всего два человека на место. И неужели же Полина со своими твердыми четверками как по геометрии, так и по алгебре не обойдет, скажем, вот этого якутского мальчика, который и по-русски-то с трудом говорит? Или великовозрастного, явно после армии, парня, который тупо бормочет себе под нос: «Биссектриса — это крыса, которая бегает по углам и делит угол пополам...» Или вон ту блондинку с фарфоровым личиком и взглядом абсолютной Барби?.. Явно ведь полная тупица и понимает это, вон, уже все губы себе искусала и одежду постоянно теребит — явно для того, чтоб промокнуть вспотевшие от страха ладошки.

Поля даже немного порадовалась собственному внутреннему спокойствию. А блондинке (их места оказались за соседними партами) сочувственно шепнула:

— Да не дрейфь ты! За четыре часа хоть что-нибудь да решишь!

— Ага, решу, — вздохнула та. — У меня такой мандраж, что все из головы вон. Даже чему «пи» равно, не могу вспомнить.

Ну, если человек три и четырнадцать в голове удержать не в состоянии, значит, явно не конкурент. Или светловолосая красотка просто дурочку валяет?..

Впрочем, тут раздали задания, и Полине мгновенно стало не до соседки. Быстро просмотрела свой вариант и поняла: ее школьных четверочных знаний здесь явно маловато. Интегралы, сложные дроби, совсем уж навороченная геометрия... Половину примеров нужно сразу пропускать, иначе вообще завязнешь!..

А Барби, наоборот, — Поля увидела краем глаза, — сидит абсолютно спокойная, сосредоточенно что-то кропает на своем листке. Специально, что ли, глупой курицей прикидывалась, как частенько делают блондинки?

...Четыре часа пролетели одним мгновением, и вот уже строгая институтская преподша кричит: «Время вышло! Сдаем работы!» А помогающие надзирательнице старшекурсники спешно собирают листки с заданиями. Поля, пока до нее не дошли, лихорадочно пыталась подсчитать: сколько же примеров она успела решить? Явно меньше половины, да и совсем не факт, что правильно... Впрочем, блондинка тоже накропала негусто. Полина с удивлением увидела — та сдает почти совсем пустые страницы. Да еще и очкастый студент, собиравший листки, задержался взглядом на ее работе и насмешливо фыркнул:

— М-да, милочка... А вы уверены, что длину окружности нужно рассчитывать по формуле пи-эр-квадрат?

А девица лишь насмешливо фыркнула:

— Да что б ты понимал!

И выглядела при этом абсолютно довольной.

Вот странный человек! Зачем переться в технический вуз, если даже самых элементарных вещей не знаешь?..

А когда уже выходили из аудитории, Полина заметила еще кое-что. Блондинка украдкой пожала руку какому-то неприметному парню, тоже из абитуриентов. И шепнула тому: «Все супер!»

И чего же это, интересно, у нее супер?..

...В следующий раз Поля встретилась с куклой Барби три дня спустя — опять в толпе поступающих. Сегодня все волновались еще круче — с минуты на минуту деканат обещал вывесить результаты. Полина переживала ужасно. Потому что дома, в спокойной обстановке, обдумала свои решения и поняла, что напортачила даже больше, чем казалось в аудитории. О четверке можно и не мечтать, трояк в лучшем случае, а скорее всего — пара. Вот мама расстроится!..

А блондинке, видно, расстраивать некого. Смолит свою коричневую папироску, вся такая сияющая, счастливая, голубыми глазищами радостно хлопает...

— Что, думаешь, у тебя? — поинтересовалась мимоходом Полина.

— О-о-о... — загадочно протянула Барби. — Боюсь загадывать, но, наверно, «пять».

— Да ладно! — хмыкнула Поля. — Я ведь видела: ты почти пустой листок сдала. И длину окружности считаешь по формуле пи-эр-квадрат.

— Тсс, не болтай! — цыкнула на нее девушка. И подмигнула: — Вот увидишь: у меня все равно пятерка будет!

Блатная, что ли, какая-то? Кто-то из проверяющих преподавателей за нее все решил? Да нет, не может быть. Работы ведь зашифрованы, оценки выставляет не один человек, а целая комиссия. Да и одежда на девчонке пусть и блестит шикарно, но приобретена явно на Черкизовском рынке...

Вот чудеса: странная девица действительно получила пятерку! Причем высших баллов на триста человек абитуриентов поставили всего несколько...

Правда, к счастью для Поли, «бананов» тоже оказалось больше половины, поэтому ее собственный «троячок», считай, сделал ее студенткой. Однокурсницей блондинки. Как же, интересно, той удалось прорваться?..

— Колись, — пристала Полина.

И девчонка ломаться не стала:

— Вообще элементарно! За меня Костик, брат подруги, все решил! А он какой-то олимпийский чемпион, в смысле, по математике. И вообще уже на четвертом курсе учится.

— Но... как? В аудиторию не пускали же никого... И в туалет только с конвоем... — продолжала недоумевать Поля.

— Да проще пареной репы. Взял в ректорате аттестат школьный, вроде как копию сделать, и тоже документы в наш институт подал. Вроде как сам поступает. На экзамене сел позади меня. А когда задания раздавали — мы с ним просто поменялись. Я его вариант решала, а он — мой.

— Ну, ничего себе! — выдохнула Полина. — Мне бы и в голову ничего подобного не пришло!

— А тебе-то зачем? По тебе сразу видно: на «трояк» уж точно сама нарешаешь. А у меня с математикой вилы...

— Так чего же ты, если у тебя такой Костик есть, в Технологический институт пошла? — усмехнулась Полина. — Поступала бы сразу в МГУ, на мехмат.

— Думала я и про мехмат, — вздохнула блондинка. — Туда бы не получилось. Контроля больше. Почерк могут сверить. А главное — рассаживают. Самому выбирать, куда садиться, нельзя. И как бы я Костику свой вариант тогда передавала?..

— Да, действительно жаль, — ее удержалась от очередной насмешки Полина. — А то бы вывела новую формулу. Как длину окружности на самом деле надо рассчитывать.

— Ладно тебе прикалываться! — не обиделась Барби. — Сама, что ли, не знаешь? В институт только поступить сложно, а учиться — пара пустяков.

— Не, на мехмате на дурачка не проскочишь, — покачала головой Полина. — Там над учебниками надо сутками сидеть.

— Зато какие там мужики! — мечтательно вздохнула блондинка. — Сплошь будущие банкиры. Разве сравнить с нашим *Технологическим Тупиком*?

И широко улыбнулась Полине:

— Ладно, как-нибудь и здесь выживем. Тебя как звать-то?

— Поля.

— А меня Ольга. Слушай, как звучит-то! Поля и Оля, Полечка и Олечка, крошка Полюнчик и рыбонька Олюнчик... Народ будет в восторге. Слушай, давай объединимся! Ты, по-моему, девчонка нормальная...

— А для чего объединимся-то? — не поняла Полина. И пошутила: — Сколотим рок-группу и будем петь дуэтом?

Она ловила себя на мысли, что ей все больше и больше нравится эта бесшабашная, нахальная и совсем не глупая девица.

— Можно и рок-группу, конечно, — фыркнула та. — А что, будем прекрасно друг друга оттенять. Ты — брюнетка, я — блондинка. Ты — смуглая, я — белокожая. Ты — умная, я — полная идиотка.

Полина хотела заверить новую подругу, что на

идиотку та совсем не похожа, но блондинка не дала ей и слова вымолвить, затарахтела:

— Короче, слушай сюда, Полинка. Я давно ищу такую, как ты. Чтоб симпатичная, без комплексов и положиться можно...

— А с чего ты взяла, что я без комплексов? И что на меня можно положиться? — удивилась девушка.

— Так могла бы и заложить, еще на экзамене...

— Зачем? Ты действительно классно придумала!

— Вот я и говорю: ты сама такая. Запросто могла бы что-нибудь похожее замутить...

— Не, я бы испугалась, — покачала головой Полина. — Но что ты сейчас-то придумала?

— Да никакой особой идеи, — усмехнулась Барби. — Давай просто тусоваться вместе. И мужиков клеить. Вообще без проблем получится.

— А ты что — в одиночку их клеить не умеешь? — не поверила Полина.

— Умею, конечно, но вдвоем будем эффективнее, — важно ответила блондинка. — Я давно заметила: самцы — они всегда западают на противоположности. На таких, как ты и я. Вот и давай откроем на них охоту.

— Отстреливать, что ли, будем?

— Кое-кого и отстреливать, — совершенно серьезно кивнула Ольга.

Встретила обеспокоенный взгляд Полины и расхохоталась:

— В смысле отсеивать. Безжалостно изгонять. Жадных, бедных, нудных и глупых. А остальных — привечать. Лелеять. Холить. И — проводить среди них тщательную селекцию. Мы с тобой — девчонки что надо. Явно имеем право на выбор. Вот и давай поставим задачу: найти себе принцев. Не возражаешь?..

* * *

Ольга всегда умела красиво сказануть. Тщательная селекция, поиск принцев... Хотя никаких принцев в реальности девушки не искали. Просто весело проводили время.

То, чем занимались Полина и Ольга, в народе именуется «крутить динамо». И этим искусством обе владели в совершенстве, благо у Ольги уже имелся немалый опыт, а Полина науку схватывала на лету. Выглядело все так: двое симпатичных, умненьких и явно небогатых студенток являлись в ресторан. Заказывали себе по чашечке кофе и одно мороженое на двоих. Сидели, щебетали как могли долго, смаковали свою еду. Причем общая порция мороженого была обязательной деталью. Приманкой... Мужчины ведь существа в глубине души трусливые и мнительные. Всегда боятся, что их пошлют. А тут — беспроигрышный повод завязать беседу. Вопрос сам вертится на языке:

— Девчонки, вы что — худеете?

Или:

— Вам на второе мороженое не хватило?

Первая задача — заинтересовать клиента — успешно решена. А далее возникала задача следующая. Быстренько сообразить — приветить ли нового знакомца или лучше послать? Что он за человек? Богатый или бедный? Широкая душа или жадюга? И самое главное: сойдет ли им с рук очередная забава? Среди мужиков ведь иногда тоже умные встречаются. Девчонки до сих пор с ужасом вспоминали, как однажды склеили двоих. По всем статьям идеальных кандидатов — и одеты дорого, и бумажники полны, но при этом совсем не бандиты. Все, как положено:

«Девчонки, идите за наш столик да выбирайте, что душа пожелает...» А когда были съедены и гусиная печенка, и тарталетки с черной икрой, и ананасы в коньяке, мужчины — оба! — вдруг удалились в туалет. И не вернулись. А Полине с Ольгой, чтобы расплатиться по счету и замять скандал, пришлось оставлять в залог паспорта и мчаться домой за деньгами...

Но обычно, конечно, получалось наоборот, и за чужой счет пировали именно подружки. А ближе к десерту, когда градус вечеринки достигал максимума и новые знакомые все чаще заговаривали о продолжении банкета где-нибудь в нумерах или на квартире, обе по-тихому исчезали... Мужики не обеднеют. Какая им, в конце концов, разница — платить за двоих или за четверых? Ну, а что у джентльменов надежды на секс не сбылись — так это исключительно их беда.

Милая и хорошо известная девчачья забава. Мужики поворчат да забудут, зато студентки сыты. Да и вечер провели нескучно. И всегда шанс остается: вдруг им завтра действительно принцы встретятся?

В последнее время Оля, правда, все чаще стала заговаривать о том, что ей жаль убивать на всяких козлов свое время и, кроме вкусной еды, ничего не получать взамен. Предлагала разные варианты: допустим, все же с кем-нибудь *поехать* в пресловутые нумера. Уже там опоить очередных спонсоров до полной несознанки. А когда те уснут — изъять некоторую сумму из их кошельков. Все равно те наутро и не вспомнят, сколько у них денег было... Или другой вариант — если мужик достаточно симпатичный, такому можно и *дать*. Особенно если через магазин —

то есть сначала он везет тебя в круглосуточный юве-
лирный и только потом получает свое...

— Принцы, Полька, все равно все повывелись,
глупо их ждать, — уговаривала она подругу. — Да и
для кого беречь эту девственность? Для какого-нибудь однокурсничка нашего прыщавого? А тут хоть
подработаем немножко... На туфельки да чтоб на ка-
никулах куда поехать.

Логично, конечно. И если и опасней — то нена-
много. Что в ресторанах они мужиков кидают, что
на квартирах будут кидать, все одно. Только масштаб
чуть посерьезней. Да и деньги, Оля права, никогда
не помешают. Но только все равно идея подруги Полине поперек горла. Какое-то отторжение возника-
ло. И брезгливость — в первую очередь к самой себе.

Потому Полина всячески отговаривала однокурс-
ницу от расширения «бизнеса». И втайне от Ольги
все же продолжала надеяться: а вдруг они однажды
действительно встретят своих суженых?.. Не богатых
козлов, не папиков, но нормальных, веселых, инте-
ресных парней?..

И как-то весенним вечером мечта, казалось, сбы-
лась. К их столику подошли двое. Совсем молодых.
Очень красивых. И похожих друг на друга, словно
две капли воды.

Как обычно, предложили купить им второе мороженое... И хотя Ольга сразу же шепнула Полине:
«Студенты, как и мы. Взять с них нечего», — знакомство все же состоялось. А когда вечер подходил к
концу, даже корыстная Ольга признала: Денис и
Жорик — отличные парни. Пусть и нищие, но веселые, остроумные, яркие. А у Полины и вовсе сердце
дрогнуло, затрепетало. Потому что один из брать-

ев — тот, что Денис, — смотрел на нее как-то совсем уж по-особенному. Задорно — и ласково, нежно — и одновременно с вызовом. И очень хотелось пообещать — не ему, конечно, а самой себе, что начиная с сегодняшнего дня с их невинной забавой, ресторанным кидаловом, покончено. Поля уж точно предпочла бы просто гулять с Денисом по вечернему городу. Ходить с ним в кино. Пить пиво, расположившись на спинках лавочек в парках...

Они действительно однажды сходили все вместе в кино. И по парку гуляли, благо весна окончательно вступила в свои права, лужи высохли, а вечера стали теплыми. Полина ждала, не могла дождаться: когда же Деня назначит ей собственное, без брата и без Ольги, свидание?..

Но вместо этого в четвертый их совместный вечер Денис огорошил:

— А мы ведь знаем, девчонки, что вы кидальщицы еще те!

— Кидальщицы? Мы?! — возмутилась Ольга.

— Ты с ума сошел? — подхватила и Полина.

— Да ладно вам! — примирительно произнес Деня. — Я ж не в укор... Наоборот — снимаю шляпу. Молодчины.

— Нет, ты все-таки объясни, — продолжала бушевать Поля, — с чего ты это взял?..

— А то по вам не видно! — хмыкнул тот. И вдруг предложил: — А хотите, вместе работать будем? У нас получится, гарантирую!

И изложил свой план.

Полина с Ольгой — симпатичные, умненькие, веселые и вообще слаженная команда — будут знакомиться с мужчинами. Другими мужчинами. Ужинать с ними, болтать и, конечно, оценивать, что те за люди. Не бандиты ли? Не опасно ли с такими связываться? Если сочтут, что на их удочку попались обычные командированные, что решили вдали от жен приударить за молодыми девчонками, поедут с ними в гостиницу. Выпьют еще... А дальше в игру вступят Денис с Жориком. Вломятся в номер, накричат на девчонок, разыграют ужас и гнев:

— Да как вы могли! Мы ведь вам верили...

А потом наедут на мужиков: как, мол, смеете в чужом городе, да еще чужих девчонок отбивать...

— Чем хотите, могу поклясться, — горячо продолжал Денис, — в такой ситуации любой предпочтет откупиться.

А Полина (предложение Дени ее, признаться, глубоко задело) горячо воскликнула:

— Да с какой стати им от вас откупаться? Пошлют просто — и весь разговор!

— Даже близко не пошлют, — авторитетно возразил юноша. И начал перечислять: — Во-первых, фактор неожиданности. Во-вторых, всегда пригрозить можно, что до их жен дойдет, — они ж не соображают со страху, что нет нам никакого смысла их женам стучать. Ну, и в-третьих, мы уже делали так. Никогда ни одного прокола.

— И с кем же вы... так делали? — прищурилась Полина.

— Да были девчонки, тоже подружки, как вы, — вздохнул Денис.

— И где они сейчас?

— Ну... одна за границу учиться уехала, а вторая... — Парень слегка смутился.

— Уж договаривай! — хохотнул его брат.

— А что тут договаривать? Сказала, что одна боится и вообще ей это надоело. Но дело-то реально стоящее! Вот мы и стали замену искать. И решили, что вы нам подходите. Ну, как? По рукам?

Полина и слова вымолвить не успела, а Ольга уже радостно завопила:

— Конечно!..

И Полина тоже не нашла в себе сил отказаться. Ведь если она выйдет из игры — точно больше не увидит Дениса... И дружба с Ольгой закончится. Да и скучно, конечно, коротать вечера в библиотеках или дома, когда уже привыкла к постоянному веселью, музыке, вкусной еде...

«Попробую. Но только один раз», — решила она.

Будто по воле злого рока, первый раз у них все получилось просто триумфально. Братьям ни угрожать не пришлось, ни даже денег просить — командированные сами стали купюры совать, да еще и извинялись: «Простите, ребятки, откуда ж мы знали!.. Вот вам за моральный ущерб!»

А когда ты проводишь не самый скучный в своей жизни вечер, и адреналин в крови кипит, да еще и возвращаешься домой с сотней долларов — не ворованной, но почти что честно заработанной, — отказаться от такого времяпровождения очень сложно.

Тем более что Денис хорошим психологом оказался. Видно, чувствовал сомнения Полины и постоянно капал ей на мозги, что ничего плохого они не делают, подумаешь, небольшой приработок... Да и наказывать надо похотливых старых козлов. А самое главное: они стали встречаться и *вне работы*. И без Ольги с Жориком. Как и мечтала Полина, вместе гуляли по парку. Если хотелось пива — пили его не на лавочках, а в хороших барах. И — вот неземное счастье! — Денис часто накрывал ее ладонь своей рукой и шептал ей в ухо разные милые глупости... И, конечно, обещал, что совсем скоро они завяжут со своим временным бизнесом. Вот только еще немного деньжат подкопят...

А потом Полина и Ольга совершили роковую ошибку.

...Обычный вечер и очередной ресторан, где они оказались впервые. Впрочем, девушки всегда старались не появляться в одном и том же месте дважды подряд...

Местечко оказалось довольно тухлым. Сплошные дамочки и семейные пары, а единственную компанию одиноких мужчин пришлось отмести сразу, потому что с первого взгляда угадывалось: мужики серьезные, все в татуировках, явно судимы. И напускать на них Дениса с Жориком бессмысленно и опасно.

...Полина с Ольгой как раз обсуждали: просто ли им уйти или позвонить мальчишкам, позвать, раз уж бизнеса не вышло, просто поужинать?

И тут к ним подошел паренек. Очень молодой, почти мальчишка. Пьяненький. С традиционным уже предложением: «Давайте я вам, девчонки, второе мороженое куплю!»

Только какой толк от ровесника? За вторую порцию заплатит — и все, банкрот. Полина уже и рот открыла, чтобы юношу послать, когда Ольга вдруг легонько коснулась ее руки. И показала глазами на запястье парнишки. На нем, увидела Полина, тускло мерцал золотой «Ролекс». Не китайская подделка. Натуральный. Совсем неслабо для юного сопляка!

Да и одежда на мальчике тоже была брендовой, а ботинки, хоть и не самые чистые, явно тянули на тысчонку баксов...

— Сынуля... — прошептала подруге Ольга.

Полина кивнула: конечно, сынок богатых родителей. Лет мальчику от силы двадцать, и собственное состояние сколотить в столь юные годы нереально. Да и будь пацан бизнесменом — разве нашлось бы у него время напиваться в ресторанах и клеиться к девчонкам?

— Пробуем, — одними губами шепнула Полина.

Богатенький сынок — не самый лучший кандидат, конечно. Развязный, пьяный почти в стельку, явно уверенный, что ему сойдет с рук что угодно. Наверняка начнет приставать к ним еще в машине. А едва явятся на квартиру, может и шоу потребовать. Чтоб они с Ольгой, например, перед ним обнимались и целовались... Зато и плюсы есть: Денис с Жориком с этим сопляком явно разберутся в два счета. И деньги у него, конечно, имеются...

...И девушки пригласили паренька за свой стол. Завели обычную сказку: мы — студентки, мы с кем попало не знакомимся... Но ты — такой симпатичный... А еще, ты говоришь, у тебя дома настоящий кубинский ром есть? Да и режиссерская версия «Основного инстинкта»?..

В общем, даже заказанное пареньком второе мороженое съесть не успели — сразу поехали к нему. Вызывать такси парень категорически отказался, повез их домой сам, ни много ни мало на новеньком джипе «Тойоте». Пока доехали, девчонки едва со страху не умерли: вел мальчишка из рук вон плохо, постоянно всем сигналил, вилял — пьяный, да и не умел,

видно. Одно утешало: Поля постоянно посматрива-
ла в боковое зеркало и видела: за ними следует неприметная «девятка» Дениса и Жорика. Да и квартира оказалась недалеко — в центре, на Цветном буль-
варе.

Подъезд был современным — стальная дверь, домофон. Мальчик долго не мог попасть пальцем в
кнопки номера свой квартиры: «Бл-лин, ну, тридцать семь же, тридцать семь! Что оно все время
срывается!» И наконец велел Полине:

— Набери ты. Сначала тридцать семь, потом
ключ и код — четыре пятерки.

Поля исполнила его просьбу. А Ольга даже успела, будто в задумчивости, отдалиться на несколько
метров. Склонилась к окошку «девятки» и прошептала сообщникам номер квартиры.

Пока. что все шло просто идеально. Денис с Жориком рядом, дома у парнишки — тот назвался Мат-
веем — похоже, никого нет...

Зато когда вошли в квартиру — огромную, шикарно обставленную, — началось непредвиденное.
Какое там: еще выпить, поболтать, пококетничать!
Девушки даже разуться не успели, как Матвей бросился на Ольгу. Прижал к стене и очень грубо начал
срывать с нее одежду.

— Але, Матвей! — попыталась образумить мальчика Поля. — Куда ты гонишь? Кто обещал сначала
ром? А киношку?..

Но парень будто осатанел: отшвырнул Ольгину
кофточку, вцепился в ее грудь...

«Надо Дениса звать! — в панике подумала Полина. — Прямо сейчас!»

Но как? Сотовые телефоны в те годы еще были

роскошью. Да и особой нужды в них не было. Обычно их друзья просто поднимались в квартиру примерно через полчаса после девушек. Как раз хватало этих тридцати минут чтоб мужики еще расслабились, выпили и уже начали приставать конкретно. Но этот Матвей — он какой-то бешеный, право слово.

И дверь, сволочь, запер.

Да еще и одной Ольги ему мало — бросился и на Полину. Причем даже не с объятиями — с ходу залепил пощечину. Заорал:

— А ты чего стоишь, шалава?! Давай раздевайся! Сама!

— Ты, гаденыш! — вспылила девушка.

Предусмотрительная Ольга успокаивающе погладила ее по руке: мол, не психуй, нам же лучше. Деня с Жориком, едва увидят, что здесь творится, сразу прижмут парня так, что мало ему не покажется.

Но только успеют ли их друзья?

Потому что девчонки и понять не успели, как это случилось, а парень вдруг выхватил пистолет. По виду — боевой. Направил на обеих. Сквозь зубы велел:

— Вы, козы! Быстро в комнату — и через секунду чтоб обе голые!

Оружие в его правой руке плясало, палец на курке дрожал. А что, если действительно заряжен? И парень спьяну, совершенно случайно нажмет на спуск?

Вот это они попали!

— Да не пыли ты, Матюш, — ласково пропела Ольга. — Мы что, разве против раздеться? Только пушку убери...

— Хорош болтать! — окончательно взъярился парень.

Его лицо исказилось, и в следующую секунду раздался выстрел. Пуля просвистела в сантиметре от Ольгиной головы, ударилась в стенку. Девушка охнула. А мальчишка злобно произнес:

— Это тебе первое предупреждение. А вот — второе.

Он размахнулся и в полную силу ударил по ее щеке ребром ствола. Ольгу отбросило к стене, по лицу заструилась кровь... И в этот момент Полина не удержалась — бросилась на безумца. Вцепилась в его руку с оружием. Закричала Ольге:

— Помогай!

Но та, будто в ступоре (или ее действительно удар оглушил), не двигалась с места. А Матвей левой рукой схватил Полину за волосы, зашипел:

— Пеняй на себя, дрянь! Ты меня вывела!

«И ведь только сами виноваты. Только сами...» — пронеслось у Полины в голове.

Хоть Матвей и выглядел хлипким, бороться с ним, да еще когда у него оружие, совершенно бессмысленно... Сейчас он пристрелит их обеих, и все... И Полина в отчаянном броске ударила парня ногой под колено. Счастье, что обувь не успела снять, а носок у новых сапожек был украшен по последней моде стальным наконечником.

Он взвыл, но пистолета из рук не выпустил. И тогда Поля, сама не поняв, как извернулась, перехватила оружие. А в следующий миг раздался выстрел. И она в абсолютной тишине, будто в немом кино, увидела: пистолет выпадает из рук Матвея. Он, тихо оседает на пол. А по его груди расплывается алое пятно...

И сразу же раздается отчаянный Ольгин вскрик:

— Ты не виновата! Он сам, сам нажал на курок! Я видела!..

Обе бросились к Матвею. Однако помогать тому было уже поздно — шальная пуля, по воле злого рока, попала точно в сердце.

И девушки здесь же, в коридоре, устроили экстренное совещание. Полина не сомневалась: нужно вызывать милицию и рассказывать все, как есть. Их обвинить не в чем. Матвей сам виноват. Он пытался их изнасиловать. У Ольги лицо в крови... И пистолет ему принадлежал...

А Оля горячо возражала:

— Ты представляешь, что тогда начнется? Этот Матвей — он явно чей-то сынок! Вдруг депутата какого или бандита? Да ничего ты не докажешь, пойдешь за убийство сидеть! А так — нас никто не видел. Тихо уходим — и все.

— Но если все равно найдут? — не сдавалась Полина. — Соседи могли видеть. В ресторане могли запомнить!..

— Да никто нас не видел и не запомнил! Не заметила, что ли: квартира на площадке одна? И в ресторане народу полно было... Потом: мы ж сейчас накрашенные, в коротких юбках! Умоешься, переоденешься — никому и в голову не придет!!!

И Полина сдалась.

Они с Ольгой, как могли, уничтожили следы своего присутствия. Подобрали вылетевшую из Олиной прически заколку. Протерли носовыми платками все поверхности, которых могли касаться. Тихо покинули квартиру. А когда уже бежали к «девятке» Дениса и Жорика, Полина на мгновение обернулась. И увидела только сейчас: над дверью в подъезд мерцает глазок видеокамеры. И направлен он точно на того, кто стоит перед домофоном и нажимает кнопки.

А открывала дверь в подъезд, по просьбе Матвея, как раз она.

* * *

ЭТО ТЕБЕ ЗА МАТВЕЯ.

Сказано яснее ясного. И свои возможности ей продемонстрировали куда как наглядно.

Ее все-таки нашли — пусть и спустя четырнадцать лет.

Куда теперь прятаться? К кому бежать за защитой?

Службы безопасности Полина не держала. Надежных друзей-мужчин (как и мужчин-любовников) у нее не имелось. Рассказать всю правду властям? По закону ей, наверно, ничего не грозит, все сроки давности истекли. Но тогда репутации придет конец. И без того почти половина клиентов отказалась от услуг ее фирмы, а кандидатки в суррогатные матери стали запрашивать совсем уж несусветные гонорары — видите ли, плата за риск. Однако Поля надеялась: пройдет время, и страшная история забудется. Да и не исключала, что милиция все же найдет, допустим, какого-нибудь маньяка, кто взялся мстить «продажным матерям». Часть заказчиков в любом случае откатится к конкурентам, но девушка не сомневалась: пусть не сразу, но ей удастся отыграть свое. В конце концов, за плечами пять лет безупречной работы, и многие десятки счастливых людей стали родителями лишь с ее помощью, постоянно нахваливают ее и в Интернете, и знакомым.

Но если выплывет прошлое... Пусть даже ее не обвинят в убийстве, лишь в превышении пределов самообороны... Все равно всем станет известно, как скромная студентка Технологического института проводила свободное время. Снимала в ресторане мужиков, ехала с ними на квартиру. И нет разницы — спали девчонки с едва знакомыми мужиками или просто их кидали. В любом случае ни один здравомыслящий человек никогда не обратится в фирму, чей директор замешан в подобном...

Да и *дадут* ли ей об этом рассказать? Если неведомый враг легко вычислил адрес квартиры, где жили ее подопечные, и хладнокровно расправился с безоружными женщинами — значит, человек он безжалостный. А в таком случае дни самой Полины сочтены.

Бросить все, сбежать за границу? Легко достанут и там. Только хуже будет — маяться в каком-нибудь райском уголке от безделья и бесконечно дрожать, ожидая, когда настигнет пуля.

И в голову ей пришло единственное решение. Не самый, наверно, разумный поступок... но коли все остальные варианты еще хуже... И главное, ей очень хотелось этого. Если честно, хотелось все эти долгие четырнадцать лет, но она всегда себя сдерживала... А сейчас наконец появился повод.

* * *

Денис Дьяков не сомневался: Полина обязательно свяжется с ним. Не сегодня — так завтра. Даже гадал — каким именно образом она это сделает? Просто позвонит, попытается пробиться через кордон секретарш? Но тех, кто представлялся туманно, мол, звоню по личному вопросу, церберши отсекали сразу, а называть свое настоящее имя девушка не станет, слишком умна. И, конечно, не решится писать ему, даже по электронке. Несложно догадаться, что все письма, адресованные президенту корпорации, проходят тщательную селекцию, а его личный адрес известен лишь крайне узкому кругу людей. Попробует подкараулить подле офиса? В ресторане? На подъезде к особняку? Но он передвигается только с охраной, и Полина об этом тоже, наверно, знает... Может быть, помочь? Самому выйти на нее? Но делать первый ход не хотелось. В конце концов, Полина в их паре всегда и безусловно была *номером два*. А если человека ищут — тот может возомнить, что роли поменялись. Нет уж. Полюшка всегда считала себя самой умной — вот пусть и докажет это в очередной раз... Если сможет, конечно.

...Полина смогла.

Как-то узнала, пройдоха, что по пятницам, с трех до шести, он всегда принимает сотрудников своих предприятий. По предварительной записи, разумеется, и причину обращения тоже нужно заранее объяснять, и, конечно, предъявлять на входе в головной офис паспорт и служебное удостоверение... Однако умудрилась обойти все рогатки. Наплела секретаршам с три короба: что якобы в прошлом году трудилась на заводике в Ярославле стажером, в отделе экономики и планирования, а теперь, по собственной инициативе, написала бизнес-план по реконструкции предприятия и готова абсолютно безвозмездно передать его, но одному лишь генеральному директору. И сумела убедить его бдительных приближенных, потому что у Дениса в шпаргалке по поводу пятничных визитеров значилось: «16.30. Матвеева П.И., стажер. Толкова, компетентна, потенциальный сотрудник».

Ну, а вместо стажера Матвеевой пред его очи предстала она. Полина Брагина. Чуть пополневшая, ухоженная, уверенная в себе. В дорогом (и явно для нее привычном) деловом костюме. Не красавица, но броская, стильная. Почти такая же молодая, какой выглядела тогда, четырнадцать лет назад. И та изюминка, почти неприметная когда-то, теперь сияла во всем ее облике в полную силу... Денис даже из начальственного кресла приподнялся, пораженно пробормотал:

— Боже мой, Поля! Неужели ты?..

А она грустно улыбнулась. И как-то обреченно произнесла:

— А разве ты не ждал, что я появлюсь?

И у него едва не вырвалось: да, ждал. Все эти годы. Много раз клял себя последними словами, что втянул ее своими руками в эту грязную историю. А едва понял, что девушка стала представлять для него опасность, без единого колебания бросил на произвол судьбы... Лишь недавно осознал: права была тихая студенточка Поля. Они оба действительно могли бы стать прекрасной парой. И вместе завтракать, и путешествовать, и спорить, кто сегодня вечером моет посуду, и даже, наверно, растить детишек...

Но тем не менее жизнь пошла как пошла. А сожалеть об упущенных возможностях — удел слабых, к числу которых Денис не относил себя никогда. И потому он, как мог сухо, произнес:

— Я слышал, у тебя неприятности? Я могу тебе как-то помочь?

«Я говорю, как официант, который предлагает клиенту очередное яство, а сам только и мечтает, чтоб тот ушел».

Она же устало опустилась на стул для посетителей и спокойно сказала:

— Помочь ты мне не можешь. Да и никто не может, наверно... Просто хотела предупредить.

Взглянула на него — пронзительно, горько, и, черт возьми, в ее глазах по-прежнему светилась любовь!

А потом положила на его стол отпечатанный на принтере листок.

«ЭТО ТЕБЕ ЗА МАТВЕЯ», — прочитал Денис.

И в изумлении взглянул на нее:

— Кто... кто прислал тебе это?

— Как видишь, подписи нет, — усмехнулась она. — А пришло письмишко по почте. Через два дня после того, как... — Нервно сглотнула и добавила: — Эти женщины, которых убили... Они у меня каждый день перед глазами! У двух дети остались, родители у всех живы... Никогда себе этого не прощу.

— «Это тебе за Матвея», — еще раз прочитал он. И вскинул на нее взгляд: — А ты уверена, что речь — именно о ТОМ Матвее? Может, просто совпадение? Чья-то глупая шутка?

— Да ладно, Деня, — усмехнулась она. — Не прикидывайся глупее, чем ты есть. Алгоритм на самом деле и школьнику понятен. Я всегда боялась, что меня вычислят. Почти четырнадцать лет вела себя тише воды, ниже травы. Даже когда фирму свою открыла — очень старалась не светиться. Никаких тусовок, никаких интервью. Только недавно, с этим ток-шоу... Бес попутал. Хотела как лучше, дура. Неграмотность масс, видите ли, задумала ликвидировать... Да и считала: столько лет прошло, никто ничего не вспомнит... Но, как видишь, ошиблась...

— То есть ты полагаешь, — медленно произнес Денис, — что родственники этого мальчика, Матвея, увидели тебя по телевизору и узнали?.. — И твердо добавил: — Чушь. Ты сейчас совсем другая. Абсолютно.

— Ага, я тоже на это надеялась, — саркастически произнесла она. — Пока до меня не дошло. Посмотри сам.

Девушка извлекла из сумочки два пластиковых файла. В одном из них оказалась газетная вырезка, прекрасно знакомая Денису еще с тех, с давних времен. Короткая заметка о зверском убийстве молодого человека. И фотография девушки, вместе с которой, как свидетельствовала камера наблюдения, он поднялся в свою квартиру. Изображение нечеткое, размытое, и Полина на нем — почти не похожа на себя. Ни на себя тогдашнюю, ни тем более на теперешнюю. Ярко подрисованные глаза, обильно крашенные алой помадой губы, россыпь густо сбрызнутых лаком локонов... Вульгарная девка. Проститутка. Он еще тогда поражался, насколько играючи Полина может входить в этот образ.

— Это не ты, — твердо произнес он. — Я это говорил тогда — повторяю и сейчас.

Но она будто не слышала. Шлепнула на его стол второй файл. Проговорила:

— А это тебе для сравнения.

И он увидел уже взрослую женщину. Эффектную,

броскую. С ярким макияжем. Пожалуй, чрезмерно ярким: жгуче черная тушь, эффектно подведенные губы... Портрет почти ничего общего не имел с той скромной и сдержанной Полиной, что сейчас сидела у него в кабинете. Но вот с тем, четырнадцатилетней давности, снимком... Пожалуй. Женщины походили друг на друга. Как сестры, как мать и дочь.

А Поля пробормотала:

— Я только потом сообразила. Это все телевидение... Будь я на той передаче без макияжа — может, обошлось бы. А гримеры мне образ создали. Очень похожий на тот, давний. Я ведь не знала... В первый раз на съемках. Сказали мне: идите на грим, я и пошла. Просила, правда, чтобы не очень мазали, а они только отмахиваются, говорят: на телевидении свои законы. Не нарисуешь лицо — теряться будет...

— И ты думаешь, — с сомнением протянул Денис, — что родственники Матвея увидели тебя по телевизору? Узнали? И начали мстить?..

— По-моему, все очень логично, — вздохнула девушка. — Отец Матвея ведь наверняка нас не простил. Все эти годы рвал и метал, что ничего сделать не мог. Только и ждал, пока шанс представится...

— И все равно: даже узнай он — мстил бы лично тебе. Но не твоим, — Матвей замялся, подбирая нужное слово, — сотрудницам...

— Ну, может, он считает, что убить меня — это слишком просто, — пожала плечами Полина. — Я ведь уничтожила лучшее, что было в его жизни. Его сына. И он в отместку будет убивать меня постепенно, с удовольствием, со смаком. Сначала мою репутацию. Дальше — моих близких. И лишь потом — меня саму.

Отмела взмахом руки все возможные возражения и быстро закончила:

— Поэтому, собственно, я к тебе и пришла. Предупредить. Хотя в газетах тогда и были только мои портреты, но раз эти люди вычислили меня — значит, могут найти и вас. Ольга была моей подругой, да и вы с Жориком могли засветиться. В институт ведь за нами заезжали, дома у нас бывали... Так что будь осторожен.

— Все равно я не верю, — покачал головой Денис. — Я согласен: отец Матвея в авторитете, и стрелять ему привычней, чем думать. Но все равно: нужно же убедиться! Поговорить с тобой. Удостовериться, что именно ты — убийца. Лишь потом начинать мстить.

— А ты себя на его место не ставь, — усмехнулась Полина. — Ты все-таки интеллигентный человек. Несмотря на забавы твоей юности. А папаша Матвея — бандит, мы ведь об этом еще тогда узнали...

— Это верно, — хладнокровно произнес Денис. — Только в курсе ли ты, милая Полина, что отец Матвея уже пять лет, как мертв?

— Откуда ты знаешь? — выдохнула она.

— От верблюда, дорогая моя бывшая подельница. Хотя и договорились мы еще тогда, что обрываем отношения, я все равно беспокоился о тебе. И не спускал глаз. И за успехами фирмы твоей наблюдаю, и радовался за тебя... И больше того: слежу по своим каналам, не спрашивай по каким, за кланом этого Матвея. Да, они на каждом углу кричали, что все равно найдут нас и отомстят. Тратили на поиски огромные деньги. Объявили вознаграждение за любую имеющую к делу информацию... Только, кроме той твоей фотографии, ничего так и не нарыли. А потом, когда отец Матвея умер, расследование и вовсе заглохло. Да, остался бывший начальник его охраны, когда шеф умирал, он поклялся, что по-прежнему будет прилагать все силы для поисков... Но только что он может сделать?.. Тем более когда столько лет прошло? Уверяю тебя: охранник этот — человек здравомыслящий и осторожный. Вычисли он тебя — уничтожил бы без колебаний. Но убивать этих твоих суррогатных мамашек?.. Как-то слишком все изощренно. И глупо.

Она задумчиво слушала его. Постукивала по ковру его кабинета кончиком изящной туфли. Теребила в руках прядь волос — жест не бизнес-леди. Привычка, Денис помнил, из тех, давних лет.

А когда он завершил свою речь, произнесла:

— Но если не семье Матвея, кому еще тогда напоминать мне о старых долгах?.. — И почти без перехода, будто бы между делом, произнесла: — Кстати. А как твой брат? Где он, что он?

Денис едва не поперхнулся:

— Жорик-то? А при чем здесь он?

— Да просто любопытно стало. Все-таки тоже подельник, — улыбнулась она.

— Ну, Жорик — он у нас чудила, — отмахнулся Денис. — Как я его в свой бизнес ни тянул, он все по-своему сделал. Не интересна ему, видите ли, школа выживания, и убивать свою жизнь на то, чтобы деньги делать, он не готов. Сидит в Европе, в какой-то тухлой деревеньке под Брюсселем. Малюет картины. Периодически выставляет их — за мой, естественно, счет.

— Вот как? — удивленно протянула она. — С чего

это его вдруг перестали интересовать деньги?.. А то я не помню, как у него глаза горели, когда мы делили наши, так сказать, гонорары...

— А Жорик только до легких денег охоч, — презрительно махнул рукой Денис. — Богатеньких буратино потрясти, как мы тогда делали, много ума не надо. А после той истории я твердо сказал ему: все, любой криминал — без меня. Тут он и скис. Сначала в Москве лодырничал, потом в Европу подался, за лучшей долей. И все мечется...То путь к саматхи искал, то в психоанализ ударился. Теперь вот картины... Я сначала пытался его теребить, а теперь рукой махнул. Благо возможность есть. Пусть себе рисует. В семье не без урода.

— Ты хочешь сказать, он настолько изменился — после той истории? — задумчиво произнесла Полина.

— Да ни при чем тут та история, просто Жорик по натуре не борец! — фыркнул Денис. — Кисейная барышня, хуже даже. Ты вон девчонка, и подставили тебя круче всех, а все равно выбралась. Своя фирма, статус, красивая какая, в себе уверенная.

Однако Полина словно не заметила его комплимента. Тихо, словно бы про себя, сказала:

— Значит, Жорик в какой-то степени тоже до сих пор платит по старым счетам...

— Да какие тут счета, — начал Денис — и вдруг умолк. Внимательно глянул на Полину. Хмуро спросил: — Ты на что намекаешь?

— Да ни на что, — пожала плечами она. — Просто скажи мне: твой брат — он из своего Брюсселя в Москву иногда наведывается?

— Два года назад последний раз был, — пожал плечами Денис. На его щеках играли желваки, глаза сузились. Он произнес: — Ты сама не понимаешь, чего городишь, Полина. Жорик — это мой самый близкий человек. Ближе родителей. У нас одинаковый генотип, и...

— Однако ты при этом одинаковом генотипе — успешный бизнесмен, а он — неудачливый художник, — вставила девушка.

Денис, будто не услышал ее, горячо продолжал:

— И росли мы вместе, и до сих пор друг друга понимаем без слов. И я, как за себя, за него отвечаю. Ответственно заявляю тебе: то, что ты предположила, полный бред. Безумие. Чтобы мой брат, втайне от меня, явился в Москву? И начал, без моего ведома, мстить тебе? За что? За то, в чем он и сам замешан?.. Зачем ему?..

— О господи, Денис! Да я же ни в чем твоего брата не обвиняю! — взмолилась она. — Я просто пытаюсь просчитывать все варианты...

— И на мисс Марпл при этом явно не тянешь, — отрезал он. Сбавив тон, добавил: — Слава богу, и возраст пока не тот. Да и покрасивее будешь. Ладно, проехали... Короче, так, Полина. Я тебе посоветовать ничего не могу. Кроме одного: к черту сейчас весь твой бизнес. Спрячься где-нибудь. Затаись.

— Это, конечно, совет, — хмыкнула она, — безусловно, исходящий от самого Шерлока Холмса...

— А я, в свою очередь, попробую осторожно прощупать, что там творится в клане Матвея. Не волнуйся, действовать буду очень аккуратно. И еще: оставь мне это письмо с угрозой. Пусть перед глазами будет. Хочу еще подумать. Вдруг, допустим — пока только допустим! — оно вообще не имеет к случившемуся никакого отношения?.. У тебя ведь наверняка были и другие враги — помимо отца этого парня?..

— Зря ты, Денис, пытаешься меня успокаивать, — поморщилась девушка. — А то я не понимаю, что таких случайностей не бывает...

— Ну, ты многого не понимаешь, — усмехнулся он. — У вас, женщин, с логикой вообще не важно. — И хитро добавил: — А что ты, кстати, мне про эсэмэску не рассказываешь? Про ту, с единственным словом: «ЗРЯ»?

— Откуда ты знаешь? — опешила Полина.

— Тоже ведь наверняка думала: ее прислал ВРАГ, — фыркнул он. — Логические цепочки выстраивала... Только на самом деле это я ее отправил. Сразу, как узнал про ту злосчастную передачу.

— Но зачем?

— Да психанул просто! Раньше-то всегда радовался: какая, мол, Полина умница, ни в какой ящик не лезет, по тусовкам не ходит, понимает, что ей к себе внимания привлекать нельзя. И тут бац: не удержалась. Решила все же потешить свое тщеславие...

А она просветленно взглянула на него и тихо вымолвила:

— Ты... ты правда за меня волновался?..

И столько в ее глазах было и надежды, и счастья, что тут уж Денис не удержался. Ответил, что думал, без привычной в бизнесе игры:

— Я все эти годы простить себе не мог, что потерял тебя. Потерял безответственно и глупо...

Вышел из-за стола, приблизился к ней, коснулся ее руки. Задумчиво добавил:

— Но жизнь ведь еще не кончена, правда?..

И Полина почувствовала, как жар от его руки

пробирает ее всю, насквозь, неумолимо растекается по телу, подавляет волю и превращает в абсолютно счастливую женщину.

Однако Денис очень быстро убрал свою ладонь и вновь превратился в суховатого, очень занятого и ледяного бизнесмена:

— У тебя есть какая-нибудь недвижимость, о которой никто из твоих знакомых не знает?

— Ага. Вилла на Кайманах. Особняк под Болоньей. Бунгало в Калифорнии. Причем все оформлено на подставных лиц, — горько усмехнулась она.

— Я понял. Тогда держи. — Он перекинул через стол ключи. — Это от моего дома в Калужской области, адрес сейчас напишу. Выезжай туда прямо сейчас, и никаких никому звонков, поняла? Вообще свой мобильник выброси. Возьми этот. — Он протянул ей телефонный аппарат. — Симка внутри, деньги на счету есть. Отвечай только по нему. А я постараюсь позвонить тебе как можно быстрее.

И вновь на секунду обратился в прежнего, молодого и беззаботного Дениса. Весело произнес:

— Выше нос, Полинка! Все у нас с тобой еще будет!

* * *

Что уж скрывать: она всегда любила Дениса. Все эти годы. Любила и шла у него на поводу. Тогда он придумал кидать богатеньких мужиков — она покорно согласилась. Хотя и не хотела, и понимала, насколько это мерзко... Да и потом, после смерти Матвея... это ведь именно Денис сказал, как отрезал: мы, все четверо, навсегда порываем отношения. Так будет лучше. И безопасней. Тут он тоже, наверно, был прав. Но только стало ли от этого лучше? Ей — точно нет. Вместе с Денисом от нее будто кусочек собственного «я» ушел. Так она и не смогла пережить расставание. И когда все ровесницы активно выскакивали замуж, все чего-то ждала. И занимала свободное время не поисками мужчины, не семьей — работой. Но разве прав в итоге оказался Денис? В личной жизни они оба, похоже, одиноки и несчастливы.

Вот и закрался в душу червячок сомнения: идти ли у него на поводу и в этот раз? Все бросить, покорно уехать в какой-то неизвестный дом в Калужской области и смиренно ждать, покуда Денис разрулит ситуацию?.. Хотя он теперь и большой человек, президент огромной корпорации, почти олигарх, но удастся ли ему ее спасти? И главное: действительно ли Денис к этому стремится?..

Полина снова и снова прокручивала в уме их с ним сегодняшний разговор и все больше находила в нем странного, настораживающего... Зачем Денис следил, как признался сам, за ее жизнью? Почему прислал эту странную эсэмэску? И потом, этот его брат, Жорик... Он ведь, похоже, действительно сломался — именно после рокового происшествия. Наплевал на карьеру, хотя, Полина помнила, всегда был весьма честолюбивым. Сидит за границей, рисует никому не нужные картины, которые его брат из милости пристраивает на выставки... Вряд ли Жорик счастлив. А от людей, чья жизнь не задалась, можно ожидать чего угодно. Полина, конечно, не допускала, что брат Дениса мог прилететь в Россию и лично расстрелять несчастных женщин. Но вот сдать ее родным Матвея... Сначала ее, а потом и Дениса... Кто знает.

И пока что Полина пришла к единственному выводу: ни в какой Денисов дом она, конечно, не поедет. Затаится в гостинице. Мало, что ли, в Москве таких, где паспорта не требуют?

...И спала она прекрасно — пусть и в неудобной постели, и за стенкой всю ночь орали и пьянствовали... А когда пробудилась, ее словно током ударило. Да как она может — просто устраняться и удирать, когда есть еще ее однокурсница! Ольга! Денис про нее даже не вспомнил, но подругу ведь тоже нужно предупредить!

Оля ведь — в отличие от Полины — постоянно на виду. И если клан Матвея сейчас целился в нее?!

...Поля честно выполняла указания того же Дениса и ни разу за все годы не общалась с бывшей подельницей. Тем более что почти сразу после происшествия та из института ушла. На прощание, кстати, наговорила подруге много обидного: ты, мол, Полина — отработанный материал. Я на тебя, сказала, ставку делала, думала, мы вдвоем огромных успехов добьемся, а получилась полная ерунда. Чуть ли не обвинять начала: будто одна лишь Полина виновата в смерти Матвея и подставила их всех...

Но хотя и разругались смертельно, Полина Ольге зла не желала. И даже порадовалась за подругу, когда дошли слухи: та все же устроила свою жизнь, и устроила неплохо. Поступила какими-то правдами и неправдами аж во ВГИК, начала сниматься в сериалах... До звезды, впрочем, не выросла, зато нашла себе суженого. Ровно такого, как и мечтала: в возрасте, очень богатого и, похоже, готового выполнять все прихоти женушки. То и дело в прессе появлялось: то Ольга Сурина бутик открывает, а перерезать в нем традиционную ленточку приезжает аж Наоми Кемпбелл... То книгу пишет — анонсами все вагоны метро оклеены. А недавно журнал начала издавать — глянцевый, печатается в Финляндии.

И хотя все ее проекты жили недолго — видно, даже мужнины деньги не спасают, коли управляешь бизнесом бестолково, — имя Ольги Суриной было постоянно на слуху. К тому же она и эффектной дамой была — стройной, ухоженной, с натуральными светлыми волосами...

«Надо обязательно встретиться с ней, — решила Полина. — Пусть и расстались мы почти врагами, но она обязана знать обо всем, что произошло. И особенно — о письме с намеком».

Искать к Суриной особого подхода (как она долго и с выдумкой подбиралась к Денису) Полина не стала. Просто нашла телефон нового подругиного детища, глянцевого журнала, позвонила в приемную и потребовала соединить ее с главным редактором. И — о, чудо — переключили мгновенно, даже представиться не попросили.

— Ольга, это Полина.

И услышала в трубке недоуменное:

— Какая еще Полина?..

— Полина Брагина, мы с тобой...

— А, любимая подруга... — узнала наконец госпожа главный редактор. И с усмешечкой поинтересовалась: — Чего вдруг вспомнила? Хочешь, чтоб я материальчик о твоей фирме напечатала? Подмоченную репутацию спасла? По старой дружбе?..

Ничего не скажешь, теплый прием. Поля сухо произнесла:

— Ольга, у меня для тебя есть очень важная информация. Важная — для тебя лично. Если интересует — могу с тобой встретиться, но только очень срочно. В ближайший час.

— Ой, какие мы деловые! — хихикнула Ольга. — И тон-то какой начальственный!.. Что ж, подходи ко мне в офис. Приму.

— Послушай, лапа. — Голос Полины заледенел. — Моя информация касается твоей безопасности. Так что или ты прямо сейчас приезжаешь в любой удобный тебе ресторан в центре, или пеняй на себя.

...Госпожа главный редактор сломалась — сорока минут не прошло, как уже сидела в «Роберто», модном и дорогущем.

Выглядела она, с удивлением заметила Полина, совсем неважно. Хоть и макияж наложен умело, но тени под глазами все равно проглядывали. И бледность проступала. Да еще и губа явно разбита, а на скуле проступал синяк.

— Кто это тебя? — не удержалась от вопроса Полина.

— Твое какое дело? — рявкнула бывшая подруга.

И Поля поняла: похоже, не зря в Москве болтали, что Ольгин супруг, на первый взгляд богач и душка, нрав имеет крутой и женушку частенько поколачивает.

— Ладно, Оль, не злись, — примирительно произнесла Полина.

И очень спокойно, без эмоций, поведала бывшей

однокурснице все то, что недавно рассказывала и Денису.

— Вот б...дь! — выдохнула та, когда рассказ был окончен. — Все-таки вычислили...

— Похоже на то, — задумчиво произнесла Полина. — Хотя...

Она никак не могла решить, до какого предела может быть откровенна со старой подругой. Конечно, та и глупа, и надменна, и выручать ее, в общем-то, и не хочется, но все же она должна знать.

Полина тихо произнесла:

— Я, конечно, могу ошибаться... Но у меня вот какая мысль возникла... Вдруг мне мстит не родственник Матвея, а кто-то другой?

— Но кто? — удивленно захлопала глазами подруга.

— Не знаю, — вздохнула Полина. — Раз упоминает Матвея — значит, тоже знает про ту историю.

— А ты что, кому-то разболтала? — ахнула Ольга.

— Никому я не болтала, — отмахнулась Полина. — Но подумай вот о чем. Это случайное убийство — оно ведь нас всех изменило. И тебя. И меня. И Дениса с Жориком... Ужасно, конечно, так говорить, но в какой-то степени даже на пользу пошло. Дало толчок. Мы все стали доказывать — и себе, и другим, — что, хоть и совершили в своей жизни ошибку, на самом деле мы нормальные люди. Благополучные. Успешные. Посмотри хотя бы на себя. — Поля улыбнулась. — Когда-то с Черкизовского рынка одевалась и про длину окружности не знала, а сейчас одна из первых в Москве светских львиц. Замужем за достойным человеком, свой бизнес — магазины, журналы...

— Ой, да знала бы ты про этого достойного! — отмахнулась Ольга. — И бизнес мой — г...но.

— Ладно тебе. Как ни крути, ты — успешна. И Денис какую карьеру сделал! И я... ну, тоже кое-чего добилась. А вот Жорик...

— А чего Жорик? — хмыкнула Ольга. — У него тоже все неплохо!

— Ты с ним виделась? — удивилась Полина. — Где, в Брюсселе?

— Почему в Брюсселе? — пожала плечами подруга. — Здесь. В Гостином Дворе. На тусовке какой-то... Очень такой импозантный. Говорит, и сам рисует, и молодых продюсирует. У него картинная галерея своя.

В сердце кольнуло.

— Подожди, — медленно произнесла Полина. — А ты не можешь вспомнить, когда ты его встречала?

— Ну... точно не скажу, — пробормотала Ольга. — У меня ж эти тусовки почти каждый вечер. С неделю назад, что ли...

— Неделю назад?

— Ну, может, две, — пожала плечами подруга юности. — Да мы и раньше с ним как-то пересекались, на концерте у Спивакова. Он сказал, что часто в России бывает.

...А Денис совершенно уверенно утверждал, что Жорик в последний раз появился в России два года назад.

— Так что ты имеешь против Жорика? — поторопила подруга.

— Я... я просто подумала... — Полина совсем растерялась.

И в этот момент у нее зазвонил телефон. Тот самый, новый, что вчера вечером вручил ей Денис.

Поля, радуясь паузе, нажала на «прием». И услышала в трубке строгий голос старого друга:

— Полина, почему ты еще не в Калуге?

— Я...

— Туда ехать максимум два часа, где тебя носит? — продолжал бушевать Денис.

Да что он себе позволяет! И девушка с вызовом ответила:

— А с чего ты решил, что я вообще туда поеду?..

Голос мужчины заледенел.

— Послушай, радость моя, — тихо произнес он. — По-моему, это ты попросила меня помочь. А когда я берусь помогать, то всегда требую делать то, что я велю.

— Да я бы, конечно, делала, что ты велишь... — задумчиво протянула она, — но вдруг подумала: а ты действительно хочешь меня спасти? Или просто подставляешь?

— Поля, — теперь голос в трубке звучал очень взволнованно, — я не знаю, кто там тебе чего наговорил, но тебе действительно угрожает опасность. С той стороны, откуда ты ее и не ждешь. И я прошу тебя, умоляю: пожалуйста, езжай в Калугу. Прямо сейчас.

— Да пошел ты! — пробормотала она.

В ярости вдавила кнопку отбоя, а потом и вовсе выключила телефон. Голова просто кругом шла. Денис ей кто, враг или все-таки друг? Если друг — как тогда понимать откровенное вранье по поводу Жорика? Он покрывает брата? Или действительно не знал, что тот бывает в Москве? И что значат слова о том, что ей грозит опасность, откуда она и не ждет?..

— Какие-то проблемы? — лениво поинтересовалась Ольга.

— Да у меня теперь вообще сплошные проблемы... — вздохнула Полина.

— Уж наслышана, — хмыкнула собеседница. — Мой пупсик, — ее лицо исказилось гримаской, — рассказывал.

— А что твоему пупсику до моих проблем? — удивилась Поля.

— Так он ведь тоже надумал суррогатную мамашку брать! — хохотнула Ольга. — Я-то сама родить не могу, а он ребенка хочет. Все меня доставал, чтоб я искала, а когда не дождался — сам, блин, маркетинговое исследование провел. И объявил тут мне: нашел, мол, приличную фирму. Заметь — твою! Так что могу тебя поздравить — ты действительно самая супер-пупер, котик мой только лучших выбирает...

— Что ж, приятно, — слабо улыбнулась Полина.

— Сейчас, правда, задумался — после того, как у тебя теток поубивали. Но, может, еще и обратимся, — продолжала болтать подруга. — Ты мне расскажи, кстати: как все это проходит? Муженьку моему что — надо будет с суррогатной мамашкой переспать?

— Опять двадцать пять, — вырвалось у Поли.

Что ж за люди такие-то темные! Но все же ответила:

— Ни с кем ему не надо будет спать. Он сдаст в пробирочку свой *материал*. У тебя яйцеклетку возьмут. Операция несложная, занимает пару минут, и все под наркозом, совсем не больно, не бойся. Оплодотворят в пробирке, а потом суррогатной матери пересадят.

— А, вот оно как! — удивилась Ольга. — Прикольный у тебя бизнес...

— Уж какой есть. — Полина вновь вздохнула.

И отодвинула чашечку с кофе, к которому даже и не притронулась.

— Ладно, Оль, извини. Мне сейчас, честно говоря, совсем не до бизнеса. Я пойду, хорошо?..

А подруга вдруг предложила:

— Слушай... Что тебе сейчас не до работы, что мне, после всех этих разговоров... А в этих ресторанах и не поболтаешь толком. Поехали ко мне? Поболтаем, мартишки тяпнем, мужикам кости перетрем — как в старые времена? Пупсика сейчас дома нет, домработница уже слиняла.

— Да нет, Оль, я не могу, — покачала головой Полина. — У меня дела.

— Ну, ладно тебе, чего ты — обиделась, что ли? — продолжала уговаривать подруга. — Я ж по лицу твоему вижу: совсем раскисла. Куда тебе в таком состоянии какие-то решения принимать? Напортачишь — потом сама жалеть будешь. Не знаешь, что ли: когда уперлась в стенку — надо просто напиться. А наутро, на похмельную голову выход найдется сам собой. И потом... — она жалобно взглянула на подругу, — я хотя и сволочь, сама знаю, и обидного всякого наговорить могу, но я ведь тоже о тебе так скучала!.. Четырнадцать лет все-таки не виделись...

«Может, и права Ольга? — мелькнуло у Полины. — Напиться и обо всем забыть. Хотя бы на сегодняшний день. Тем более я все равно не знаю, что мне делать. И ехать некуда. В гостинице вечно жить не будешь, домой или на работу — нельзя».

И она улыбнулась:

— А ты что — до сих пор пьешь мартини?

— Только со старыми друзьями, — в тон ответила та. — Ну что, погнали?.. — И засуетилась: — Давай тогда так. Ты ведь на машине? Подгони ее к черному входу, а я к тебе прыгну...

— Господи, зачем?

— Да у меня ж и водитель, и охранник — на улице, в «мерсе», ждут. Пупсик приставил — каждый мой шаг пасет... А зачем им знать?

— Но что тут такого — пообщаться со старой подругой? — не поняла Полина. — Разве муж запрещает?

— А вдруг мы напьемся и решим по мужикам отправиться? — хихикнула Ольга. — Как в старые времена? Да и вообще: меньше мой котик знает — крепче спит.

— Ладно, — пожала плечами Полина. — Тебе видней.

...И уже через пару минут они мчались на Полинином «мини». Поля разыскала среди дисков «дискотеку восьмидесятых», обе подпевали Умберто Тоцци и громко хохотали, когда кто-то из них давал петуха.

А спустя три минуты после их бегства в зал ворвался Денис. Оглядел зал, кинулся к метрдотелю:

— Здесь только что была женщина. Вот... — Он протянул фотографию.

— Да... — нахмурился метрдотель. — А что с ней не так?

— Господи, где она, говорите быстрей!

* * *

По правде говоря, Полина ожидала от Олиного жилища гораздо большего. Все-таки жена олигарха, все должно быть как минимум в мраморе с золотом. А на деле оказалось — обычная квартирка, трехкомнатная. С хорошей, но совсем не роскошной мебелью. У самой Полины дома все и то круче.

— Чего? Не впечатляет? — хмыкнула подруга.

— Думала, люди вашего круга пороскошней живут, — призналась Поля.

— Так это ж не совсем наш дом, — объяснила Ольга. — Не тот, где мы с пупсиком. Это... ну, мое личное убежище.

— Подожди, — удивилась Полина. — А чего ж ты тогда говорила, когда звала, что твоего благоверного все равно дома нет?

— Ну, я имела в виду... нет в Москве. — Подруга отчего-то смутилась.

— Вас, олигархов, не поймешь, — фыркнула Полина. — Убежища какие-то, от охраны сбегаете...

— Да потому что достал меня муженек! — с жаром вымолвила Ольга. — Вообще ничего без его ведома не сделай. Не встреться ни с кем, бизнес — только какой он позволит. Даже одежду мне выбирает, веришь?..

— А что, может быть, и неплохо. Беспокоится. Чтоб тебе хорошо было, — пожала плечами Полина. И призналась: — Я бы очень хотела, чтобы и обо мне кто-нибудь заботился...

— Ох, Полинка, такой заботы, как у него, и врагу не пожелаешь, — вздохнула подруга. И засуетилась: — Ну, давай на стол накрывать. Ты всяких гадов морских из холодильника доставай, колбасу режь. А я пойду посмотрю, что у меня с выпивкой.

Она поспешила в комнату, распахнула створку шкафчика-бара. А Полина начала быстро и не особо старательно накрывать на стол. Чего тут сервировать — все ведь свои...

Едва сели за стол и Ольга вскинула свой бокал в первом тосте, как во входную дверь что-то грохнуло. Не просто стучали — откровенно выламывали.

Поля вздрогнула, расплескала вино. Ольга побледнела. Вымолвила:

— Пупсик... Выследил как-то...

— Но... но зачем же дверь ломать? — поразилась Полина. — Мы ведь ничего плохого не делаем! Он у тебя совсем больной, да?

Ответить Ольга не успела — дверь под очередным ударом подалась и повисла на одной петле. А в комнату ворвался... нет, не пупсик — Денис. В его руках чернел пистолет.

Поля ахнула. Машинально потянулась глотнуть из своего так до конца и не расплесканного бокала. Денис заорал:

— Нет!!! Не пей!..

Ольга же — фурией кинулась на него. Вцепилась в руку с оружием, попыталась выхватить пистолет, но мужчина оказался сильней — отшвырнул ее к стене. Потом подскочил к Поле, вырвал из ее рук бокал. И пробормотал:

— Слава богу. Успел.

И направил оружие на Ольгу.

А та истерически завизжала:

— Только посмей! Только попробуй, гад!

— Даже рук марать не буду, — пожал плечами Денис. А Полине велел: — Звони в милицию. Пусть ее забирают.

— Послушайте, вы, оба... — потерянно пробормотала Поля, — что вообще происходит?

— Да только то, Полин, что я нашел твоего врага, — очень буднично ответил Денис. — Вот тот человек, что расстрелял твоих подопечных... Это — она, твоя подруга. Ольга.

— Что за бред... — покачала головой Полина.

А Ольга презрительно зашипела:

— Придурок! Ты все равно ничего не докажешь!..

Денис же усмехнулся:

— Это ты, Оленька, не самая умная девочка на свете. Мне и доказывать не надо. Умно, ничего не скажешь: печатать письмо — то самое, про Матвея — на собственном принтере... Не могла в интернет-кафе сходить?

— Не может быть, — прошептала Полина.

А Денис продолжал:

— Да и «Фольксваген» черный. Тот самый, на котором приехал убийца... Его ведь нашли. Твоих пальчиков в машине, конечно, нет, тут ты додумалась, надела перчатки. Но осталось несколько светлых волос. И еще сломанный ноготок. Явно женский. Сами по себе эти улики цены не имеют. Они важны, только когда появляется подозреваемый. А подозреваемый теперь есть. Это ты.

— Я первый раз слышу про какой-то черный «Фольксваген», — пробормотала Ольга.

Однако уверенности в ее голосе не было.

Денис же припечатал:

— И еще бокал, что ты поднесла своей подруге... Мартини часом не отравлено?

Поля, совершенно раздавленная, увидела, как ее подруга в отчаянном броске кидается к столу, где по-прежнему стоит бокал с вином. А Денис вновь отшвыривает ее к стене.

И тогда Полина выдохнула:

— Денис, но зачем ей все это?

— Утверждать не буду — могу лишь предположить, — пожал плечами тот. — Ольга всегда тебе завидовала. Твоему уму, твоей практической сметке. Тому, что я влюбился в тебя, а не в нее. Все так, Оля?

— Да кому ты нужен, никчемный идиот! — прохрипела та.

Денис же спокойно продолжил:

— Я еще тогда, четырнадцать лет назад, увидел и понял: ты ненавидишь Полину. Потому что сама на первый взгляд и эффектнее, и хитрее, но внутри у тебя — пустота. А Поля — по-настоящему сильный человек. Ты, Ольга, искренне радовалась, когда именно Полина больше всех подставилась в той давней истории. И даже, наверно, подумывала: а не заложить ли ее, пусть в тюрьму отправляется? Но все же делать этого не стала, поняла, если откроется правда — это бросит тень и на тебя. Поэтому просто тихо торжествовала, когда Полине, несмотря на весь ее ум и сметку, приходилось сидеть в тени и довольствоваться работой клерка... Но она все равно справилась. Открыла и раскрутила свою фирму. В то время, как ты — со всеми деньгами своего мужа — терпела один крах за другим. А уж когда увидела ее по телевизору, где она выступала экспертом в самой рейтинговой передаче, ты совсем разъярилась. И решила поставить на место. Уничтожить сначала ее репутацию, потом ее саму. А чтобы Поля прежде времени ничего не заподозрила, придумала уловку с письмом. Мол, старые недруги мстят... И у тебя все бы получилось — не обратись Полинка ко мне.

— Но как ты-то догадался? — просветленно взглянула на Дениса Полина.

— Я просто сразу исключил из числа подозреваемых себя и своего брата, которому доверяю, как себе, — пожал плечами мужчина. — Потом прощупал клан этого мальчика, Матвея. Совершенно определенно убедился: им и в голову не приходило связывать эксперта из ток-шоу с той фотографией, которую четырнадцать лет назад сделали у подъезда. У меня остался единственный подозреваемый — Ольга. Твои же слова, кстати, Полина, на эту мысль натолкнули: что тот из нас четверых, кто в этой жизни наименее успешен, может мстить за это всем остальным. Ты, Поля, правда, моего брата на эту роль предлагала. Я же сразу подумал о твоей подруге. Потому что встречался с ней на светских мероприятиях. И прекрасно видел: несмотря на все свои лимузины и меха, она несчастна. Муж ее в грош не ставит, унижает, поколачивает. Детей она иметь не может. Все ее бизнес-проекты накрылись один за другим... Вот и решил ее проверить. Благо письмо ты мне оставила. Умом наша Олечка никогда не блистала... И я начал с самого элементарного: поручил своему человеку посмотреть принтер в ее рабочем кабинете. И с первого же выстрела попал в яблочко...

— А как ты догадался, что я сейчас с ней? — продолжала недоумевать девушка.

— Телефон, — усмехнулся Денис. — Тот, что я дал тебе вчера. К счастью, ты его только выключила, а выбрасывать не стала. И этого хватило, чтобы тебя найти...

Но Поля уже не слушала его. Она внимательно смотрела на сжавшуюся в углу Ольгу — свою бывшую подругу. На человека, с которым ее долгие годы связывала страшная тайна... А когда встретила наконец ее взгляд, тихо произнесла:

— Оля... Я все понимаю, конечно... Но если ты считала меня виноватой — мстила бы лично мне. При чем здесь те женщины? Они ведь ничего тебе не сделали...

Ольга лишь усмехнулась:

— Зато ни одна из них *моего* ребенка уж точно не родит.

А потом вдруг кинулась к Денису и взмолилась:

— Деня, пожалуйста! Прошу тебя! Дай мне со всем этим достойно покончить. Просто выстрели — и все. У меня самой не получится. Умоляю тебя! Умоляю!

Но мужчина отступил на шаг и твердо произнес:

— Извини, Ольга. Нет. Больше никаких случайных выстрелов. — И обратился к Полине: — Не тяни. Вызывай милицию.

Содержание

Литературно-художественное издание

2 ЗВЕЗДЫ РОССИЙСКОГО ДЕТЕКТИВА

Анна и Сергей Литвиновы

ЧЕРЕЗ ВРЕМЯ, ЧЕРЕЗ ОКЕАН
ЧУЖАЯ ТАЙНА ФАВОРИТА

Ответственный редактор *О. Рубис*
Редактор *Т. Семенова*
Художественный редактор *С. Груздев*
Технический редактор *Н. Носова*
Компьютерная верстка *Г. Павлова*
Корректор *Л. Фильцер*

ООО «Издательство «Эксмо»
127299, Москва, ул. Клары Цеткин, д. 18/5. Тел. 411-68-86, 956-39-21.
Home page: **www.eksmo.ru**   E-mail: **info@eksmo.ru**

Подписано в печать 16.09.2009.
Формат 84×108 $^1/_{32}$. Гарнитура «Таймс». Печать офсетная.
Бумага газ. Усл. печ. л. 18,48.
Тираж 40 100 экз. Заказ № 7681.

Отпечатано в полном соответствии
с качеством предоставленных диапозитивов
в ОАО «Можайский полиграфический комбинат».
143200, г. Можайск, ул. Мира, 93.